阿加莎
消失的十一天

[澳]克里斯特尔·索尼尔 著

王 虹 译

漓江出版社

著作权合同登记号桂图登字:20-2017-127

图书在版编目(CIP)数据

阿加莎消失的十一天/(澳)克里斯特尔·索尼尔 著;王虹 译.—桂林:漓江出版社,2019.6
书名原文:On the Blue Train
ISBN 978-7-5407-8587-1
Ⅰ.①阿… Ⅱ.①克… ②王… Ⅲ.①长篇小说-澳大利亚-现代 Ⅳ.①I611.45
中国版本图书馆CIP数据核字(2019)第003475号

阿加莎消失的十一天(Ajiasha Xiaoshi de Shiyi Tian)

作者:(澳)克里斯特尔·索尼尔 译者:王虹

出 版 人:刘迪才
出 品 人:吴晓妮
策划编辑:叶 子
责任编辑:韩亚平 张玉琴
装帧设计:何 萌
责任营销:李京璟
责任监印:陈娅妮

漓江出版社有限公司出版发行
社址:广西桂林市南环路22号 邮政编码:541002
网址:http://www.lijiangbook.com
发行电话:010-85893190 0773-2583322
传 真:010-85890870-814 0773-2582200
邮购热线:0773-2583322
电子信箱:ljcbs@163.com

山东德州新华印务有限责任公司印刷
(山东省德州市经济开发区晶华大道2306号 电话:0534-2671218)
开本:880mm×1 230mm 1/32
印张:9 字数:200千字
版次:2019年6月第1版
印次:2019年6月第1次印刷
定价:45.00元

1

第二天

1926 年 12 月 4 日

冬天灰蒙蒙的天色里,哈罗德百货商店就像灰色海面上的泰坦尼克号。唯一的选择是上船去,只是,她迈不开脚,甚至想不起来需要买什么。刚刚过去的那几个小时挺简单,这会儿,她又觉得空虚麻木,四肢迟钝,周围似乎隔着羊毛,模模糊糊的。一位穿呢大衣的男士扶住敞开的门。他留意到她的鞋子沾了泥吗?

一名女子与阿加莎擦身而过,那么的从容文雅。她身材苗条,一头黑发,一袭剪裁极佳的紫红色连衣裙,鲜艳夺目。

她身边一位年轻的花花公子慢吞吞地说:"特蕾莎,亲爱的,半小时之后见。"显然,他不是这女子的丈夫。

特蕾莎已经不年轻了，阿加莎想，不过她没有因此而自暴自弃。只见她与男子轻轻吻别，然后朝敞开的门走去。她太有吸引力了，阿加莎跟着她进了商店，松了一口气。她继续尾随特蕾莎，在让人爱不释手的商品中闲逛着。特蕾莎停下来，阿加莎也停住脚步，过了一会儿，她甚至模仿特蕾莎的姿态，举手投足间她是那么镇定自若，无忧无虑。她们轻抚一双双羔羊皮手套，微仰下巴，目光掠过一顶又一顶帽子，两人之间的距离渐渐缩短。

直到最后——手上拿着相同的白底银花丝绸披巾——两人四目相接。没有微笑，坦率的对视之后，她们便各自转过脸去。

继续尾随特蕾莎显然是不合适的，阿加莎把在军需品商店买来的东西放在地上，翻着手提包里的东西，好像在找购物单。碰巧，她找到一枚戒指，上面的镶嵌松动了，而她老早就想把它弄好了。来哈罗德百货肯定不是为了修戒指吧？不是什么要紧事，不过，把东西修好，感觉总是对的。等阿加莎抬起眼的时候，特蕾莎已经带着她紫红色的魅力，不见了。

也不能说特蕾莎消失得无影无踪了。阿加莎拿起购物袋，像个贵族似的挺直腰板，朝珠宝部走去，步履依然轻松流畅。她找到了另外那个女人的痕迹。

直到维修珠宝的师傅检查戒指的时候，阿加莎心里才踌躇起来。他看得那么仔细，轻轻地触碰着戒指，人情味儿十足，让她有一种想哭的感觉。**她是安然无恙的。**这样说出来，也许就真的安然无恙了。

师傅让她放心，维修很简单。“修好了就跟新的一样。”他保证说。

她咽了一下口水。“好，太好了。”很久没说话，嗓音有点生硬。

“给您送到哪儿呢,小姐?”

他一定是留意过她的无名指,这可是他这行所关注的地方。阿加莎正好跟她的结婚戒指暂时分手了。

“哪儿?”

“是啊,小姐,地址是什么?”

她犹豫了。她一心想去约克郡,她和丈夫曾经想过到那儿去度假,不过这是过去的事了。“寄去哈罗盖特吧。”她想起以前看过的一个广告,“哈罗盖特水疗宾馆。”

“好的,小姐。您的尊姓大名?”

身后有人喊了一声:“好极了!”

“特蕾莎,”她语气坚定地说,“特蕾莎……尼尔。太太。”他会觉得奇怪,因为她无名指上空无一物。

过了不久,她来到国王十字火车站,像个间谍,又像表演障眼法的魔术师,秘密潜行。这样,一切都会轻松流畅,像换了个人似的。

2

第二天

晚上

出租车前灯的灯光里，终于出现了那座石头建筑，这时已经将近七点钟了。哈罗盖特水疗宾馆有点贵族气派，藏在略显凌乱的常青藤后面，低调舒适。一路上，出租车司机说来说去，就是将来几天不可能下雪，而她在这长长的旅途中，对天气不感兴趣。她的行李出奇地少，不用别人帮忙就下车了。站在宾馆入口，她特别口渴。这地方行吗？

进了宾馆，只见壁炉里点着火，让人有宾至如归之感，椅子诱人入座，还有一座漂亮的落地钟。从大厅的环境看，这里极有可能让她心情缓和下来。不过，这就像茶叶一样，需要时间去浸泡舒展。

"晚上好,太太。"一名说不出多大年纪的女子迎上来。她长得有些粗壮,不过妆容整洁,保养得还不错,棕红色的头发编成精致的发辫,脸上没什么表情。

她定了定神,做了自我介绍,表示了住店的愿望。

"尼尔太太,您打算在这儿住多久呢?"

这个问题本来应该用她过去熟悉的话说出来。"还说不准。"她最终说,"看情况吧。我在等朋友的消息。"

"没问题,尼尔太太。您的行李……?"

"就这一件。是这样的,我刚到。从……开普敦来的。其他行李会送过来的。"

她认真地在住客登记上签了名:特蕾莎·尼尔。波纹般的签名,轻巧流畅。

这时,棕红发女子表明了自己的身份,原来她就是老板。她颇具职业素养,既不闲聊,也不刨根问底。特蕾莎对此心存感激。女服务员陪她上了电梯,房间在二楼。

这个房间,还有里面结实耐用、风格明快的摆设应该很适合她。她会很放松的,不是吗?服务员点燃了壁炉,去张罗茶水了。

窗户对着出租车刚才开进来的路,路边是整洁的石砌房屋。北方。她在惊诧中一直有些麻木,这会儿,却微微有点冒险的战栗。她脱下身上那件自己都差点认不得的外套,是那天上午——真的就是那天上午吗?——在伦敦的军需品商店买的,还买了一个小行李箱,一件睡袍和一个热水袋。女服务员进来,又走了。

享受孤独,喝杯茶!啊,太好了。壁炉里的火开始带来暖意。她只有现在穿着的这身衣服,无法更衣,挺烦人的。不过,她还是决定下去吃晚餐,出门旅行的人都会这样做的。通常,她对食物的记忆,就像对会话的记忆一样准确,可现在要想起上一顿饭吃的是什么,却颇费脑筋。在国王十字车站吃的?鸡蛋水芹三明治吗?她的目光避开梳妆台上的镜子,估计自己一定倦容满面,惨不忍睹。给丈夫的信,还是推迟到晚餐之后再写吧。

躺进浴缸的热水里,身体放松下来后,她感到腰背一阵刺痛,不知是右肩还是脖子的侧面疼得厉害。疼痛开始减轻,眼前又浮现出在火车上看到的景色。渐渐逼近的夜色里,冬天的田野上飘浮着一缕缕淡紫色的树,细长细长的,模模糊糊的树篱,宛如暗暗的薄雾。

餐厅宽敞雅致,从她的小餐桌看过去,这么晚还在用餐的,只有一对老夫妇和一名男子。老夫妇神采奕奕,并不显老。男子虽然坐在他们对面,却保持一定的距离,黑棕色的头发掺杂几丝白发,深深的眼窝,脸瘦瘦的,但并不憔悴。

这名男子大概比她,也就是特蕾莎,年长一两岁,正在漫不经心地对付着似乎无比巨大的一块布丁,他同时也在看报纸,算是保持置身事外的策略吧,神态专注,但不显得古板。他抬起眼,朝特蕾莎微微点头,那么沉着,如果不是有转瞬即逝的微笑加以佐证,她会怀疑自己看错了。处于休眠状态的饥饿感被唤醒,她津津有味地吃了一个兔肉馅饼,两份面包配黄油,那黄油真是绝了。美味的乡村食品,上乘的烹饪,她再次庆幸自己来到了这个水疗宾馆。手上能有一本书就再好不过了。她动了喝点酒的念头,这可不像她,一个讨厌酒味儿的人。而且,喝了酒的人乐呵呵的,她也不太喜欢,那种自娱自乐的样子有点怪怪的。但是,对酒的反感有时也会让她懊悔,而这天晚上她之所以动心,可能是想着应该有某种仪式,或者觉得这是在演戏。不过,这一路的奔波已经足够让她精神恍惚了,她觉得还是喝水就好了。

她放下刀叉的时候,老夫妇正好在她桌旁停下来。“晚上好。”老妇人彬彬有礼又和蔼可亲地说,“我是杰克曼太太,这位是我先生。我们准备到会客厅去。你愿意跟我们过去一块儿喝咖啡吗?”

杰克曼太太对特蕾莎微笑着,这是有些老年妇女所特有的,容光焕发、几近安详的笑,杰克曼先生则殷勤有礼地点点头。特蕾莎琢磨着如何委婉地表示自己想睡觉了。然而,她刚才已经注意到,他们俩徒劳无功地想说服那个年轻点的男子陪他们一起去会客厅,他们渴望有人陪伴,实在是太显而易见了。她自己也很久无人陪伴了,或许这也促使她改变了主意。

“我先生已经去世了。”大家刚落座,她就这样说,好像要表明自己的身份。

“唉,真替你难过。”好心的太太眨眨眼,庄重而充满同情。她丈夫重新摆弄一下放在膝上的餐巾。“希望你不介意我多嘴问问,”杰克曼太太怯怯地试探道,似乎这个问题非问不可,“你有孩子吗?”

特蕾莎微微有点身处险境的感觉,她端详着壁炉架上花瓶里可爱的白花儿。她可以站起来,随便找个借口离开他们,可是,以她的身份,应该在社交场合里性情温顺才是。她抿了口咖啡。

“我的小女儿也去世了。”

“不会吧!”杰克曼太太一声惊叫,呆住了。她丈夫的皮质扶手椅嘎吱作响,仿佛在用自己的年迈和微微的厌世,传递着主人无以言表的怜悯。

杰克曼太太:“是生病吗?”

“是意外事故。”

杰克曼太太不再问了。她双目炯然,突然没有了岁月的痕迹,可见她会想象,非常生动地想象——不牢靠的楼梯、倒霉的汽车、性格乖戾的马。杰克曼先生沮丧而勉为其难地想笑一笑,这说明他曾经遭遇过不幸。人们通常认为,男人不会提及感情上的伤痛,甚至好像他们对自己的伤痛无话可说。那个特定的脚本出现的时候,他们依然在等待。平心而论,妈妈去世之后,特蕾莎也对言语产生了某种不信任。关乎痛苦,谁有什么可说的呢?能说什么呢?

他们每年都来水疗宾馆治疗,杰克曼太太解释道,她很能干地承担起继续聊下去的责任。她还进一步说明,他们不赞同节制饮食,所以没有用这里的节食餐。大家都稍微放松了。杰克曼夫妇想知道,特蕾莎是不是头一回到这里来,他们保证她会喜欢上哈罗盖特的。这里非常安静,而且对风湿病很有好处。这里的健身活动不错,还能在溪谷公园和荒野上度过很多愉快的时光。有益健康的空气让人食欲大增,他们成为贝蒂咖啡茶室的忠实顾客。他们太喜欢皇家土耳其浴场了,里面的设施真是齐全。壁炉火光的映照下,他们满面红光,好像返老还童了。

“我们都试过了。”杰克曼先生认真地说。

“那里的土耳其浴池套间是最棒的。”他太太强调,“从那儿出来,就像个婴儿似的,清清爽爽,又有点迷迷瞪瞪的。你一定要跟我们一起去。”

“好啊。”接受水疗,自我放纵一下,这个选择也不是没有吸引力。疗养,真是个可爱的词儿:低声细语,鸽灰色般柔和,体面得很,同时也浸泡在疗养院的浪漫里。多好啊,能懒洋洋地躺着,享受悉心的照料。

“那咱们可说好了。你准备喝这里的温泉水吗?”

“我想会的吧。”

“那味儿可冲了。”杰克曼先生主动告诉她,“像臭鸡蛋似的,或者是火药。当然,我没尝过火药。”

“有点儿咸。不过如果你咬紧牙关,是会习惯的。让别人关怀照顾着,感觉不错,”杰克曼太太最后说,“这是毫无疑问的。”

过了一会儿,特蕾莎准备回房间休息,走到楼梯口的时候,只见晚餐时见过的那位形单影只的男子正一边想着事儿,一边经过宾馆门口慢慢走进来,好像刚刚悠闲自在地散步回来。他喜欢沉思遐想吗?当然了,想象着一个男人富有诗意,于是就信任他,这可能是个错误。然而,她还是抬起手,不是有意识的动作,更多的是本能反应。他很自然地也向她招招手。他看上去面善,深深的眼窝里一双眼睛似乎是褐色的。与他目光相接之际,她一下子伸出手来,握住楼梯的扶手。那是悄悄袭来的疲倦。她太累了。

她要给丈夫写信,不能再拖延了。

他还好好地活着呢,跟她刚才说的恰恰相反。隐藏自己的真面目还是有道理的,尽管大家通常不会承认。模仿大冰山是谨慎之举——露在外面的自我只有一丁点,剩下的那部分像巨人一样在水面下潜行。

她一把抓起钢笔,心中泛起刺痛。多么渴望能像以前那样,挥洒自如,笔下的字句就像飞刀一样闪烁。忙着写作的时候,她总是头脑清醒。也许像个孩子,有点冒失放肆,但总的来说是恰如其分的,所以也能得逞。然而,这回完全不是那么回事儿。总是在她书桌下面的彼得不在这儿:空气中没有轻微的硬毛小猎犬气味,脚下没有小狗懒洋洋、圆滚滚的身子给她暖脚。手中的笔摆好姿势,就像一个站在房门口的人,忘了要来干什么。有好几个小时了,脑子里一直在拼凑字句,想写一封信,但是徒劳无功。现在,她不敢贸然动笔,感觉有必要把可能形成这封信的内容,先轻声说出来,看行不行。

亲爱的:

请一定原谅我上回贸然写下的纸条。我当时有点过分激动。你知道我最近状态不好。医生也肯定会让我来疗养,然后我就会没事了。我们相聚的念想支撑着我。你必须明白这点,亲爱的。

不行,全都不对劲儿。就是这种讨厌的无能为力的感觉,让那本令人苦恼的书搁浅了,还彻底腐蚀了她的下笔能力。

英格兰北部,舒适的床,可是睡眠拒绝让她在此沉入梦乡,脑子里依然思绪万千。想深呼吸却很难做到,根据以往经验,这就是夜里睡不好的预兆了。除此之外,还有大难临头的潜在威胁。大脑最需要休息的时候却无法歇息,抗拒着睡眠的抚慰,这真是残忍的诅咒。假如是这样,那就不会有怜悯,也绝不会有藏身之地。

3

第三天

“对不起,太太,把您吵醒了。”客房女服务员虽然轻声细语,但语气毫不含糊,“需要拉开窗帘,把壁炉点着吗?”

“哦,谢谢了。很晚了吗?”她用胳膊肘支起身子,白昼刺眼的光让她眯起了眼睛。特蕾莎睡了一觉——睡得很踏实。这可是出乎意料,她体会着充分休息之后,头脑轻松而有活力的感觉。想起头天夜里的忐忑不安,她觉得这会儿焕然一新,感觉好多了。

“十点了,太太。”

睡了个懒觉!昨天晚上才穿上身的新睡袍,有一股清新的法兰绒香味。这好闻的味道,还有睡眠给她注入的活力,让一切都笼罩着希望的光环,像过圣诞节似的。

服务员虽说长得不算漂亮,可年纪轻轻,亭亭玉立,偏深色的金发裹在无檐帽里。在她这个年纪,哪怕眼圈微微有点黑也没关系,疲惫还能暂添姿色呢。她的双眼没有直接看着特蕾莎,却明显地关注着她。一双敏锐的眼睛。善于观察,未必是理想的用人。有时,还是宁愿他们不要事事留意。

"想看报纸吗,太太?"

她的语气是不是有点紧张?特蕾莎还没有准备好去面对这大千世界呢。"不,我不想看。谢谢了。"

"您的早餐呢,太太——是下楼用餐,还是想在这里?"

她眼前浮现出宾馆里刚醒来的客人集中在餐厅,懒散、充满好奇心的样子。"在这儿吧。我在这里用早餐。"她的想象力转移到香肠、黑布丁上,一顿丰盛的早餐。可既然决定节制饮食,昨天晚餐又吃得那么好,她应该谨慎一点。"清淡一点的?"

"减肥餐吗?双层烤面包和葡萄柚可以吗,太太?"

她接受了,挺不情愿的。

早餐在床上用的,可她头脑一片空白,然后慢吞吞地简单洗漱装扮了一番。现在敢往镜子里瞧一眼了,镜中不折不扣的真相还不至于让她不开心。好好睡了一觉,她看起来清爽平静。她联想起河水里白白的卵石,达特河[1]里的卵石。然而,愉悦的心情平添了一丝烦恼,因为还要穿上那身旧衣服:绿色的针织套衫,灰色的弹力针织裙子,灰色的开襟羊毛外套,灰色的丝绒帽。穿得这样无精打采,真是太糟糕了。她必须着手买新衣服。还有书!可今天是星期天呢,还是耐着性子吧。

马上要出门了,她留意到还放在写字台上的信纸,想起那封尚未落笔的信。站在窗前,她默默寻找着差强人意的词语。

亲爱的……

她放弃了努力。壁炉一边的炉火依然炽热，她把信纸丢进去，然后用拨火棍拨弄着，确保信纸全部烧成灰烬。安顿下来之后，会有时间写信的，不是吗？头天夜里已经有些感觉的肩痛，这会儿不可抵挡地扩散了，让人不得安宁。是神经炎吗？

朴实整齐的石砌排房，真让人着迷。特蕾莎想象着，凛冽而又清爽的空气净化了她的肺。蔚蓝的天空，柔和的阳光。云彩那么温和，简直像是从儿童读物的插图里飘出来的。哈罗盖特小镇绝对是个有益于身心健康的好地方，连这儿的时间都似乎特别流畅，一点儿都不费劲。经过一座教堂，大门像鲜血一样深红，看上去格外肃穆，她估摸着这儿应该离贝蒂茶屋不远了。

冷不丁地，教堂边上一个怪兽型滴水嘴映入眼帘，好像从魔术箱里弹出来的小丑。一个傲气的男孩模样的石像，卑鄙无礼地盯着她，色眯眯的。

或者看上去是色眯眯的。她呆呆地站在那儿，傻了一样，吓得心里扑腾直跳。太阳钻进云层，神圣的建筑笼罩在浓重的寒气里。红色的门，伴随偏头疼的节奏在颤动。不要紧，特蕾莎安然无恙。

附近有棵山毛榉，过了片刻，她走过去靠在树上。这当然不过是一尊石刻雕像，完全没有恶意，而她却受到惊吓，做出这样的反应，太过分了。唯一的解释是，滴水嘴怪兽总会让她惴惴不安。怪兽有魔鬼一样的矮小身体，似乎随时会摆脱束缚，像疯狂的猛禽，从空中瞄着精神紧张的人贪婪地猛扑下来。幸好有身边这棵树，这让她想起了阿什菲尔德[2]花园里那棵山毛榉。

云散了，一名年轻女子脚步轻快地经过，手里甩着闪亮的银缎手袋——晚上欢宴的前奏或是余韵。接着，周围的一切恢复原状，回到富有弹性、无拘无束的时间里，在这个谁都不认识她的地方。

她试着说出声来："四处游荡，不为爱所羁。"

一个高傲的男人走在她前面，穿着一身高雅的骑马服，听到她说的话，转过头来，扬起了眉毛。

贝蒂茶屋处处弥漫着英国人讲究礼仪的氛围。午餐过后，茶室很安静。特蕾莎的心境几乎平稳如初，她要了个单人桌。侍应生长得高大清瘦，服务周到又不唐突，很合她的心意。弹钢琴的把查尔斯顿舞曲[3]弹得无精打采的，也不知是不熟练，还是不肯强作欢颜。

特蕾莎一边抿着用纯白茶具盛着的上好的淡褐色茶，一边吃午餐。让人心情舒缓的南瓜汤，质量上乘的烤牛肉三明治。沉甸甸的银刀具与盘子之间，可以稳稳当当地放一本书，可是没有书，真是太遗憾了。这里菜的分量不大，每上一道菜，她就觉得能吃完，还问问自己接着该点什么。她与贪吃的本能稍稍斗争了一下，最后还是点了带果脯的松饼。假如说她时时都需要吃点儿好的，现在可不是苛刻自己的时候。体重不是已经减轻很多了吗？她最后点了咖啡，喝下后顿时心跳加快。

皇家土耳其浴场富丽堂皇，是有穹顶的宫殿式建筑，四边有塔楼，还有带翼狮子做警卫。她挺起胸，走进浴场。

讲解洗浴步骤的女子，身穿有催眠作用的白制服，长相粗糙，却有婴儿般的金色卷发。特蕾莎只记住了一点：如果刚刚吃过东西，不要跳进冷水浴池。说这话的时候，那女子略带责备的口气，像是粗鲁的护士长在约束不听话的病人。特蕾莎庄重发誓，她会避开浴池。她绝对没有让自己再次受到惊吓的欲望。

在女更衣室里，女看护给她指定了一个单间，里面封闭的木壁让她想起教堂的忏悔室。被关在更衣室里，她与外面的大街小巷也许相隔了很多年。她到底在什么地方？然后，她有些不安，仿佛有什么在等着她，在逼近。是因为刚才看见怪兽滴水嘴，愚蠢地胡思乱想，现在还心有余悸吗？仅此而已，还是咖啡太浓了？

身上只裹着一条浴巾，她强迫自己走出更衣室，外面看上去简直就是东方世界一个奢侈的小角落，一个文明的洞穴。头上是摩尔式拱顶，脚下是马赛克瓷砖。身处温室，女人的身体宛若丛林里性感苍白的花朵，莫名其妙地被连根拔起，湿润茂盛地生长着。浑身几乎一丝不挂，感觉自然，而她……已经太久没有这样的体验了。

她壮着胆子走进高温室——是高温浴室还是桑拿浴室？沉甸甸的红色丝绒挂帘在身后合上，给她一种走上舞台的幻觉。不过，有个孤独的中年妇女，没穿衣服，在一张帆布躺椅上打瞌睡，所以这儿更像是剧场的舞台两侧，而这位不像演员的妇女，上了年纪，只能提高嗓门，在喜剧里跑龙套，没戏的时候偷空打个盹。

在持续高温的影响下，特蕾莎变得昏昏沉沉的。她在一间间温暖的浴室之间走来走去，午饭后的困倦如影随形。需要睡眠，可又没办法睡着；已经习惯，现在却要抵挡睡意，这可是个诡秘的逆转。而且那种预感挥之不去，觉得有什么在等着她，迫在眉睫。然而，俄罗斯蒸汽浴室里香雾缭绕，她再也抵挡不住，不得不坐下来了。

脑子里一片空白,仿佛有只手拽着她摆脱了自己的抵抗。

阿什菲尔德的客厅里,宴会正在进行。阿加莎身着带饰物的白色薄棉布连衣裙,一头闪亮飘逸的淡色长发长得坐下来的时候都能被压住。好多年没留过这么长的头发了,她已经不是个孩子,但也尚未成年,无忧无虑,开心快乐。

无意中听到一位不认识的客人惊叹,说她美得出奇。可她并不觉得自己比平时更加光彩照人。她突然意识到,这是因为自己一直漫不经心地啜饮着手上的饮料。饮料是妈妈刚才塞给她的(妈妈在社交宴会上总是有些不自在,恨不得这些欢乐场面早点结束),杯子上罩着某种光环,她原以为这是自己最喜欢的牛奶和奶油各半的饮料,现在她知道了,这其实是珍稀的长生不老药。药的光彩渗入身体,从里到外照亮了她。她可一滴都不能洒了。

姨婆也在,一如既往地玩世不恭(**你没把手提包放在用人够得着的地方吧?**),总是那么健康,像一艘永不沉没的船。亲爱的父亲和蔼可亲,坐在齐彭德尔风格[4]的椅子上,毫无戒备之心,享受着大家的爱戴。

一个男人探过身来,跟他说悄悄话。大概是家里的朋友吧,但她想不起来是谁。

她既累又渴望孤独,于是悄悄溜进花园。风从海上吹来,空气带点咸味,还有点甜甜的,这香味总让人觉得里面隐藏着开启古老奥秘的线索。只要一闻到这味道,她马上知道,这就是她一直苦苦思念的。

不知不觉，她来到花园斜坡下面。感觉到这里还有别人，她转过身。

是那个刚才与父亲窃窃私语的男人。

他面对着她，但相貌被阴影遮蔽了。她有点拿不准，自己看见的到底是不是个男人。这人的身影完全在阴暗中，女扮男装也是可能的。

她能辨认出来的是指向她的手枪。看上去也没有明显的恶意，那姿势几乎是随意的，甚至有点儿友善。这才是最糟糕的：这个人假冒朋友，处心积虑，暗中接近他们这个快乐的家庭圈子，赢取信任，最后摇身一变，如此漫不经心地暴露出他的狡诈。

那人的影子向她移来。真的是一张男人的脸，和蔼可亲，相当英俊，不带威胁——除了那双眼睛。

威胁全在那双眼睛。你能从眼睛里看出来，他是个坏蛋，绝对的邪恶。尽管天色昏暗，她确信那是一双异乎寻常的蓝眼睛，无比清澈。蓝色本该是天真无邪的，可这双眼睛恰恰相反，非常恐怖。在她童年的庇护所，敌人伪装成朋友凝视着她，目光令人毛骨悚然……

“尼尔太太！”

烟雾缭绕，腾腾雾气中，一个人朝她走来。她认出那婴儿般的金色卷发，还有坚决不赞同的态度。坏脾气的看护员。很明显，她没通过考察。

“我可没进冷水浴池呀。”特蕾莎抗议道。

最近一段时间，她难得合眼，偏偏童年噩梦又出现在有限的睡眠中，梦中会有那个难以辨认的冒名顶替者，她给这人起了个名，叫“枪手”。梦境犹如暗香，依然在身边浮动。为什么这个梦总是对她影响那么大？

“您的脸很红，太太。”看护员咂咂舌头，似乎觉得不可思议，“我带您去冲个冷水澡吧。”

特蕾莎头重脚轻，靠在高大的看护员身上，在她的帮助下走到淋浴间。看护员照顾着她，严厉而周到，让她在大理石长凳上坐下。水从上面冲下来，真舒服。要是清爽提神的水能够流个不停，把“枪手”从她心里彻底清洗掉，让她以全新的面目得到真正的安宁，那该多好。她又看见达特河，看见潮水涌进灯塔湾。“水，最能让你耳目一新，”她说，“也许在水边长大，让我懂得了这一点。”

“您说什么，太太？”

特蕾莎挺直身子，头有点重，但是感觉好点儿了。“水真好。”

看护员端详着她。“我们一直在改进。我能问问吗，太太？您哪儿不舒服？”

看护员的北方口音抑扬顿挫，十分悦耳。“不舒服？噢，有点腰疼，肩膀可能有神经炎吧，疼起来针扎似的。”

“我觉得按摩喷浴会有帮助，还可以用温泉水泡澡，”她展开一条浴巾，侧着脸说，“对精神紧张也有好处。”

特蕾莎飘飘然走出浴场，恍恍惚惚的。粉红色的晚霞如此温柔，她不禁热泪盈眶。除了“枪手”之外，总的来说这一天还算不错,不是吗?一切都还好。为了让心情平静下来,她想象着,在与世隔绝的美好乡村里,有一间漂亮的石头小屋,在那里生活,会有一只狗,一部体贴地咔嗒咔嗒响的打字机,丰盛的饮食。散步,仰望天空。至少有两条狗。远离尘世的安静生活。有这样的栖息之处吗?难道她没有权利不再与噩梦相伴吗?会有这一天吗?

4

冬季花园舞厅

晚饭后，哈里从容步入冬季花园舞厅，女艺人的嗓音尽管有些脆弱，还是令人愉悦的，在她的伴唱下，水疗宾馆男子乐队沉浸在《阿拉伯酋长》[5] 的演奏中。哈里习惯晚上在舞厅里喝上两杯。他欣赏凉庭里的不协调情调，冬季的夜紧贴在玻璃墙上。欢快的音乐充满活力，他心里挺高兴。这个六人乐队通常不在星期天演奏。他揣想着，打破常规是为了给什么人庆贺生日。

新来的那位客人，坐在离舞台很远的一张桌子旁。她又是孤零零的一个人，好像在做填字游戏。昨天她脸色苍白，今天好多了。她没有穿晚装，还是穿着昨天那套绿色套衫、灰色羊毛外套和灰裙子——不过，她看上去倒像穿着新衣服的人，有那么一点愣愣的。她丢了行李吗？

长着招风耳的萨克斯管演奏者向他友好地微笑，哈里也微笑致意。闪避片刻之后，哈里在她旁边的桌子坐下。一对年轻人起身跳起舞来，舞姿不怎么样，但显然是相亲相爱的。一对年纪大些的加入了，他们跳得比较克制。几支舞曲演奏完毕，哈里和新来的客人之间没有搭话。他怀疑她不愿意跟人聊天。她仿佛在刻意避开他人的目光——如此举止高贵的女人，想不引人注目也难——好像满腹心事，却又沉默不语，封闭得紧紧的。她为什么会来到这里？

哈里曾听杰克曼夫妇称她为尼尔太太。他觉得这名字挺讨人喜欢，也让他心绪波动，似乎能看见她在屈膝行礼的样子。前一天晚上散步回来，在楼梯脚下遇见她，她转过身，似乎情不自禁地向他微微招手，当时确实让他觉得她是个在下跪的女人，既低微又高贵。一个被征服的女王。

正在跳舞的那对年轻人越来越专注于对方，女子比男的高许多，却也不显尴尬。他突然明白了，他俩一定是情人。麻脸侍应生在尼尔太太桌旁停下来。哈里没看见她招呼侍应生。她已经把报纸合上，叠起来了，又点了咖啡。侍应生走开后，哈里对她开口了，那股劲儿就像被绊倒的人一样，笨手笨脚地停不下来："你知道吗？巴尔扎克因为喝咖啡而毁了健康。我想应该是巴尔扎克。"

她非常平静，似乎有些兴趣，问道："是吗？"

"我猜是的。不停地喝——我估计是为了不停地写。"他不知道她年纪有多大。三十二？二十八？三十八？四十一？通常，他猜年龄是很准的。

"好东西也会过量的。"

"呃，不错。难的是懂得好东西什么时候会变成毒药。巴尔扎克不懂，或者因为不够在乎，没停下来。"

“或许,他干脆就离不开咖啡。我猜,像他那样写作,一定非常费劲儿,好像每天爬山,爬完一座还有一座。”

她灰色的眼睛——不对,是蓝色,但是有些苍白,几乎是灰色——躲躲闪闪的。

“请原谅,我还没有自我介绍呢。哈里·麦肯纳。”

“特蕾莎·尼尔。”她的目光飘向种在花盆里的棕榈树,“很荣幸认识你。”

“是我的荣幸。你也是搞文学的吗?”

“怎么会呢。”听她的语气,好像这是骇人听闻的。她伸出手抚摸一片棕榈叶。“你呢?”

“谢天谢地,我不是。”其实,在年轻的时候以及年龄的增长让他更有自知之明之后,他曾经一直让自己相信,自己最终会成为一名作家——正如青春年少时,你会恣意相信一些东西,那么不真实,那么偶然,而又那么诱人。他让瓦莱里娅相信,他在努力写一本书。瓦莱里娅维持着他的幻觉,他因此而深深地爱她。年复一年,他表面上在辛勤写作,而实际上只积累了大概二十多页过得去的文字(那些没有让他羞愧得作呕的文字),牢牢地锁在写字台的一个抽屉里。这本所谓的书,其实成了他忧愁苦闷、情绪恶劣时的一个借口。某种呻吟抱怨:**我必须静下心来写书**。而她就会摆出一副平静的样子,相当熟练而不动声色地退避一旁,就像踩着庄重的舞步,然后听任他独自消愁。如果晚上有饭局、桥牌或者麻将聚会,他又不想参加,这本书也是个方便的推辞。可对他来说,冥思苦想地写书是暗淡的时光。心情好些的时候,他们会聊起他那部巨著,瓦莱里娅能够——几乎能够——带着充满爱意的幽默,他则带着毫不留情的讥讽。他的生命之作。可怜的瓦莱里娅。他是多么让她失望啊。

尼尔太太的咖啡来了。她一边往咖啡里搅拌糖，一边说："我想知道每天要喝多少杯，而且要持续多长时间，咖啡才会致命？"她的思路好像有点障碍似的，声音再次变得平缓滞重。

"缓慢的自杀方式，你说是吗？需要怎样坚忍不拔的毅力啊。"

"可不是嘛。"她目光里闪过一丝惊慌，然后变得懒洋洋的，总有些心不在焉。"众目睽睽之下，却让人无法察觉——因为这太平常了。不过你说得对，这是没完没了的，而且我觉得会相当没意思。"

她真有点怪。"有趣点的自杀会更好吗？"他突然想发脾气。

"怎么说呢，不要那么单调乏味吧。"

"那么，你打算冒险再来一杯吗？"

"好的，我这可是明知后果，还继续喝喔。"

他笑了，不由自主地笑起来，脸部的表情是那么异乎寻常，心中有些许惊骇。舞厅里其他人一定在观察他们俩，开始猜测他们在一起聊天的缘由。她身边没有丈夫陪着，即便现在还没有人议论，很快就会有的，而且还会就此推理演绎。在哈罗盖特逗留的客人中间，八卦新闻是某种毒品，他们靠这个消磨时日，给生活增添点色彩。同样的事情也发生在其他远离尘嚣的小团体里。当然，这里的人说起闲话来温文尔雅，漫不经心。温泉疗养地的人流动性大，跟一般小镇的人比起来，自然或者说很不自然的，也更加见多识广，没那么容易大惊小怪，也精于有教养的审慎。这里多数人所提倡的生活方式，是有分寸地安排疗养和娱乐，必要时也可以隐姓埋名。尽管如此，闲言碎语是不可或缺的消遣。一个人无论如何老于世故，如何高雅，自己身上的毛病和心中的烦恼，总会变得乏味，以至于让他感到窒息。他必须转移视线。

两人的交谈渐渐变得有一句没一句的,哈里感到特蕾莎准备走了。他决定留住她,而他通常不这样。尽管孤独,对宾馆里的多数客人,他往往都敬而远之。“你会在水疗宾馆待很长时间吗?我在这儿已经两个星期了,还准备再待几个星期。”他很少有清晰的计划,瓦莱里娅留下的遗产让他能够随心所欲,异想天开。

“还说不定呢。”她仔细看着自己的咖啡,仿佛咖啡会微妙地改变形状。“你到这儿来,是因为哪儿不舒服吗?”他沉默了一下,正设法编个合适的答案,她赶紧补充道:“对不起,我没有介入你私生活的想法。只是,今天有人问我哪里不舒服。当然,到这儿来未必是出于健康的缘故。”

他觉得她的慌乱很迷人,又想起前一天晚上,她朝他微微招手的模样。“没问题,你尽管问。”

他本该随她去的。将一个女人当作可破解之谜,他已经知道那是大错特错的。他尽量集中精神,去看那对爱意缠绵的情人,他们是舞池里剩下的唯一一对舞伴。其他人一定觉得,与他们相比,自己是多么黯然失色。

他有实话实说的冲动,也就不再装了。“别人问起来,回答会是疝气。”他喝了一大口白兰地,尽量不带伤感,继续说道,“真实的,怯懦得毫无希望的回答是:有时我会失去勇气。我会非常——萎靡不振。每逢此时,我就需要休息。”

她张张嘴,又合上了。他觉得,从她的表情能看出恐慌,似乎坦诚是必须要互换的。“是啊,”她最终说道,“休息很重要。有时候躲避更加明智。”她轻轻地清了清嗓子。“一走了之。杰克曼夫妇不在这儿吗?我猜想你认识他们。”

在一边额头上,棕红色的头发里闪着一缕银光。肯定有三十四五岁了，至少。

“你的猜想是对的。我想他们晚餐有约。他们挺好的。”

“是的，非常好。我本来想告诉他们，我按照他们的推荐，去了皇家土耳其浴场。”

“我也经常去。上瘾了。想让自己焕然一新的话，没有什么比土耳其浴更好的了。喜欢吗？”

“挺喜欢。有那么一阵，我可能差点儿晕过去了。”

说不出来为什么，但哈里开始问自己，他们俩会不会有什么共同之处。这位灰绿搭配的服装穿了两天的特蕾莎·尼尔，她是否有些迷失？那缓慢而带着伪装的声音，是否有过心灰意冷？

情侣在跳华尔兹。姑娘欢快地笑着，然后轻声尖叫，做了个鬼脸，很可能小伙子踩她脚趾头了。**一、二、三**，经过他桌子的时候，姑娘暗中喊着拍子。特蕾莎·尼尔拿开匙羹，开始喝第二杯致命的咖啡。他使劲儿不去想象她下跪的样子，同时强行按下心中渐渐涌起的冲突。虽然为时已晚，他还是打量了一下她的无名指。内心一阵战栗。没有结婚戒指。何谓尼尔太太呢？她只戴了一个指环——看上去是铂金的，镶了一颗小钻石——松松地套在她消瘦的手指上。

“杰克曼夫妇告诉我，你从南非来。”

“没错。”她的眼睛盯着舞步有点乱的华尔兹。

“一定是个令人神往的国家。”他不愿放弃，“我从来没去过。”

“是的，确实令人神往。”

她继续极其认真地看着跳舞的人。他明白了，可能她也从来没有去过。想到她可能在撒谎，哈里感到窘迫，也多少有点兴奋。就好像他们俩站在一道屏风的两面，隔着屏风，他只能辨认出她的影子。她是不是一个不知道如何说真话的女人？（十有八九，他是想象力太丰富了，母亲的话穿过空洞的岁月在耳边回响。）不是有意骗人，而是因为她将世间人事看作一片沼泽，里面几乎没有什么能够说得清楚的。她是不是极度悲伤呢？

他在问："你这辈子觉得待在哪里最幸福呢？"

她的眼神突然一惊。一个反常的问题，太私密了。

他不管不顾地继续说下去。"尽量不要费劲儿去想。说出脑子里出现的第一个地方。我想是伦敦，或者的里雅斯特。[6] 我是澳大利亚人，不要误会，我自己的国家……"他说不下去了。

"我真没猜到你的原籍呢。你英语说得真的非常好。"

如此这般的评论总会让他恼火，也多少印证了他的想法。"怎么，你要知道，英语是我们的母语呢。"

"是的，当然了。只不过，一般来说，澳大利亚口音通常都——请原谅我这样说——都很明显。"

"在英国人听起来是这样吗？这么说，你很熟悉澳大利亚口音咯？"她会不得不重新审视他，把他看作殖民地居民。对于这样的想当然，他会出自本能做出恼怒的回应。可今天晚上，他不想这么做。或许，这是因为脑子里一直有她下跪的形象，也可能是因为她那让人猜不透的态度——他们之间那道屏风有些奇怪。"我确实很容易学会其他地方的口音。嗯，法语。还有英语，承蒙你善意的夸奖。我太太——我亡妻——是意大利人。我只会说很少一点意大利语，说得很差，不过瓦莱里娅以前总是跟人说，我的口音好得能蒙混过关。顺便说说，从你那里，我可听不出一点点南非口音啊。"实际上，她那上等人口音相当惹人注意。他经常会觉得，英国上流人士说起话来就像讽刺画一样，既令人反感又相当迷人。

她缓缓抿了一口咖啡。“得知你太太已经去世，我深感遗憾。”一阵长久的沉默。她捧着咖啡杯，修长的双手像雕塑一般，手指纤细苍白。不知是想用杯子暖手，还是借此表示镇静。终于，她说：“你一定很怀念澳大利亚。我听说那是个很美的地方。”她笑了，有些犹豫，“我总是思念德文郡，那是我的出生地。我小时候是在那儿长大的。后来我们搬到南非去了——我想，那时我的口音就已经定型。可我和妈妈在德文郡是那么幸福。”

他眼前展开一幅画面。一片靠近海边的绿色田野，小姑娘模样的特蕾莎·尼尔，怯生生的，几乎是半透明的，就像是德累斯顿骨瓷做的。她一本正经地做着游戏，自傲让她脸上泛起红晕。微风吹起她柔丝般的头发——已经开始变成褐色的金发。一位高傲的妇女站在一旁，小心地保持距离，她用维多利亚时代人的尖锐目光，睿智地观望着。妇人与孩子都举止高贵，也都觉得她们之间的紧密同盟是永恒的。其实做母亲的理应知道，世间的一切都会改变。

“童年的我，极其幸福。”停顿片刻，她又说起来，而他发现自己已经适应了这种缓慢拖沓的节奏。“不过，幸福也是各种各样的，不是吗？我想到尼斯城。从某个角度去看，在巴黎也很开心，不过，当时我在那儿上女子精修学校，要花很多时间学习。在尼斯，我清晰地记得，看着明亮的天色，我心里知道，我自由了。”

把扎根在一个地方的幸福，与更加无边无际的幸福放在一起，即便不是不可能，也是相当困难的，他正想就此说些轻飘飘的东西，同时也并不认为是错的话，可又想起别的来：“你说起这个来，倒挺有意思。还真巧。我在尼斯也感到很自由。”

“哦？”

“我曾经在那儿待过几个月，战前。”

“米摩莎[7]公寓。从阳台上能看到蓝色透明的海水。”

他一下子精神了。“我在那儿的生活简单而舒适,简直让人有负罪感。下午,我有时会坐在海边的大岩石上打瞌睡。”

“法国人懂得用餐是正经事儿,从早餐的牛奶咖啡和牛角包开始——我真是太喜欢杏仁牛角包了,里面放了橙花水呢。”

“天呐,可不是嘛。”

“还有那些果酱。糖多得快成固体的了,都没法儿像平常那样涂抹。”

“能立正站着呢。这么说,你是个纵情享乐的人,尼尔太太?”

“至少在饮食方面。还有花。”

他扬起眉毛。尽管他们静静地坐着,谈话中的冷场还是让他局促不安。他打破沉默,说:“而我们现在,却在灰色的英格兰北部。”

他们懊恼地笑起来。

她侧着头说:“我也喜欢英格兰。*Vous parlez aussi bien le français que l' anglais?*①”她的法语不能与哈里的同日而语,却也说得流畅,英国口音不显得生硬,反而挺悦耳动听的。

“*Je fais de mon mieux.*” ②

“尽力了,就能做好。那时候,我打算成为职业音乐家呢。”

揪紧的心开始放松,他体会着与她相处的乐趣。“我们打算做的多着呢。什么样的音乐家?”

“钢琴家,或者歌剧演唱家。”

“所以到巴黎去上学了? 后来呢?”

“我的老师都很有名望。我很用功,花了好多时间练琴,弹得也

---

① 法语,意为:“你法语跟英语说得一样好吗?”译者注。(本书脚注均为译者注。)

② 法语,意为:“我尽力说得跟英语一样好。”

不错。难在表演。我的性格不适合，那位奥地利老师最后是这么说的。”

“那唱歌呢？”

“不知为什么，表演唱歌我挺在行。我很想成为歌剧演唱家，唱瓦格纳的《伊索尔德》……可后来，我们家有一位美国朋友，认识美国大都会歌剧院的人，他听我唱过之后，很同情也很老实地告诉我，我的音量不够。我只能成为音乐厅独唱演员，可我对此不感兴趣，梦想就此终结。”她说得淡淡的。

“音乐厅有什么不好吗？”

“在音乐厅唱，会是……某种折中。可能我比较挑剔吧。我真的该回去休息了。我还要补觉呢。”

谈论到自己，她显得有些不自在。她站起来准备走，身材高高的，很有些盖过他人的气势。这时，乐队开始演奏查尔斯顿舞曲。

他喝干了杯里的酒，一下子站起来。“能这样聊聊天，很开心。嘿，《是的！我们没有香蕉》[8]，不过，这歌名到底什么意思呢？”

他感到她脸上掠过一丝欢快的表情，甚至可以说是歇斯底里。

“我可一点儿都不知道。”

不甘心就这么让她离去，他孤注一掷：“也许我们可以跳跳舞？”

“哎呀，不行。我都没穿晚装。”纤细的手指拍着绿色套衫，作为佐证。

“不能让这个阻止我们吧。”

他们相互对视。他十分惊讶地看到，她愿意让自己被说服。

“真是一首欢快的歌。”

其实，她并不是在他的冲动面前让步。她的笑容里有嬉戏的战栗，有点明知不可为而为之的意思。他们移步舞池，来到那对不知疲倦的情侣身边。留意到小伙子的步法大有改进的余地,他松了一口气,乐观地想着,这家伙跳舞可能还不如自己呢。哈里的查尔斯顿舞跳得很差劲,总觉得这舞跳起来有点烦。不过,尽管身体不容易跟上舞曲变幻无常的节奏,有时舞曲也会让他振奋起来。他四十岁了。幸好,随着年龄的增长,他不像以前那样,腼腆起来手足无措。这个夜晚似乎遵循着某种异常的逻辑。

“别担心,尼尔太太。咱们不会被他们吓倒的。”

“特蕾莎,”他们相互靠近的时候,她说,“请叫我特蕾莎。”

“特蕾莎。”从眼角看到她模糊的脸颊。香皂味儿。淡淡的,女人温暖的汗酸味儿。天老爷。他心里紧张得就像要给自命清高的学术团体做一个期待已久的讲座。他们握住对方一只手,他的另一只手找到她背部的位置,她的手放在他肩上,热乎乎的。开步之时,他们的膝盖碰在一起,她迅速挪开腿。“请原谅。”哈里抱歉地说,“我太久没跳舞了。”

“我也是。”

“不会啊,你跳得很好。”

“年轻的时候跳得更好。”

与他们一起跳舞的另外两个人朝他们点点头,心照不宣。

“我相信,那就是过生日的姑娘。”特蕾莎说。

膝盖又碰上了,这回没有快速的躲闪,也没有道歉。可能他在使劲忍住不笑,或者尽量不要跌倒。他们不去留意别人有没有在看他们。哈里的目光一度与萨克斯手相遇,不过他不露声色。

一曲终了,两人气喘吁吁的。微笑着,他们分开了,而他,肩上依然幻觉似的感到她的手的压力,手掌还依稀保持着她脊背的轮廓。

“我真的要走了。”

“尼尔太太——特蕾莎，”他匆匆说道，“明天你愿意跟我一起到溪谷花园散步吗？我是说，如果你没有其他安排的话。”

“散步？”她犹豫着，“明天……不知道明天行不行。也许……”

她转身离去的时候，他故作滑稽地恳求道：“小心咖啡。不要忘记尼斯喔。”

她淡淡一笑，不失友善。哈里留在舞厅，看着她离去。他重新在桌前坐下。孤独寂寞聚拢起来，包围着他。此刻，男子乐队正按照惯例以《蓝色多瑙河》结束晚上的舞会，年轻情侣还在随着华尔兹舞曲跳着。侍应生示意哈里，是否愿意再来一杯白兰地。他同意了。他觉得萨克斯手在观察他，不过他尽量不再与他对视。在哈里看来，乐手们对观众的迁就，只是表面功夫，因为他们知道，客人心安理得地给他们定位了：乡下人，来自比自己低的下层社会。然而，情况也许恰恰相反——观众有钱没有健康，这种稀奇的组合，在有优越感的乐手们眼里，就是一场逗他们开心的戏。音乐声渐渐消失，他使劲鼓掌，透过隔离夜空的玻璃墙，凝视着远方。

5

别再折磨我

回到在三楼的房间，哈里打量着房间里的摆设，有些茫然。各种物件暗示着独身男子对闲暇的欣赏。拉盖书桌，可以在上面写些富有深意、充满深情的信件。一瓶茶色波特酒，还有一瓶西班牙干雪利酒，一个玻璃水瓶，装着有益健康的泉水，两个干净的、倒扣着的玻璃杯，全都整齐地排放在一张小桌子上。另一张桌上放着留声机。壁炉里有残留的火，深红、橙红的煤块——激情或是地狱的颜色。格子睡袍搭在舒适的翼状靠背椅上。单人床，蓬松的被子已经铺好。瓦莱里娅活着的时候，无论哈里有多么爱她，心里总是悄悄地怀疑，自己本质上就是个单身汉。多么悲哀可笑，而这同时也无疑是人之常情，那么不出意料，让人鄙视。她走了，他常常感觉自己像一个被强行戴上孤独镣铐的快要结婚的人。

床底下的行李箱仿佛在叙说旅居生活的短暂飘忽，他用脚把箱子再往里面挪了一下，压住那些窃窃私语。脱下鞋，倒了一点雪利酒。他挺愿意以酒徒自诩，虽然不太能喝。性格不够坚毅，也许做个酒徒都略有欠缺。他喝酒适可而止，只要能借酒浇愁，让一切都变得有点模糊不清就行了，而且只会在脑子过度兴奋的夜晚喝。今天晚上，酒还没产生预期效果，还差一点。他抿着酒。

他告诉特蕾莎（他喜欢她的名字——像风在树林子里飒飒响——也喜欢她的姓）自己曾经萎靡不振，这话不假。过去那两年，没别的说法，就是糟糕透顶。瓦莱里娅走了之后，他没必要再假装辛勤写作了。悲伤抑郁的情绪变了，变得像午夜一般黑暗，而且出现得如此频繁，他不再留意什么时候心情好转，什么时候抑郁重新袭来。再说，他也不在乎了。

直到半年前，他发现自己状态特别差。准确地说，是他房东沃恩先生发现的。后来这位好心人解释说，他擅自进了哈里的公寓，因为邮递员投诉，说投递口塞满了，信件都投不进去，而且门口的牛奶瓶越来越多，已经酸臭，任由小鸟在糟蹋。

沃恩先生敲了一阵门，等了一会儿，再敲几下。大声喊过之后，他用备用钥匙谨慎地开了锁。那扇门开得很慢，是受潮膨胀了，赌着气准备拒绝任何人进出。他用劲拽了一下门，只听里面传来一声惨痛的哀嚎。

在公寓里面的哈里也听到了。实际上，他不知道多久没听过这么清晰的声音了。很特别的声音，但是熟悉、亲密。听起来像婴儿啼哭似的，纯真得有点奇怪。受到打扰的他，脑子清醒过来，明白那一定是闪电，瓦莱里娅的猫。他还是从来不把这畜生当作自己的。他们互相讨厌，相处得还算平和。

沃恩先生刚把门推开一点，随着一声意味深长的尖叫，一只饿透了的愤怒的猫冲将出来，野蛮的本能反应就像松开的强力弹簧。沃恩先生想追上去把猫抓回来，可是等他转身去追的时候，猫已经飞快地拐了个弯，绝对控制不住了。

“麦肯纳先生？”透过打开的门，他再次喊了一声，一如既往的举止得体。

这次哈里听出是他的声音了，他甚至能想象，带着遗憾与尊严踏进门厅之前，沃恩先生先在垫子上擦了擦鞋。“在客厅呢。”哈里用虚弱的，或者仅仅是无聊透顶的声音，告诉沃恩先生。前门关上了，接着是脚步声。然后，他们之间最后的那道门打开了，微弱的光亮中出现了他长长的黑色身影。他半转过身，可能是向着前门镶嵌的玻璃，从那里可以透进几缕光线，照进门厅成了一圈圈的亮光。他咳嗽了一声。

“沃恩先生。”哈里很随意地招呼了他，好像这是定期约会，他迟到了十五分钟。

“麦肯纳先生，恐怕我们再也见不到你的猫了。”

“瓦莱里娅的猫。闪电。”

“哦。”他小心翼翼地走进哈里蜗居其中的幽暗里。

“*Micio* 是‘猫咪’的意思。意大利语。在意大利，猫是——*micio*，*micio*。猫咪，猫咪。”

“啊，是这样。”

“我更喜欢狗。”

大白天的光亮照进屋里，让哈里猝不及防。是沃恩先生拉开了窗帘。光的暴力让他昏头涨脑的，好不容易才习惯过来。哈里看见房东像往常一样，穿着松垮的上衣，身子又瘦又长，简直像一条脱了水的香草豆荚。解救者居然以这个模样出现,真令人啼笑皆非。尽管沃恩先生是个细心地把自己弄得十分整洁的人,可他那帅气的脸上颧骨深陷,阴森森的,与其说像天使,还不如说像死神。哪怕看见他像死神那样身穿黑袍子,手执长柄大镰刀,哈里也不会感到特别惊奇。这会儿,没什么能让哈里感到特别惊奇的。以往哈里跟沃恩先生打过交道,印象中他遇事会慎重考虑,但也不会看得太重,这样的四平八稳让人肃然起敬。尽管哈里对沃恩先生所知甚少,他尊敬他的房东(能对房东有这样的敬意,还真是不多见)。他甚至会想,沃恩先生是不是什么哲人隐士呢。有风吹过来,显然窗户也打开了。

沃恩先生从来不说多余的话,因此,当他干巴巴地说道:“我的老天爷,伙计。”哈里明白,情况够糟了。后来,他突然想到,那时房东一定会有面对一具尸体的思想准备。

怎么会落到这步田地呢?他内心理性而无动于衷、严厉而冷静的那部分,能够观察到正在发生的事情,却没有足够的精力去改弦更张,也没有特别的兴趣加以抵抗。他回顾没有了瓦莱里娅之后的第一年,试图寻找能帮助他避免再次走进这样的死胡同的线索,可是,记忆就像一片沼泽。他把自己这种意懒情疏的状态,跟备受他鄙视的房间混为一谈,那里面装载着他所有污浊恶劣的时光。仿佛在某个变化莫测的瞬间,他租住的客厅与内心相互映照,互为影像。他过去在这个熟悉的空间里过得挺安详,现在这地方却出了毛病。是家具没摆好吗?什么角度,什么细节出了严重差错呢?有某些不显眼但又非常关键的毛病。而门在身后关上了。他的活动空间缩小到只有这间客厅,只能看着里面很不合适地混杂在一起的东西:棕色沙发、棕色窗帘、绿色垫子、印花布扶手椅(到后来,他开始自问,这样的室内设计,喜气的暗红色加上尖酸的柠檬色,会不会是对猫爪草的拙劣模仿),灰尘积成一团团的,没有打开的书到处乱放,让人心生愧意。他觉得那沙发特别讨厌,散发出瓦莱里娅那只备受委屈的猫的味道——或是他自己衰老腐朽的味道。那似乎在提醒他,不要忘记自己犯过的罪。

在意识最遥远的边缘漂过某种可能,或许他可以,姑且这么说吧,重新布置那些难看的家具和陈设,做些能让一切恢复正常的简单调整。可是,他如何打起精神来做这些事呢?他连深吸一口气,准备去行动都做不到。

闪电逃走之后不久,他开始云游四方。其实这是沃恩先生的主意:这再次证明他的智慧。毫不留情地拉开窗帘之后,他马上给哈里泡了一杯茶,命令他喝下去,还亲眼看着他勉强喝下第一口。茶甜得呛人,让哈里的心一阵乱跳。

"你别不高兴。"过了好一会儿,沃恩先生说道,"你一直都是个好租客,我没什么好抱怨的。不过,咱们这么说吧,你也许应该换个活法了。换个环境什么的。你明白我的意思吧。"

哈里努力整理思路。他当然明白。他绝对不能在这儿待下去了。他们都明白,在某种意义上,沃恩先生刚才遇见的是一副皮囊,原来住在他公寓里的哈里已经死去。那个生命已经不复存在。继续住在这儿，哈里想想都会起鸡皮疙瘩，那前景恰似要在盛夏里的一天，穿着死者的羊毛西装，去参加他的葬礼。

“你能去亲戚那里住一段时间吗？”沃恩先生带着些许希望建议道。

哈里摇摇头，眼前浮现出父母在杨镇[9]农舍和屋前阳台的场景，就像他十六岁那年，在一个清凉的早晨赶往悉尼之前，回头望去时所看见的。当时，他甚至没有最后一次揉揉他们家黄毛狗的耳朵，这个动作过时了，这个习惯也已经改了。尽管母亲摘下了围裙，以示庄重，可她站在那儿的姿势依然像在干活儿，看到这种姿势，他就会感到好奇，想知道她几乎从不提及的，结婚之前做用人时候的事。父亲看上去无可奈何，多少有点同情他。这个男人巩固他对家庭的控制，靠的是让自己话里藏刀，或者公然恶语伤人——未必每天都这样，甚至也不会每周都这样。哈里常常会想，假如他和母亲能指望有比这些拐弯抹角、难以捉摸的话更加不可否认的家暴，比如什么非人道待遇，甚至是遭受拳打脚踢，日子会不会更加简单一点？那天早上，屋顶上的天空是那么开阔，蓝艳艳的，点缀着轻柔闪亮的白云，像大理石花纹似的。

“很难啊。”

“喝茶吧。温泉疗养胜地？”

哈里差点不可思议地笑出来，鼻子里面都是糖的味道。

沃恩先生继续说：“我就曾经去过巴斯，因为肝出了毛病。我觉得很有好处，真的。”哈里昏昏沉沉的，依然保持沉默，沃恩先生沉吟道，“你总得找个去处——多少有人能照顾你的地方会好一些。喝吧。”

一切都杂乱无章，滑稽可笑。一切都是透明的。这间可怕的缺乏真实感的房间里的每一寸地方，还有顽固不化的阳光，哈里可能说的每一个字。身体是愚蠢尴尬的囚笼，头脑是更加难以忍受的牲口圈。尽管如此，沃恩先生的话还是播下了一颗种子。去温泉疗养胜地，尽管徒劳无益得有点离奇，是愚蠢的举动，滑稽的自我沉溺——不对，正因为如此——说不定与他毫无价值的人生正合适。至少，这是个想法。他还能做什么？没有更好的打算了。

首先，在沃恩先生积极的鼓动和帮助下，他从林肯律师学院广场，搬到了切尔西一处新的出租房。他的下一个房东，个子高得出奇，长得挺结实，说起话来酸溜溜的，是个郁郁寡欢的家伙。哈里可是一点也没有被他的睿智所打动，也似乎不屑记住这位先生的姓名。不过，他新居里的房间倒是布置得挺时髦，而且空荡荡的（沙发是干干净净的玫瑰色）。他从来不会在里面待太长时间。一旦房间看上去有点不对头，一旦发现自己在凝视屋里的摆设，目光不那么友好，他立马收拾行李走人，直奔英伦三岛或者欧洲大陆某处的小旅馆，通常会在温泉小镇。在那里，他会待到厌倦了再走，或待到有去别处看看的冲动为止。再不然就等到觉得安全了，才试探着回到所谓的家。一年之中的大半时间里，他是四处漂泊的过客，希望打成碎片的时间不要再次凝固，就像在那个他曾经辜负了瓦莱里娅的公寓里那样。哈里认为自己实际上就是个病人。

偶尔，他也会想到那只猫，闪电，不知道她是否活下来了。他想象她还活着，活得神采飞扬，一身光滑的新皮毛，裹着一颗自鸣得意、有力跳动着的心，虹彩般闪烁的眼睛，依然那样傲慢地藐视怯懦胆小的行为。

在林肯律师学院广场那间小公寓里，他和瓦莱里娅过得挺好，尽管需要精打细算，不能有任何铺张。他们俩都没有从自己的家里得到过任何东西。当时，哈里在给一个有钱的商人，安斯沃思先生，做私人秘书。婚后不久的一天，瓦莱里娅告诉他，她刚刚在一个A.B.C.自助茶餐厅[10]遇到一位老太太，她要去给老太太当助手。尽管哈里向她保证，他的薪水足够他们俩过日子，她还是坚持认为这不算什么工作（反正报酬也不高），更多的是为了有个理由能每天下午花几个小时陪伴一位孤独的寡妇。这位莫特雷克太太很有个性，但是眼神不好，她只是想有人念书给她听，带她到布鲁姆斯伯里区附近散散步，她就住在那边。她的丈夫是外交官，经常在海外任职，所以她对国际事务有广泛兴趣，能熟练地用三种语言交谈。而且，瓦莱里娅还说，既然她已经放弃了绘画，她需要做点事情，不让脑子闲下来，也让日子过得有条理一些。她与安妮·莫特雷克的交往的确是令人愉快的——在开始的七年里。后来，莫特雷克太太老糊涂了，一开始还性情温和，然后越来越糟，陷入长时间的难以相处的状态。瓦莱里娅一直到最后都是老太太坚定不移的朋友，在最煎熬的时候，她甚至表现得在护理方面都很有天赋。哈里听说，莫特雷克太太在遗嘱里象征性地给他妻子遗赠了一笔钱。瓦莱里娅去世之后，他才惊讶地发现，实际上，莫特雷克太太让他妻子成了相当富有的女继承人。

为什么她不透露真情呢？为什么要瞒着他？那笔钱也许能让

他们在一起的日子过得更加轻松愉快。这非常令人费解,尤其是在她自己的遗嘱里,瓦莱里娅把这笔多得惊人的钱全部留给他了。他成了一个拥有相当多财产的人,能够在38岁就早早地退休。在沃恩先生的干预之后,他开始了一个有闲人的生活。他运气好得稀奇古怪,尽管他也许难以感到自己是幸运的。假如没有这些财富,他无疑会死去。

他把自己流动的新生活看作一个系统,现在系统运作良好,尽管他也知道,这个系统随时可能崩溃。目前他能控制住自己,但是,过去的经历让他懂得:控制是虚幻的。一旦有过一切都变成透明的经历,今后还会这样。你对此心知肚明。只要脑袋再朝那个方向倾斜一下……与其说他被拯救了,还不如说是被判了缓刑而已。

他还懂得了另一件事,尽管这似乎是那么显而易见,不值一提:让身心处于忙碌状态十分重要。为了做到这点,他非常努力,让自己对报纸产生兴趣,也读点书,听听音乐。他强迫自己散步,经常进出土耳其浴场,接受按摩和其他治疗。有时他会迷恋女人,但只是淡淡的消遣,从来不会误认为那是爱情。(他能够肯定,在瓦莱里娅之后,他已经没有能力再坠入情网,再去做任何如此庄重、如此费力气的事儿了。)他仅仅是培养一点对这个或者那个女人的兴趣,无人陪伴的,假如可能的话,最好是厌倦了旅游,有点心烦意乱或对社交场合不感兴趣的女人。要努力让自己相信,他真的迷上了这个女人。目的是让自己头脑清醒,最好是(他真的相信有这种可能吗?)获得站在海边的感觉,被海水洗刷一新,稍微有点兴奋。实际上,他们的关系从来没有超过平平淡淡的逢场作戏。那些女人无疑能嗅出他的绝望,就像面对一条黑暗的小巷,也许里面有某种见不得人的诱惑,可是犹豫过后,你还是不会贸然闯进去。

特蕾莎·尼尔形单影只,看上去离群索居,也许心情萎靡。然而,她不像他通常看上的,或者看上他的女人。她的非凡是他看不透的。他有非常强烈的直觉,关注这个女人是不明智的。在摆设得假装像家里一样的宾馆房间里,他一边慢慢喝着雪利酒,一边漫不经心地脱衣服,脑子里重温着他们之间的对话。然后,他对自己说:音乐。在留声机跟前,他犹豫了一会儿,决定听蒙特威尔第的《宁芙女神的悲歌》[11]。也许是音乐作怪吧,当房间里回荡起优美的悲歌时,他在想,他偶尔在特蕾莎·尼尔眼神里捕捉到的,是不是真的如他所想呢。她很痛苦,或者身处险境,这样的印象让他不能释怀。他怦然心动。披上格子睡袍,柔软的羊毛有点恼人。想到他们其实离得很近,他突然一惊。她的房间在哪层楼?她睡了吗?

他留意过她戴着珍珠项链,这会儿眼前浮现出她摘项链的姿势:头向前垂下,一下子显得重重的,脖颈露出来,纤细的手指摸索着项链扣。他曾经多少次看着瓦莱里娅这样解项链扣,弄来弄去,直到累了,终于用孩子似的腔调让他帮忙?无数次。不对,其实已经数完了。全部完结,不会再有。结束了。

特蕾莎·尼尔(**请叫我特蕾莎**)个头比瓦莱里娅高,哈里想,而且脖子也长点,身材更加挺拔。这样的对比是身处黑暗中的本能反应,像预谋背叛一样让他痛苦。可是,他与特蕾莎只聊过一次,看在上帝分上,还跳过一曲查尔斯顿舞。为什么他对这一邂逅如此上心?这与其他那些浅薄的迷恋有什么不同吗?

唱片放完了,再重放一遍。他喝干了杯里残余的雪利酒。必不可少的蒙眬,马上就来了。他再次将羊毛睡袍扔在椅子上,关灯,爬上为一个人设计的床。他沉入孤独的睡眠,步入深夜的跌宕起伏,伴随他的是缎子一样的女声,在倾诉着悲伤。*Non mi tormenti più*。[12]

一个女人的身体在他的双臂中,背朝着他。

可他熟悉瓦莱里娅背部雪白细腻的肌肤,崇拜她的背。随着岁月的流逝,绳扣一样的脊梁骨,令人心疼地被消磨掉些许棱角,变得柔和起来,更是让他疼爱有加。他将手贴在肌肤包裹的脊骨上,亲吻着。他曾经是多么敬畏她的背脊,虽然实情是他已然忘却了。整整好几年,他忽视了这片苍白的沙漠,妻子隐蔽无语的部分。他感到负疚,只有回家见到在苦苦等待的人,才会有这样的负疚感。他又一次狂喜地亲吻她。没有反应。

这就是为什么修道士要生活在修道院里,他沉思着。为了躲起来,不去看任何会分散注意力,会挑逗心灵的东西,否则他们就不能专注于他们所爱之神的精妙繁复,那并不明显却更显荒凉的浩瀚。这么做是为了将静观细察的艰辛奉献给爱。在平凡世俗的生活里,很难像圣人那样全身心地去爱。这就是巨大的过失与失望吗?破碎的爱?他几乎可以尝到泪水滚烫的咸味儿。

"亲爱的,你不能转过身来吗?"他想看看她的脸,为自己不诚之心道歉。

她嗓子里发出一声不经意的笑。终于,他的爱人勉强转过身来。

不是她!不是瓦莱里娅。取而代之的是一个陌生人。

然后,更加匪夷所思的迁移出现了。这个女人没有生命:是具尸体。

一具尸体,长着特蕾莎·尼尔的脸。他觉得这具从头到脚贴着他的尸体,刚刚跨过神秘的阴阳界,柔软而温暖。眼睛是睁开的,蓝灰色,即便在死亡中,依然那么拘谨。

她到底是谁?他似乎应该知道,可又为什么呢?在震惊与厌恶中,他惊慌失措,突遇势不可挡的吸引力。他渴望知道她的情况,真实的,甚至假的也无所谓。然而,贪婪是个错误。就在他使劲儿想搂住她,从她肉体里挤出秘密的时候,却惊恐地发现手臂里没有女人。根本没有肉体,只有沙漠里最细的沙子。他徒劳无功地紧握双手,月色一样晶莹的白沙从指缝间飞速逃逸。

6

第四天

《每日邮报》上面说今天是星期一，可是在一个陌生的地方，时间变得随心所欲。今天，她一定要把那封信写了——真的，她起床第一件事就是写信。因为迫切地想把这件事做了，她从床上一跃而起，脸上不禁抽搐了一下。肩膀真的不对劲儿。一阵刺痛，好像是哪儿受伤了。疼痛放射到整条胳膊，胳膊觉得软弱无力。神经炎复发了吗？什么动作让旧病复发了？反反复复的，真奇怪。

她从手提包里翻出鸦片酊。药瓶上那张托基镇药店[13]的标签带来思乡的刺痛。德文郡洒满阳光的绿色山峦，从巴顿山上眺望到的托基海湾，松树的香味。她喝了一口鸦片酊，心里对自己承诺，一定要预约去做按摩。

这回她不会坐下来，让桌上的文具给唬住。先在房间里来回踱步，好好构思。然后坐下来，痛痛快快地写。就像渔夫把鱼钩取出来之前，先抚摸一下鳟鱼，让它听话。她来回走着。亲爱的……

我最近一直在想大英帝国博览会先遣巡视的事（**她可以这样说**），特别是在夏威夷的那个月，跟在天堂一样。我们逃离了那些荒唐愚蠢的事。多么欣喜若狂！很可能是神经炎让我想起这些事儿。你知道吗，旧病复发了，而第一次犯病就是在檀香山。已经过去四年了。真令人吃惊。当时使劲地又是游泳又是冲浪，引起了神经炎。我的右肩和右胳膊疼得厉害，还记得吗？可我们是幸福的，不是吗？两条鱼。晒得不成样子。不停地脱皮！穿着那条翠绿色的紧身羊毛泳裙[14]，我觉得自己特别时髦……要不写点关于南非的？或者加拿大，还是新西兰？澳大利亚？说说在哈罗盖特邂逅了一个澳大利亚人？这人当然会让她想起害羞鬼，她在心里一直是这样称呼他的。澳大利亚的确是那种让你总是心痒痒的地方。不过，她在那里最深刻的记忆，并不像在夏威夷那样单纯，那样开心。而且，在澳大利亚的记忆中，她丈夫不是主角。

她丈夫，尼尔先生。他想起的会是视察工厂，鞍前马后地为少校效劳，会见各界人士，而这些人多数都跟他们不是同一类人。他不会想起悉尼强烈的光线，潮湿的空气，宾馆里因为潮湿而更难闻的味道。几乎可以肯定，他不会记得那些极其喧闹的鸟，那些她怎么写都无法向妈妈描述清楚的树。白得惊人的树干……

想着妈妈在家里，几乎是一个人待着，而且她又那么好奇，特蕾莎很想在信里将所有东西都跟她分享。可她从来没有真正掌握描写地方特色的诀窍。并不是缺乏观察力——只是她全神贯注，用的是自己独特的视角。（她喜欢耽于幻想，妈妈没有教她对此感到惭愧。她是否应该这样教她呢？疏于面对真实，代价惨重。）那里的景色隐约有些阴沉缄默，看起来并不在乎你是否欣赏或者理解，描写起来就更不容易了。想说说那儿的景色如何让你情绪低落，或者给你一种古怪的兴奋感，无论怎么说都不恰当，只能让你生气。粗鲁的澳大利亚口音并不优美动听。不过害羞鬼的口音听起来还不算刺耳——是不是因为他们俩惺惺相惜，而且她跟他的家人也一见如故，所以那口音也显得没那么难听了呢？

她没听出哈里有一丁点澳大利亚口音，这挺特别的，让你不知道如何与他打交道。不能确定他跟你是不是气味相投。

这次写信的尝试，无疑也半途而废了，仿佛一艘船失事于澳大利亚岛附近。她没有多少时间为此而烦恼，因为女服务员来收她用过的托盘了。

女服务员的眼睛老是盯着她，让她随时保持警惕。特蕾莎可不想暴露在她的目光之下。她回到床上，拉扯好被套，尽量不让那姑娘看见她的脸。不管怎么说，早晨梳洗完毕之前，没必要让别人看见自己的脸。

她不能让自己停下来。特蕾莎迅速穿好衣服，心里烦透了那身绿色套头衫、灰色弹力针织裙子和灰色羊毛外套，还有那顶丝绒帽，她愿意欢呼雀跃地将这身服装永远逐出自己的生活。不过，今天她终于要有新衣服了。离开水疗宾馆之前，她预约了下午三点半的按摩。

外面好多了，空气寒冷清新，光线清晰柔和。在冷浴场路的一个水果摊，她买了几个苹果和梨，很快就吃了一个脆苹果，顿时精神多了。她挺喜欢哈罗盖特小镇的高档商店,很可以在这儿恣意挥霍一番呢。她的小狗彼得肯定会喜欢这里的人,还有漂亮的树木和荒原上清新的空气。漫步走在街上,有那么一两回,她几乎感到小狗就跟在身后。

在时尚的马歇尔百货商店,她盯着诱人的皮毛制品、晚装披肩和羔羊皮拖鞋看了一会儿。可是必须要讲求实际。于是,她转而关注跳舞和晚餐穿的裙装。穿着粉橙色的乔其纱晚装,在镜子前转一圈,她看见个子高挑、时髦而有品位的特蕾莎,焕然一新,有点永远年轻的样子。面对自己精心打扮的样子,她微微笑了。肩膀和手臂现在都不疼了。鸦片酊发挥了作用。她准备买下这件晚装——幸好,特蕾莎按照姨婆的准则行事:折叠好数目可观的五英镑纸币,出门在外,要随身带上,以备不时之需,所以她还有一定数目的现钱——再买一件平常穿的,带紫罗兰图案的连衣裙。开始装备新行头了,心情大好。她还试了一件绛紫色的套头针织衫,一双黑色的配晚装穿的鞋,一双黑手套,都买下了。三双袜子。她让商店把大件的衣物送到宾馆去。

她急着要回去换衣服,可还有别的东西要买。又逛了一会儿,在店名很好听的阿达·奈特菲尔德商店里,遇到一顶潇洒的黑色钟形女帽,帽子前面有一道粉红色条纹。然后,在泰勒医药公司,她找到润肤霜、粉纸、百合香皂和玫瑰古龙水,妈妈对花的喜爱促使她做出最后这个选择。她继续轻松地想象着,小狗彼得在陪伴着自己。

史密斯书店[15],多大的安慰!她二话不说就成了流动图书馆会员,借了好几本书,都是些轻松的读物。用胳臂搂着书,失衡的感觉消失了。她期待着在床头柜上看到这摞书,一个小小的堡垒。她稍微想了一下,要不要买信纸和便条纸,然后不知不觉地就回到外面大街上。一年一度的圣诞节即将来临,周围有大量诱人的商品,她突然意识到,自己居然完全没有想到要买东西过节,这可有点稀奇。在平常,圣诞购物是多有意思的事啊。

最后,在剑桥弯道,也就是跟贝蒂茶屋同一条街上的女装商店里,她买了一条呢料裙子,两件上衣,一件紫色的睡袍,几件毛纺的内衣裤。在这里,她有些犹豫不决,不知道要预备多少天的衣服。她觉得不会很多天的,必要时还可以利用宾馆的洗衣服务。

贝蒂茶屋[16]里没有那种堪称模范的年轻侍者,不过,餐具这回真的用来固定书了。她一边吃着烤牛肉,一边开始看一本悬疑小说。书名《幽灵列车》在脑子里打转。午餐快结束时,她稍稍吃了一惊,意识到自己也正在写一本有关火车的书,《蓝色列车》[17]。这本让人苦恼的书简直就像失事的火车,比幽灵离得还遥远,因为她根本接收不到这本书的任何灵感。有点像一个预产期马上要到,却不再感觉到胎动的女人。一阵很像要作呕的感觉传遍全身,她觉得这不会是俄式奶油布丁引起的。布丁做得很好,吃到精美的甜品,她的消化系统总是感激不尽。

特蕾莎回到水疗宾馆的时候,哈里在大堂酒廊。她已经开始为在哈罗盖特的新生活添置衣物了,心里兴冲冲的,感觉就像有了新的机遇(只要她别想太多)。他坐在靠背椅上看报纸。

他抬眼看看她,惊奇地露出认出她来的神色。哦,是你。

她几乎不认识他。他们做过什么来着?聊过一次?

“尼尔太太。特蕾莎。我猜你现在没空去散步吧?”

她没有忘记他的邀请——原来打算拒绝的,如果有必要。不过,有时候会有一种幻觉,好像某件事过去发生过,而且还会不断出现,就像一段让人上瘾的旋律。现在就是这么回事,回到宾馆,发现哈里在看报纸,然后抬眼看着她,尽管她几乎不认识他。

于是,出于本能,她答应了。

7

半麻醉状态

这一整天，他念念不忘这件不太可能的事。早餐的时候，特蕾莎没在餐厅出现，午餐时也没有，于是，他在宾馆入口守株待兔，心情越来越沮丧。

可她乐意地答应了，只是说："等我一会儿，把书拿到楼上去。你瞧，我最近根本就没书可看。"

他们再次碰面的时候，不知怎么的，他觉得像个做白日梦的男孩被人发现了。让哈里高兴的是，服务台只有一个面无表情的年轻姑娘，他们出门的时候，她都没有抬眼。

他们顺着天鹅路走下去，然后穿过马路来到溪谷公园。外面有些寒气逼人。她穿着的浅色外套，在脖子、手腕和下摆都镶嵌着厚厚的皮毛。

“照这样走下去，”他说，“很快就会暖和的。”

“我真没觉得冷呢。”她低声说，“那是水泵房吗？”她用手指指那座圆顶的高大建筑，有几个穿着考究的人悠闲地在外面等着。

“嗯，那是旧的硫黄温泉水井。现在想想都觉得奇怪，欧洲贵族蜂拥而至，为了这座英国温泉疗养地中的女王。”

她笑了，显然觉得这说法挺好。

“杰克曼夫妇往往早餐前到那儿去，按照正确的方法接受饮水治疗，喝几口，在花园里转转，再喝几口，如此这般。”

“你对此不感兴趣？”

“我？没兴趣。我猜我不是那么守规矩的人。偶尔在宾馆喝几口，去他们的大夫那里看过几次。真的很羡慕能好好照顾自己的人。能那么坚信不疑。哎，顺便说起来，狄更斯显然觉得哈罗盖特是个无比古怪的地方，到处是古怪的人，过着古怪的生活。[18]”

“哦？真想知道他为什么这么说。”

他们进了花园。高大的树木，叶子落光了，有点破破烂烂的，像人老珠黄的美女。这样的环境似乎让特蕾莎感到满足。

过了一会儿，她点点头说：“很迷人。”

“我猜你会喜欢这里。”对她知之甚少，这么说有点自以为是。

一对上年纪的夫妇从他们身边走过，打了个招呼，他们带着一只嗓子里呼噜呼噜响的柯基犬。特蕾莎转过脸，没有搭理他们，但是哈里留意到，她看了一眼那只胖胖的、眼睛亮亮的狗，欣赏的目光中带着些许苦涩。哈里突然心生嫉妒，对那只狗，也对那两个人——嫉妒他们也许能从共同的习惯里得到安慰。两个生命牢固地结合在一起。

他侧眼看一下特蕾莎：“今天过得好吗？”

“很勤奋的一天呢。我逛了街，买了书，去了贝蒂茶屋。”

他注意到她外套里面的绿色套头衫和灰裙子，他简直喜欢上她连穿三天的这套衣服了。可又一想，考虑到她显而易见的社会地位，三天没换衣服，这肯定有些不对头。不过，那顶黑色的钟形女帽可能是新的。她眨眨眼，好像知道他在想什么。

“我不得不把大件行李放在托基镇的朋友那里，很好的朋友。我拿不准会在哈罗盖特待多久，所以，没有马上让他们把行李送过来。我决定还是暂且在这里先买几样东西——我是说，衣服什么的——这样简单点。”她改变了话题，“一定是这里的空气好，所以睡得特别沉。”

“你睡得挺好，是吧？”想到她弄得他一宿没睡好，他有点愤愤不平。

“美美地睡上一觉真好，都忘了这种感觉了。”

“我隐隐约约似乎还记得这种感觉，童年的时候。”

“那么久啊？”

“恐怕是，我只是稍稍有点夸张。”

“不仅仅是……？”

“失去瓦莱里娅之后才开始睡得不好？”

她点点头。

“不是的。失去她之后睡得更糟。糟多了。不过对于我来说，睡眠过去一直是——就说是‘变化无常’的吧。”

“睡不着觉很痛苦。”她没有细说下去。表面上她很友善，其实还是沉默寡言，跟前一天晚上一样有些超然——除了一起跳查尔斯顿舞的时候。

三个拿着网球拍的姑娘朝他们走来，她们肢体灵活，吵吵闹闹的。一个姑娘向特蕾莎笑笑,她没搭理,甚至貌似没看见。哈里点点头,另一个姑娘捂着嘴咯咯笑。年轻人难以抑制的活力。姑娘们精力充沛的声音渐渐远去,他和特蕾莎走上一条长长的斜坡路,路边种着月桂树。他带她走的是自己经常走的路径,通往溪谷花园与松林毗邻的地方。

她轻声地笑起来,听起来是在笑话自己。"我不太喜欢爬坡。在托基镇,你总是不停地在陡峭的山坡上走,没完没了。也许在那里爬的坡够我消受一辈子了。除非有海景作为奖励,我都觉得没必要费劲儿了。"

"要不咱们走另一条路吧?"

"不用。爬坡肯定对我有好处。"她反对道,语气依然带着自责,"我一直在发誓,要多锻炼。"

他拿不准是不是要向她伸出胳臂,不过还是决定不这样做,否则可能会让对方觉得太冒昧,毕竟他们刚认识不久。"对不起,我走得太快了。我太习惯一个人走了。"他放慢脚步。他已经喜欢上了山地丘陵,将它们当作应得的惩罚,愉快地接受。

他们走到树林了,一路上没有再说话。他经常在这里遇到其他步行的人。今天,周围没有其他人,或许是因为天气变阴冷了吧。特蕾莎看上去一点都不怕冷。他让她超过自己,走在前面。

她犹豫了,朝他脸上瞥了一眼。哈里料想,她是在自问,与一个实际上并不相识的人在树林里远行,是否明智。他是否值得信任。这样问也公平合理,他想。我可以被信任吗?她迅速地对他做出评价,那个样子更强化了他对她的看法:脱离了生活的正常轨道,不知所措——但也像一只猎物,精明谨慎,躲躲闪闪。

她走在他前面,加快脚步经过一个木制的十字架。他曾经停下来仔细看过，是个简单的战争纪念碑，圆形石头底座上写着：**他们逝去，所以我们活了下来。**

特蕾莎放慢脚步，他在后面缓缓地跟着。跟着别人的速度走，挺不自在的。他尽量不去盯着她的身材看。她走起来像个享受乡间漫步的人，速度慢得有点不切实际，像个贵族似的，可能是为了让充满松香味的空气梳理她的思绪。他突然觉得，戴了那顶新帽子，她走起路来有些神气活现，他为她的孩子气而动心。她的肩膀窄窄的，斜溜着。她挺苗条，可你会想象她有点胖，因为她体态柔软，或者因为她的脚踝肉乎乎的。他回想起他们谈到法国果酱的时候，她条件反射似的热情。

为了转移自己的注意力，他随口说出了最先想到的话："说到把自己干掉的方法，我们已经排除了喝咖啡直至中毒死亡。那么，对于更有意思的一了百了，你有什么建议呢？"他的声音和这令人毛骨悚然的话题，听起来特别怪异。

可是，她呵呵笑了。他心中渐渐有了短暂的欢欣，抬起头看看棕绿色的苏格兰松树，散布在光秃秃的白桦树、山梨树和美国梧桐中间的冬青树。他想象着这地方夏天的景色。他对这个地区郁郁葱葱的树林情有独钟。在这里会觉得自己置身绿荫下的一个大闺房里，灯影憧憧。在如此私密的空间里漫步。

"一剂毒药会更加干净利落。"[19]她说。

有那么一瞬间，他觉得轻飘飘的。"比方说，大量的安眠药？"

"对，比方说安眠药。当然不能太血腥，或太戏剧化。不能是马钱子碱，我可受不了痉挛抽搐。"为了让他能听见，她不得不转过头来，进入他视线的是苍白的侧面轮廓，有点像北欧人。"氯化汞也不行——太痛苦。"她继续说着，好像在自言自语。"某种鸦片调和剂会更好。”

踩空一步，臀部摇摆了一下。

“鸦片酊？”

“不错。或者吗啡。其实，我今天早上就服用了一点鸦片酊。有点神经炎。”

“是吗？很遗憾。不会还疼吧？”

“不疼了。现在已经感觉不到了。”

“早知道我就不会建议出来散步了。咱们回去吧？”

“不用，继续走吧。另一个选择是天仙子碱。”

“天仙子碱？”

“用来做麻醉剂的，加点吗啡。女人生孩子的时候可能会用上。会产生一种类似失忆的感觉，又不会让她们完全失去知觉，这叫半麻醉状态。”

“半麻醉状态。”他慢慢重复道，“你知道的真不少啊。”

“其实还好，说起来——我曾经在药房工作过。”

“在南非？”

“是的。”她含含糊糊地说，没有转过头。她不说话了。

他感觉自己必须继续说下去。“在钟楼上吊，你觉得怎么样？”

“钟楼？”

“是呀，比起仅仅是摇摇晃晃地吊在谷仓的横梁上，这样姿态更高啊。我以为你会赞同，毕竟这个选择不那么平淡。”

“哦。”他没法儿知道她是不是在微笑。即便她是偷偷在笑，他也很想截取下那份微笑。

小路开始可以让两个人并排走了，他上前走到她身边，她正提议说：“可我觉得更好的是，干脆不要留下尸体。尸体那么……不干净利落。人间蒸发更好。”

“不干净利落，也的确如此。如何……人间蒸发？”

她若有所思地说：“去个什么地方——最理想的是异国他乡——谁也不认识你。一个无论你是死是活，对谁都无所谓的地方。”

“那你会怎么样呢？——静悄悄地吞下致命的催眠药物①，在一家漂亮的宾馆，躺在干净的铺盖里，穿着浆好的睡衣？”她眼色有些不耐烦，可他还是继续说下去，“先吃过一顿丰盛的晚餐？花插在花瓶里，摆在床头柜上，再把你拥有的有限的几件东西摆放妥当？”

她眼睛又盯着小路了。“没错。这样挺好。安排妥当。最后一天尽量过得开心些。然而，还是要考虑尸体，不是吗？更好的是，在某天夜里离开宾馆，一个炎热的晚上，天终于凉下来，起风了。悄悄走进海里。吃点什么药，然后就……游向大海。”

他们聊着聊着，似乎变得恍恍惚惚的，让他想起他跟瓦莱里娅有时在床上聊天，说着说着，就睡着了。他心慌意乱，屏着呼吸，等她继续说下去。过了一会儿，他问道：“你心目中的这类地方，是不是像尼斯？”

“我觉得尼斯是个快乐的地方。”

有一回，在那个城市，他看到过令人费解的一幕。他沿着英国大道边的海滩一路走过去，碧蓝的海浪懒洋洋的，身材苗条的男男女女，都是说不清年龄的中年人，穿着打扮挺不自然的，食肉动物般的眼睛，公然表示出他们的欲望，此情此景令他精神恍惚。海滩渐渐到了尽头，他登高走到大路上，来到海角尽头的弯道，准备继续沿

---

① 原文为Nightshade（茄类植物），中文里没有更好的直译，为方便阅读，转译为催眠药物。

着海港溜达下去。不经意间,他抬眼看去,目光落到一间公寓或者旅馆套间里面。没闹明白看见的是什么,他停下了脚步。

透过敞开的阳台门,眼前的情景渐渐分明了。门里面可以看见一面椭圆形的镜子,显然是镶嵌在敞开的衣柜门上。住在房间里的人一定是匆匆离去了。镜子上柔和的蓝色光点是大海的影像。

不过,房间里的人并没有匆匆离去。一位女子出现在门口,先是看到她窄窄的侧面轮廓,然后是背部。她的连衣裙解开了,垂下来露出一侧骨感的肩膀。接着是一个男人的手臂,衬衣袖子挽了起来,不时打着手势,配合他带喉音的激愤语调。哈里能听到只言片语。“两天……”“你怎么能这么……”“为什么?”女子基本上保持缄默。

男人的声音没了,然后他完全暴露在哈里的视线里,个子矮小但肌肉发达,全然不在乎别人是否能看见他们。他贴在她身旁,一只手从她衣裙开口处强行插进去,另一只手抬起来。她摇摇晃晃的,不知是喝醉了还是吓坏了。哈里可以看到她雪白的衬裙。

她稍稍转过身,身子挡住了镜子中的海景,她的嘴做出痛苦状。她没有多少挪动的空间,因为他把她束缚住了。哈里原来担心,他抬起的那只手会揍那女子一下,现在只见他将手垂下,放在她喉咙上,握着她的脖子——但不是在爱抚。他似乎在掐紧她的脖子。就在此时,女子发现了旁观者,眼睛非常奇怪地没有任何情绪。

哈里的心怦怦乱跳。男人的手从她的脖子垂到她的臀部,依然用粗野的蛮力紧紧抓住她,她的连衣裙完全从肩膀上滑下来了。她的面颊发红了,哈里移开目光。他的鼻孔里是海水发咸的恶臭,还有香水味儿——很可能是她的——甜得发腻的花香,不知怎的感觉有点低级。他不由自主地又调转目光,呆呆地望着。他看见白得惊人的衬裙,汗珠在两乳之间开始凹陷下去的地方闪亮,发亮的肩膀像涂了橄榄油似的。

他应该干涉吗,草率地朝那男人吆喝一声?可他看见的是什么呢?他并不清楚那女人的意愿是什么。假设这只是性欲使然,半开玩笑的夸张举动呢?犹豫不决让哈里觉得,自己是与那畜生沆瀣一气的同谋。

这会儿他们在亲吻,如果那么粗暴、那么含混不清的行为也可以称为亲吻的话。狂热的拥抱,尽管她的手臂依然是软弱无力的。她有反应吗——还是仅仅无精打采地被束缚着?哈里有一种很不舒服的亲热的感觉,髋部相抵,臀部突出起伏。

他们退回房间里(谁领着谁,或者谁强迫谁?),镜子里再次柔和地灌满了大海的涟漪,哈里继续往下走。孤单单地,有点作呕,有点亢奋。他意识到,这不明不白的场面扰乱了他的心绪,内心异乎寻常的烦恼让他感到沮丧。不管刚才目睹的是什么样的激情或者暴力,都唤醒了他内心强大的冲动。尽管离家千万里,可还是有其父必有其子,在他的性格里也许深深埋藏着恃强凌弱的本能,这想法让他深感恐惧。

"这么说,你觉得有矛盾,"——他有点神经质地跟特蕾莎聊着——"让人开心的地方和安详离世之间。"

"卡萨布兰卡怎么样?"

他注意到她喜欢异国风情。他试图故作荒诞,驱散尼斯记忆带来的情绪。"从山上跳下来如何?或者被一只大大的丛林猛兽吃掉?"

"被吃掉之前,你宁可先失去知觉吧。"

"肯定的。"

现在，他们身旁是牧场，牧场之外是低矮的山谷，点缀着一片片树林。浓郁的绿色，温和的蓝灰色。

“看啊。”她说。

不远的地方，有一群强壮的奶牛。再远一点，星星点点地有一些羊。天空晴朗，空气寒冷。移动着的奶牛，牲口的气味阵阵飘来。

“多么引人入胜的地方，”她沉吟道，“可这样说对吗？描写一个地方的难处在于，你会被自己的想法干扰。就像墙纸把所有东西都盖上了。”

在他听起来，这话里面带点自我厌恶的情绪。她已经敞开心扉，他靠近的时候要十分小心，这很重要——不能让她退缩回去。“我怀疑我们都被各种想法挡住了眼睛，”他开口说道，“人的高级智慧也不过如此。”她看起来挺沮丧的。“不管怎么说，在我们与外部世界之间隔着点什么，你不认为这样更可取吗？某种缓冲，某些转移注意力的东西。比方说，梦想。现实世界往往很无趣，或者有些麻烦，不尽如人意。”

“但是，如果我们能看清现实，从长远来说，可能会更加幸福，更加安全。”

“啊，幸福。”他不是能对此妄加评论的人。“你觉得那些奶牛四处看的时候，在想什么？”

“它们似乎心满意足。”

他无法否认。“草？还是有关草的想法？有区别吗？”

“可是，草本身就是它们的现实。人有各种虚幻的想法，成了看清现实的障碍。障碍有大有小，有些让你瞎了眼。”她使劲盯着前方，“这其实是愚不可及。不可原谅。”

哈里对此也没有异议。他曾经盲目地，或者半盲目地生活了好多年,被自己那无足轻重的戏剧人生笼罩着,妨碍了他把瓦莱里娅真正放在眼里,妨碍了他好好珍惜她,而她是那么值得珍惜。他没有什么睿智的话好说。尽管如此,他还是想安慰她。“哎,算了吧,谁能明察秋毫呢?谁能那么聪明呢?而且,倘若我们都实事求是,生活就真的会更好吗?天呐,想象一下,那该是多么单调。肯定让人受不了。”她看上去不置可否。“谁能说奶牛不是很好的梦想家呢?”

“你会不会愿意像它们这样听天由命呢?”她问道。

他没有说出心里的想法:听天由命直至被杀死。

她努力振作起来。“这儿看起来确实是个有益于健康的地方。”

回去的路上,他们没怎么说话。他揣摩着,是不是神经炎让她不舒服。她说的话虽然隐晦,却似乎也很坦诚,他希望她不要后悔,不要让两人之间已经萌生的信任感,失去开花结果的机会。这个下午寒冷而怡人。[20]

他们走进宾馆的时候,她说:“昨天夜里入睡之前,我听到音乐声。”

《宁芙女神的悲歌》?“你喜欢吗?”

可他们的对话被打断了,水疗宾馆的女老板高声说道:“尼尔太太,你有个邮件。”

“是信吗?”她声音里流露出希望。

“不是,是包裹。小包裹。从哈罗德百货寄来的。”

“哈罗德?”

“是的,太太。”

“噢,没错。谢谢。”特蕾莎接过包裹——失望了,他想,或者稍稍有些迷惘,但掩饰得很好。

“晚饭后再去听男子乐队演奏吧?”她朝楼梯走去的时候,他询问道。

“对不起,你说什么?”

“在冬季花园舞厅见?”

“哦,也许吧。”她说,“我三点半预约了去按摩。差点儿忘了。”

“那好,希望晚些时候能见到你。一起散步,我很开心。”

“我也是。谢谢你。我想我要乘电梯上去了。”

她看上去脸色又变得苍白了,事实上还有些筋疲力尽。他从楼梯步行上三楼,能感觉到她在电梯里。他妒忌她手中拿着的包裹,这提醒了他,在水疗宾馆之外,她还有另外一种生活,而他对此一无所知。

8

失踪的女人

他在房间的脸盆里洗了把脸，盯着镜子仔细端详。面颊上带着一圈水珠，眼睛闪闪发亮，看上去就像刚刚穿过暴雨冲进来的似的。拜托，你以为你在干什么呢？哈里责问镜子里那个满脸是水，狼狈不堪的人。他看上去不可信赖，也信不过自己。谨慎啊，他恳求这个傻瓜。

他浑身战栗，心中有不祥的疑惑。瓦莱里娅之后的那些恋情，感觉可不是这样的，完全不是这样。没有一点乐趣。他现在不是懒懒散散的，而是坐立不安。没有感到在老练地、闹着玩儿似的挑逗，而是焦躁得心烦意乱。仿佛他的皮肤都不能确定是热还是冷。他想了一会儿，决定还是不换上羊毛睡袍。他已经换上去餐厅用晚餐的裤子，所以再皱也无所谓了。唉，他沉思着，小事上的虚荣微不足道却又必不可少，我们就靠这些琐碎的东西，把自己牢牢地黏附在社会上，否则，我们会振翅飞走，进入孤独时光所在的裂开大口的洞穴。

自年轻时与瓦莱里娅相处过之后，他就没有害怕过任何女人。刚开始的时候害怕，主要是两情相悦的可能性让他心旌摇荡。找到温柔之乡，两人结成情意绵绵、周而复始的关系，让他深感惊奇。

然而，他几个月来一直在寻找的感觉，是不是终于不期而遇了呢？这就是站在海边的感觉吗？如果是这样，它并不如想象中那样令人心旷神怡。背朝着暖烘烘的壁炉，想起特蕾莎变成沙砾的梦境，他打了个冷战。想到她从他指缝溜走，让他如饥似渴，他变得焦虑。

床、椅子、写字台、留声机、拖鞋，尤其是一瓶瓶勾兑了烈性酒的葡萄酒（进入睡意蒙眬的可靠向导），这一切都荒诞地显得弥足珍贵。就在昨天，他还认为这些摆设像舞台背景一样令人心烦。现在他感到一阵突如其来的痛苦，想到他可能会失去这些摆设所代表的一切，他为自己营造了相对的平静，他可以悄无声息地在宾馆里住着，悄无声息地溜之大吉，而这些都近乎被一笔勾销。特蕾莎自称她明白了听天由命的好处，他也一样，无论他的日子会如何空虚，如何乏味。说真的，他无法想象与现在不一样的生活。不得不承认，他的生活是半心半意的，正好与宾馆半真半假、假冒家感觉的摆设相匹配。他有那么多空闲时间，加上在有益健康的环境里，经常欲罢不能地徒步行走，所以他的体格是健壮的。然而，对自己的心灵健康，他并不抱任何幻想。他的心灵依然处在康复期，需要小心呵护。

这天晚上，他应该不在宾馆用晚餐，避开冬季花园舞厅。可叹的是，他做不到。可他也必须保持警惕。就在此时，她正准备躺下，把自己交给训练有素的按摩师的双手。而他呢，他究竟怎样才能艰难度过将他与晚餐隔开的慢条斯理的时光呢？

他懒懒地往靠背椅上一坐，顺手抓起那天早上不耐烦去看的《每日邮报》。翻了几页，一眼就看见一张女人的照片。图像不是特别清晰，可还是让他停下来了。照片里的女人像——非常像——特蕾莎·尼尔。

他粗粗地倒吸一口气。瞧你这副模样，他责备自己，眼里处处是她的影子。不过，确实相当像。他细细端详着照片，直到不甚清晰的黑白容颜化作斑斑点点的明暗光影，即便如此，依然是不易忘怀的女人味儿。接着他读了那篇文章。三遍。

宾馆其他客人聊天的时候，他也无意中听到一些，当时没特别留意。三天前，星期五的晚上，一个住在伯克郡桑宁德尔教区的女人离家出走，失踪了。[21]她正好是个相当有名的推理小说家。星期六早上八点钟，在她家附近的乡村地带，发现了那辆被遗弃的车。很可能是有人故意让车从一个叫新地角的地方滑行下去，然后卡在白垩矿场边上的灌木丛里。警察整个周末都在北部丘陵地带搜索。他们在一个叫静塘的地方打捞过。没有发现那个女人的任何踪迹。她似乎人间蒸发了。“一个漂亮的女人”，报纸上是这样提到她的。

不知怎么的，这个说法像是在偷窥，让他不舒服。说到她的时候，他们既带着外科医生的无动于衷，也带着马戏观众无聊的幸灾乐祸，相当卑鄙龌龊。

她丈夫称……

丈夫。

她丈夫称,她最近有点精神崩溃。他进一步描述她为“一个非常神经质的人”。

他会这么说的。妻子离家出走,他必须有所交代,以免给自己的声誉造成不良影响。其实他的声誉自然是会受损的。真是个无赖,对媒体这样说自己的妻子,即便他相信这是真的,也不应该这样说。她从他身边逃跑了,这严酷的事实本身就是非常明显的证据,说明他不是个好丈夫。这些欠考虑的说法进一步证实了这点。

她的貌似忧伤,肯定也印证了这一切。假如这个女人真的就是哈里认识的特蕾莎·尼尔。

他再看看那张模糊不清的照片,觉得那双眼睛就是她的。那副惆怅的样子,一看就是她。新闻报道开始让一切清晰起来,可以解释她为何躲躲闪闪,还有她不同寻常的谈吐——那么小心翼翼,慢条斯理,然而又会奇妙地即兴发挥。难道与他跳查尔斯顿舞的,是一个名声在外的女人?他已经怀疑南非是个谎言,可没有猜到他的舞伴摘下了结婚戒指。

失踪的女人叫阿加莎,他一向认为这是个贵妇人的名字。有那么一点点野性,带着灰色的虚饰,类似飞蛾的翅膀或者鼹鼠的皮毛。或者像霉菌长着有点可爱的绒毛,让你觉得有些恐怖。

阿加莎的丈夫是陆军上校。嗯,没错。有他的一张小照片,有些人会觉得那副模样挺英俊。照片里的他显然自我感觉良好,觉得自己英俊潇洒。他穿着军装,凝神注视,一副故作冷漠的浅薄样子,哈里认为他挺没趣,而且显得相当脆弱。(哈里没有参战,有时他会因此而敏感。他去应征入伍的时候,那个检查身体的军官发现他血压高得不合适,而且手也在发颤。)上校星期六回到桑宁德尔。那么他太太失踪的那个星期五夜里,他在哪里?为什么不在她身边?她离开了家,而那个家里没有她的配偶。

哈里又看看照片。这真的有可能是特蕾莎吗,那个他已经迷上的女人?如果是这样,对他来说,这件事很难善终。

他走到窗边,推起窗户。一个聪明人会马上离开水疗宾馆。寒风从他身上掠过。天鹅路。远处的皇家水泵房像个低矮的小礼拜堂。其实水泵房不就是某种世俗的教堂吗?没有指向天空的尖塔,但是有通往地下的井,井水以有别于宗教的形式,给人们带来救赎的希望。沿街灰色的石头房子蹲在那儿,显得特别平凡。他看到夕阳斜下,冬天日落早,天不是渐渐变黑,落日的余晖仿佛是一下子被拒之门外。哈里像孩子似的,觉得冷不防少了点什么。一阵含糊的恐慌。

他还有机会看清前景,保持理智,不让自己沿着将来会后悔的路走下去。这就是具有决定性的紧要关头吗?在他的婚姻里,出现过这样的关口,让他有可能避免灾难吗?让他有可能意识到,他任由抑郁挡住双眼,对瓦莱里娅视而不见吗?凝视着外面几乎沉入夜色的道路,他想不起来。他从来不可能看清前景。最后吸入一口冷空气,他关上了窗户。拉上窗帘之后,他回到壁炉前蹲下,又添了些煤,然后弯腰坐在那里,喃喃自语:这件事不会有好结果。

后来,他笑了,因为他发现,他根本就不在乎。

他没什么好在乎的。

他换上熨得笔挺的深蓝色西装,准备用晚餐,一边自娱自乐地想着,他就是个失去理智的家伙,穿戴整齐准备上绞刑架,脸上带着自鸣得意的笑,半是疯狂半是伤感。

9

第四天下午

腰上有一双手。短暂的一瞬，她不明白是怎么回事。特蕾莎困惑地笑了。“你把我催眠了。”

“我总是把人给弄得睡着了。”按摩师就事论事地说。

刚才她抓住特蕾莎的脚踝，拽着她的双脚，好像要把腿从她身上卸下来似的。稍微有点疼，然后就是一片空白。

“您的戒指，太太。我在这里放好了。”戒指那么容易就滑下来，说明体重减轻了。

丰满健硕的按摩师递过来一杯水，她喝了下去。胃出其不意地抽搐一下。味道挺浓。确实让人想起臭鸡蛋和海水。

刚刚送来的衣服散发着光芒。新衣服依然会让她兴奋不已，几乎跟小时候妈妈带她去巴黎的裁缝那里一样。裁缝给她做了第一件半晚礼服。淡灰色的中国绉纱。那是一件成年人的服装，多么让人飘飘然。时尚设计有种种可能，让人面目一新！时髦服装有神秘的力量！

她痛快地用百合花香皂洗了个澡，用起面霜、粉纸和古龙水来一点都不吝啬，连臂弯和膝盖窝也抹上了古龙水。她风流女子般地在镜子里打量着自己，结论是不言而喻的，乔其纱长裙很合适，哈罗盖特镇也很合适。

"你说的没错，我太喜欢浴场了。"她在大堂酒廊告诉杰克曼太太，"明天我会再去的。"

"我就知道你会喜欢。我们的女儿也十分喜欢，我猜你和她的品位也许挺像。亲爱的，你不觉得她长得很像珍妮吗？"

"你这么一说，还真有点像。"

如果有一段时间没在社交场合跟人聊天，再聊起来也不觉得负担那么重了。特蕾莎问了问珍妮的情况，她希望杰克曼太太不是那种让人受累的人——出于某种抑制不住的热烈冲动，说起孩子来喋喋不休。

"她是个很有趣的姑娘。"杰克曼太太说，"非常聪明。你们俩一定会相互理解的。"她放低了声音，"其实，可怜的珍妮遭遇了不幸，跟你差不多。"她温柔地打量着特蕾莎，"她的宝宝死了。"特蕾莎垂下眼帘，看着自己腿上的衣裙。"然后，珍妮失忆了。挺奇怪的,是不是?内德的日子实在是太难了。先是宝宝,接着妻子又不认识他了。大家都不好过。珍妮没有——她看起来只是心不在焉而已,直到后来情况好转了一些。"

"唉,真是的。"一个特蕾莎不认识的女人感叹一声。尽管她们很谨慎,说话声不大,她还是插进来了。她淡绿色的连衣裙松松垮垮地耷拉着,上面夸张地镶嵌着珠饰,爱管闲事的表情挺无趣。

杰克曼太太向不请自来的人笑笑,一边说道:"老实说,打那以后她就变了。最终,她想起来宝宝是怎么回事了。大概是几个星期之后吧,全想起来了。后来她挺过来了,生活过得挺正常。珍妮很豁达。"

"顽强的姑娘。"杰克曼先生说。

杰克曼太太重申道:"她跟过去不完全一样。看她的眼神就知道。"

"她失忆是因为爱宝宝。"凑过来的那位来神了,猜测道。

"是的。"杰克曼太太说。

"聪明人会更遭罪。"那女人接着说。

"哦,你觉得是这样吗?"杰克曼先生颓然一笑。

哈里来了,他们得以不再继续这索然无味的话题。见到他,她又一次觉得与他已经很熟了,而实际上并非如此,毕竟他们的友谊才刚刚开始。是友谊吗?她觉得他不会对自己的乔其纱晚装无动于衷。不知怎么的,哈里看她的眼神不一样了。

晚餐的时候,特蕾莎和哈里几乎没说话。没提到他们散步的事情。餐桌上说到了各地的浴场,说到开罗。原来,新加入他们的那个热心人,十八岁的时候曾经在开罗度过一个社交季。特蕾莎发现自己实在太不喜欢这个女人了。在开罗举行女孩子初次进入社交界的仪式，要比在伦敦便宜很多，对于家境不好，又想给女儿提供合适机会的家庭而言，开罗是个合情合理的选择。因为遭遇变故，家道中落，特蕾莎的经历也是如此。那个女人继续明目张胆地乏味着，一直唠叨到吃完最后一勺蛋白甜点。意识到他们都没太把自己当回事儿，她悻悻然地宣布，很高兴明天早上能离开这里到约克郡去。特蕾莎和哈里交换了眼色。

能摆脱羁绊到舞厅去了，真让人松了口气。她进入舞厅的时候，他紧靠在她身旁。

"特蕾莎，咱们上回共舞过，能信任我，再来一次吗？"

殷勤的邀请像是开玩笑，又不像是玩笑。可能因为刚才餐桌上的聊天太过单调乏味，她有些烦躁，活动一下是最好的办法，能抒发内心积聚的能量。他们跟周围的人说声不好意思，下到舞池。有些像她青春年少时，在开罗的社交晚会上。

这回他们跳得更加流畅，音乐是一首相当活泼的曲子，他听出来曲名是《玫瑰屋》[22]。不过，她能感觉到有点不对劲。他紧紧攥着她的手。散步的时候聊得挺畅快，这会儿却越来越沉默。

"一切都还好吗？"

"噢，挺好。"他回答说。他似乎思想斗争了一番，然后紧张地说："你没看今天的《每日邮报》吗？"

"《每日邮报》？我翻过。怎么了？"（她内心深处知道，应对的窍门是让各种想法轻轻地相互碰撞，阻力越小越好，像薄薄的丝绸内衣一样光滑。）"我错过什么值得注意的灾难或丑闻了吗？"

"没有什么引起你的注意吗？"他们斜着眼睛，断断续续地扫视对方，跳舞时只能这样对视。距离这么近，仔细端详会让人受不了。

"没什么特别的。"特蕾莎忽发奇想，他会不会是想入非非，以为爱上她了。她已经不习惯这样去想了。他的表情是不是有点像谷仓前空地上闷闷不乐的牲口呢？她情不自禁地笑了。不过，肯定不会的。她慌乱中没话找话，心血来潮——她最近老是这样，像个老妇人——说起遥远的过去。“还是小姑娘那会儿，我经常给我外婆读报纸，她有白内障，眼睛快瞎了。对她来说，卑鄙的事情就是兴奋剂。人老了经常会这样。”

“报纸能提供一些必要的冲击。”

她没说什么，很快舞曲结束了。

“再来一曲？”

“还是算了。我觉得又能感觉到神经炎发作时的疼了。可能要早点睡，在床上看看书。”

“你会看什么书呢？推理小说？”

“是啊，当然了。”

“昨天晚上你听到的音乐是《宁芙女神的悲歌》，我的留声机放的，蒙特威尔第的作品。希望没有打扰你。你听过这音乐吗？”

“没听过。”

“一部轻歌剧，说的是一个心碎的女人。”

“晚安，哈里。”她朝门口转过身。

10

明暗之间

他原来担心，她又会独自在房间用早餐。她来到餐厅，加入他与杰克曼夫妇的那张餐桌，朝他们漫不经心地微微一笑，算是跟大家打了招呼。然而，她的脸色让他感到惊奇，红扑扑的。可能因为脸色好，眼睛也显得活力四射。

杰克曼太太问道："睡得怎么样，我亲爱的？"

"好极了。你呢？"

"睡得醒不过来。但愿能说，我先生也一样。"

"没关系。"杰克曼先生说，然后举起他那杯带着臭味儿的健康之水。"来吧，干杯——或者，应该说，*santé*（身体健康）。"

"*Santé*。"他们响应着，拿起杯子，尽快把那东西咽下去，一边还巧妙地扮着鬼脸。

“甜蜜的灵丹妙药。”哈里咳嗽着说，“感觉自己像个孩子，被人家逼着喝药水。”

特蕾莎咯咯笑了。他觉得放在平时，她应该不会这样咯咯笑的。

“可能咱们真的就是在吃药的孩子，假如从正确的角度去看这件事。”杰克曼太太议论道。

“什么东西都能让人习惯，几乎是所有东西。真怪。”特蕾莎说。

杰克曼太太往咖啡里添了很多奶油，然后把奶油罐递给下一个人。“什么可以忍受，什么不能忍受，这个界限对不同的人是有区别的，甚至是同一个人，在不同的时间。我想，我这是在说我们的珍妮吧。”

特蕾莎接过奶油和侍应生送来的堆得满满的盘子，显然十分享受。一杯那么有益于健康的水，往往让哈里胃口欠佳，而她却专心致志地大快朵颐。杰克曼太太回忆起她的少女时代，说到一个男舞蹈教师的事，特蕾莎频频点头，很认真地听着。杰克曼先生和哈里在看报纸，看报纸的人总能得到不参与聊天的许可。

正在小口咬着烤面包的哈里，差点儿没噎着。他看到《每日邮报》上有一篇关于失踪女作家的文章。他抬眼看看餐桌对面的女人，她正忙着吃第二根香肠，除了用餐和听杰克曼太太抑扬顿挫的叙述，她看上去对别的事情都浑然不知。哈里心烦意乱，又看回那篇文章。

一个男子找到警察，宣称自己曾经在新地角遇到过失踪的女人。刚开始走近的时候，他听到她在哭泣。她几乎是扑到他身上的，肯定是有什么伤心事。她提出请求之后，他帮她启动了车，然后看着她把车开走。

负责调查此案的警长认为，她的车在新地角意外驶出路面，于是她跳下车来，惊恐地看着车子冲下斜坡，一头撞进白垩矿场边上的灌木丛里。之后，她在慌乱中走远，不知怎么就迷路了。对她活下来的可能性，他的看法似乎并不乐观。

同时，上校，她的丈夫，完全找不着北，几近绝望，唯一的安慰是他们的小女儿……

阿加莎与上校有个女儿。哈里前一天看过的那篇文章里一定提到过，不过他忽略了这个细节。女儿也被抛弃了。

特蕾莎在专心吃烤面包。邻近的餐桌上有几份报纸，但是看上去没有人向她这边投来怀疑的目光。宾馆里其他人都没有注意到这篇文章，或者昨天那篇，这可能吗？或者说，一方面是引人瞩目而又无法解释的失踪案，另一方面是难以捉摸的尼尔太太来到水疗宾馆，看过文章的人都没有觉得两者之间有什么巧合吗？难道谨小慎微在此地已经是绝对常态，即便有人曾经停下来揣测这件事，他们也会小心提防，不表露出来吗？哈里是不是干脆疯掉了？

“亲爱的，你昨天晚上没有在舞厅待多久啊。”杰克曼太太亲切地责备特蕾莎，“我有一个填字谜线索想问问你——你解起填字谜来那么得心应手——可没找着你。”

“我困了。而且还有一本书，想快点回去看。不过，今天我觉得可精神了。是那可怕的水具有的巫术生效了吧，或者是这个地方使然。哈罗盖特镇，我现在明白了，就是一剂补药。在这儿逛街购物真让人开心。今天我已经想好了，我需要一个披肩。”

他并非自以为了解特蕾莎。怎么可能呢，她还算不上熟人——一个很可能对他撒谎，对宾馆里所有人撒谎的熟人。然而，他可以感觉到，从她嘴里说出这番话是不正常的。在他听起来，这其中多少有点疯狂和焦躁的味道。

“真的吗？也许关于上哪些商店去，我能给你些建议。”杰克曼太太有些腼腆地提议道。

“好啊。填字谜线索是什么？”

“线索？哈，一贯如此，我现在都忘了……”

眼前的情景很不真实，他又看起报纸来。一位可算是他们世交的德·希尔瓦太太说，失踪的女人是个温柔善良的人，深爱她的丈夫。她母亲最近刚刚去世，失去母亲对她的打击非常大……结果是女作家身心疲惫，无法写作。

盘子被拿走，特蕾莎双颊泛着粉红色，说道：“好吃。”

她终于直视哈里的目光了，嘴角微动，笑了一下。在那一刻，他确信她就是她。成为唯一知道她真实身份的人，让哈里兴奋不已，这在他们之间产生了一种奇特的，不为人知的亲密感。他也朝她笑了一下，内心一阵冲动，想伸出手去触摸她那在餐桌对面的好像搁浅了的手。他同时心存幻想，能在什么地方单独撞见她，缠着她，逼她把一切都告诉他。

“听说在你们那里有各种各样危险的动物。”杰克曼先生在跟他说。

“嗯？哦，在澳大利亚？唉，我十多年没回去了。不过，没错，我最后一次在那儿的时候还有。”

“哈里是在农场长大的。”杰克曼先生对妻子解释，“是畜牧吗？”

“果园。”

“哦，哪种水果呢？”

“樱桃为主。还有一些李子。都是带核的水果。”

"这些水果你们那儿都有啊？我估计会有的。我们喜欢樱桃到了入迷的程度。我猜你们那儿有蛇吧，能咬死人的那种？"

"没错。"

杰克曼先生给了哈里一个兴趣盎然的笑脸。

杰克曼太太和特蕾莎亲密地聊着，走出餐厅。两位男士准备跟着出去的时候，杰克曼先生停下来，说："有关澳大利亚野生动物的最后一个问题：你们是不是真的有一种蜘蛛……"

"真的，没错，能咬死人的。"

等他们来到楼梯脚下时，女士们已经无影无踪了。

没过多久，他跟另外一份报纸打了个照面。在弯道街，就在皇家浴场外面，一位男士站在那儿，全神贯注地看一份《每日快报》。哈里停住脚步。报纸头版上，直盯盯看着他的，是特蕾莎。

这个特蕾莎一点不像他已经看惯了的特蕾莎，而且图像跟上次的那张一样，粗糙朦胧。可他觉得，这张照片在某些方面更准确一点。

她跟一个女孩子在一起，他猜大概是六岁的样子。肯定是她女儿。一个非常可爱的孩子。她俩的脸靠在一起，孩子显然比母亲长得漂亮，五官更加精致紧凑。女孩儿看镜头的眼神也更加专注，尽管表情有些淡漠。她们都很严肃，不过母亲看上去有点不耐烦，而且知道自己看上去不耐烦。嘴唇那么薄，那么无精打采。眼帘有点下垂。高挺的鼻梁很长，几乎是鹰钩鼻。罗马人的鼻子？在女儿身旁，她颓然步入中年。他不得不承认：在女儿身边，她已然相貌平平。特蕾莎要逃避的就是这个吗？残花败柳般的容颜？他发现，因为她真实姓名有一半是她丈夫的，想到她的时候，他更愿意依然称她为特蕾莎·尼尔。

“有什么需要帮忙的吗，先生？”

哈里吃了一惊。那位男士已经放下挡着脸的报纸，他上了年纪，留着大胡子。哈里感觉他们是在杂耍剧院参加滑稽节目演出。“对不起，你说什么？”

“迷路了，是吗？想问路吗？”

“是的，谢谢，是的。皇家浴场。我想上那儿去。”

男士哼了一声。“就在你眼皮底下。”

他听天由命，把身子浸入浴池冰冷的水里，突然想到，不但特蕾莎与阿加莎可能是同一个人，而且这女人很可能会做出什么绝望的事情来。

他倒吸一口冷气，倏地站直了，腰间激起一片水花，肺部突然收缩。他想起谈论各种可取的自杀方式的时候，他漫不经心，开玩笑似的，而她的回应那么温文尔雅。她对美好的最后一天的描述：游进大海，与死亡相会。当时他没有想到，要认真思量她这些话的后果——更确切地说，应该问问自己，她会不会选定水疗宾馆作为她客居的最后一间旅馆。她宣称假如要了断自己，她只会考虑异域风情的地方，比方说卡萨布兰卡，这么说是不是企图误导他呢？

“对不起。”一个非常英俊的小伙子说。他不是在道歉，而仅仅是在确认他是否可以使用哈里一直占着的地方。他开始在冰凉刺骨的水里跳动，弄得水花四溅，也不嫌冷，游了几下之后，像只任性的小狗一样甩掉身上的水，笑起来，浑身散发出健康快乐的活力，充分表现出他的运动才能。“这样站着不动，不冷吗？”他想起来问道。

“说起来，我也该觉得冷，不过我挺耐寒。”哈里冷得上下牙直打架。他转过身，离开了原本希望能让他振作起来的浴池。

“佩服——我的意思是，在您这个年纪。”年轻人表示。

他大概是真诚的。看上去他不至于狡猾到会挖苦人。可哈里心情不好，不想以宽容的态度对待这位无礼的美男子。他在腰间缠好一条毛巾，浑身冷得想发抖。小伙子做着某种健美操，缓慢的动作让他能炫耀令人嫉妒的肌肉和性感的优雅。多少人会倾心于他啊！可怜的傻姑娘们。

“上年纪不是我的专属。”哈里朝他劈头盖脸地说，“等着瞧，你也会老的。你也用不着耐心等待。当然咯，如果你不在上年纪之前死于非命的话，这是最有把握的事了。”

如此这般试图恢复荣誉感之后，他离开浴池，来到高温浴室，把自己摆在一张躺椅上，就像疗养院的展览品（他本来就是），一条胳臂疲惫不堪地搭在眼前。他觉得冷彻骨髓。

是啊，特蕾莎那么爽快地谈论自残，这也顺理成章，因为这是她在着重思考的事情。让他洞察真相的，不是她没精打采的奇怪举动，也不是那种伤感，甚至不是因为发现她逃离了那个可恶的丈夫，闹得名声远扬（假设她真的是阿加莎），而是那天早餐的时候，她表现出的活泼劲儿。她的兴高采烈，几乎带攻击性的快活。在哈里看来，这一定是假面具。而且可能——有这种可能吗？——是个圈套，让观察她的人分心，不仅不去关注她的身份，也不去留意她真正的打算。假如丧母的哀痛让她生病了，无法从事文学写作，那么在这些非同寻常的所作所为中，丧母的哀痛可能会起什么作用呢？失去所爱的人，对一个人的影响是难以预料的。他觉得她是头脑清醒的，尽管心思独特，有些难以捉摸——然而，要是报纸上提到的病对她的精神造成了伤害，会怎么样呢？警察和新闻机构一直在追踪她，欲望十足地搜索她，同时，在水疗宾馆里任何一个拿起报纸的人，都可能做出合理推断，知道她就在此地。而在这种情况下，她却一直当着大家的面，谈笑风生，开怀大吃，逛街购物。她应该这样吗？

紧张的情绪驱使他走进冷水淋浴间。特蕾莎有什么打算呢？无论自己的相貌以什么形式出现，死亡是最终的逃避，推想到自杀很可能是她下一步行动时，他感到一阵恶心。

洗浴之后，他没有回宾馆，因为在那里他不知道如何是好。假如碰见特蕾莎，他很难质问她。如果她愿意再陪他散步，就像他原来很想提议的那样，他很难假装没有发现她的秘密。他可能抑制不住恳求她的欲望，**告诉我为什么吧**，或者，**别这样做**！而把心里话说出来，又会失去她的信任，甚至可以想象，这会让她再次逃走。于是，他只好四处闲逛。

在国会街，看到史密斯书店，他走了进去。他们的流动图书馆有三本她写的书。

“哦，她就是失踪了的那位。”替他找书的女士可能身体不适，胸部明显向前弯曲，可这倒也不影响她的动作协调，她的动作有点像马，还挺有气派。“她肯定死了，可怜的。对她家里人真是太糟糕了。现在大家都会想看这些书。我敢说，她肯定会因此而成名。”

在书的封面上，特蕾莎的另一个名字好像是一种侮辱。

他来到公园里的曲径，一边在蜿蜒小径上慢慢走，一边开始细看其中一本小说。封面挺夸张：一只熊穿着男士西装，好像在脱掉人脸面具——或者是准备用面具挡着脸——苍白的面具一副无赖的模样，隐隐有些色眯眯的。读到小说开头几句，哈里笑了。然后，意想不到地，很快就沉浸在故事情节里，走一会儿，坐一会儿，看了几个小时。

后来，一只狗跳起来碰到他，这才让他回到现实中。这是一只脸相很纯、非常热切的小猎犬。想起特蕾莎看柯基犬的热情眼神，他弯下腰轻轻拍拍那狗，这家伙于是变得更加激动，直到它的主人，一个穿着雨衣、身份暧昧的男人，用力将它拽回自己身边。虽然天没下雨，但阴云密布，预示着大雨将至。这个男人在雨里应该很合适，不仅因为他已经未雨绸缪穿好了雨衣，而且他的面容也已经显得模糊，孤寂而绝望。他向哈里道晚安，语气愁苦，带点责备的意思。小猎犬很不情愿地与哈里分手了。天气阴冷，哈里匆匆出门，没穿大衣。是遗留在浴场了吗？他还发现自己已经饿得够呛，但还是想继续看小说。

过了几分钟，他在贝蒂茶屋安顿下来，一边看书，一边等着水煮三文鱼。故事里的阴谋裹着他，就像薄薄的丝袜套着女人的腿。

走出茶室，已是黄昏时分，天空是一片浓郁的蓝色，让人怦然心动。他总是会被这种接近黑暗的天色所诱惑。买了一份《泰晤士报》,他感兴趣的那一栏在报纸的正中间。

上校没有任何关于妻子去向的消息。

在搜寻过程中,警察在奥尔伯里磨坊蓄水塘进行了打捞。

有人说,在离戈德尔明南面几里地的米尔福德火车站,见过特蕾莎。

陌生的地理环境开始在哈里心中形成模糊的轮廓。他看见阴沉沉的沼泽地,雾气缭绕,好像幽灵出没似的。

快到宾馆的时候,似乎看见特蕾莎站在宾馆前面。一开始,他不知道眼前所见是不是自己想象出来的。然而不是。再走近一点,只见她裹着一件白得闪亮的披肩,边上的流苏颤动着。在她看见他之前,他停下脚步,急急忙忙将报纸叠起来,包住手里拿着的书。她的书。

为什么有风险的事情那么令人激动?如果按捺住意图逃跑的冲动,人会变得极度兴奋。他走上前去。她侧着头,应该是在望着天空。

"晚上令人愉悦的时光。"他说,"其实,这是一天里我最喜欢的时刻。明暗之间。你觉得那是普鲁士蓝吗?还是天青石色?"

"真美。"他俩一起望着天空。"天呐,我真不知道如何描绘这种蓝色。今天过得好吗,哈里?"

"还行。"他笑了,"你呢,特蕾莎?我看你找到一件披肩了。非常漂亮。"他有点笨拙地补充道,"跟你很配。"

"哦,你是说这个。"

回避了他的恭维,她摆弄着披肩的边缘,流苏在月光中飘动闪烁。说真的,与《每日快报》照片上那个女人相比,今晚,在这里的她是如此迥然不同。眼前的她美丽动人,充满活力。他依然认为她有点飘飘然,好像有点过度兴奋——或许,他不过是一厢情愿罢了?

她说:“我出来透透气,因为刚才在里面发生了一件荒诞的事。我进了酒廊,我想也许能在那儿见到杰克曼夫妇,或者你。可那里只有一个老人坐在炉火旁的扶手椅里,拿着根拐杖,很优雅,挺有气派的。但是他一动也不动——像座雕像——我猜他是睡着了。我走过去,他没有动。我再走近一点,他眼镜后面的双眼是睁开的,不过他没有一点动静,绝对是睡着了,或者是,我突然想到,**死了**!”她笑起来,“酒廊里没有任何动静,好像给施了魔法似的。我正想着要弯下腰,在他鼻子跟前放一面小镜子之类的,他十分滑稽地抬起了眉毛。我吓了一跳,你真应该看到我当时的样子。

“‘我向你保证,我还活在世上,尽管是勉强活着。’他声明道。我当时想不出任何托词,羞愧极了,随口道个歉就跑出来了。这下你知道我在社交风度方面是如何差劲了吧。”她又笑起来。

哈里也笑起来,他有点纳闷,从两人相识到现在,他还从未听她一口气说过这么多话。“是啊,想想一个大活人跟一具尸体之间的区别,那么微不足道,是很奇怪。”

她的目光回到渐渐黑下来的天空,显然没有心情随着他在哲学思辨的路上走下去。

“社交风度很可能被大大地高估了。”他继续说,“除了这件事,你还好吧?”

“今天过得很开心。”

他已经开始了解她在文学上的成就了,正在看的故事很难说是纯文学的。他年轻的时候心怀远大抱负,梦想有朝一日能写出来的可不是这类作品。不过这故事也没有自以为是纯文学的。而且写得非常巧妙，带着你进入故事，就像进了一位精神矍铄、调皮捣蛋的姑婆家里，肯定能让你开心。特蕾莎一定是个头脑灵活机敏、个性相当强的人。他还认为她可能在策划自己的末日吗？她今天的健谈有些古怪，声音稍稍有点尖。不过，她看上去确实能寻开心，而且不管怎么样，适应性挺强，是个能够过得快活的人。即便在这些表面现象之下的她真是伤心透顶，他可以那么狂妄自大地以为能做些什么为她消愁吗？他突然觉得无能为力，疲倦不堪。自己的头脑不断显示出他的局限性，既不精明也不坚定。他在黑暗中步履蹒跚。

甚至，他能够那么肯定，眼前就是他正在看的那本书的出逃女作家吗？

"怎么了？"她注意到他的情绪变化。

"就是觉得累坏了。我在曲径那里走了很久。"

他们相互离得很近。他眨眨眼，眼前浮现出那张照片，阿加莎可爱的女儿让母亲相形见绌。据称，阿加莎在新地角几乎扑向她遇到的那个男人身上，假如特蕾莎这会儿扑向他，他就会搂住她。他会贴着她温暖的脖颈说：是什么让你出逃？跟我说实话吧。

他微微向前倾，回忆起他们在一起跳舞的时候，她在他双臂之间的感觉。可她是不是躲开了呢？她脸上恢复了戒备森严的神色，暗示他不能进入那个既充满激情又孤寂荒凉的空间。

"你会去餐厅用餐吗？"她问道。

"不了。我刚在贝蒂茶屋吃过。"

"啊，美食。给我的印象不错，做得很好。"

"是的，挺不错。"

她朝宾馆入口看看。"或许晚些时候，我们会在冬季花园舞厅见到你？"

这天晚上他不应该跟她跳舞。他软弱无力,心神不定,容易动感情。他需要的是那本已经开始看的颇能宽慰人的推理小说。书比人更能使人宽心。“今天真的没心情跳舞。不过,你要答应我,明晚跟我跳一曲?”

“我不知道是否应该答应别人什么事儿。”她说,“天变冷了。”

“是啊。”

她的话别有深意吗?他让她心生疑窦了吗?雨并没有如约而至。遛狗的那个人未雨绸缪,雨衣也算是白穿了。此时的天空像黑玛瑙一般,衬着一弯月牙。

11

第六天

服务员敲门的声音。

半睡半醒的意识施展魔法，为浪漫的梦境导航。走出梦境，就像原来懒洋洋地躺在阳光下，然后被逐出那片阳光，进入寒冷之中。

能够再次在醒来的时候，生动地记得梦中的细节，感觉有点怪。她天生是个善梦者，然而在过去几个月里，所有的梦（除了以枪手为主角的梦之外）都是浅浅的，仿佛那些可能有过的、离题的思绪。没有得到真正的休息，睡眠时间也不够，脑子里一片灰蒙蒙的，她觉得委屈，觉得所有人都冒犯了自己，尤其是怀疑她是不是以什么方式把自己给毁了。然而在哈罗盖特，深沉的睡眠逐渐回归。她躺着不动，不愿意让那个特别甜美的梦消失。

服务员拿着茶和报纸进来了。特蕾莎被迫彻底离开了温柔的梦乡。她说要在床上用早餐。看着年轻女人麻利的手脚,充满弹性的腰脊,她不由心生怨恨。不过,那女人入木三分的双眼下还是有点黑眼圈。她也许知道被睡眠所辜负的滋味。她可能会有个孩子,没准有几个,跟疲倦是老相识了。她是如何保持那讨人喜欢的身段的呢?她白天会有很多繁重的工作,这是当然的,可能还有沮丧的事,也许会很痛苦,也许会习以为常。差强人意的美貌渐行渐远,像备受珍重的朋友在码头上挥手告别,像远处闪烁的微光。淡色的头发愈加暗淡,一缕缕银发悄悄混进发际,就像无足轻重却具有破坏性的误解。假如丈夫移情别恋,她一定会知道的。特蕾莎还是不乐意看到她精力充沛的目光。

只要她走了,特蕾莎就可以穿衣服了。今天她不用惩罚自己,再穿绿外套灰裙子了!难看的松松垮垮的针织衣物,像衰老的皮肤那样邋遢……不用再穿了,哈哈,她有新的呢料裙子、白衬衣和绛紫色的套头衫。连内裤和袜子都是新的。

她的肩膀似乎好些了,只是胳膊还微微有点无力的感觉。她旋转了一圈,转了一半,正有点头晕眼花的时候,听见了庄重的音乐声——她想应该是哈里的留声机放的音乐——要是声音再大一点,她也许能听出来是哪部作品。上次见到他的时候,他有点心不在焉,局促不安。(这方面还是不要想太多。她努力让自己的思绪如丝般顺滑。)昨天晚上,他觉得还是不跟她跳舞为好。尽管他们站在宾馆前面的时候,他曾经很想靠近她。她以女人的直觉确信这一点。

她朝窗外探出头,看了看北方的白天是什么样子。睡眠显然让她的感官敏锐起来。柴火燃起的烟雾。屋顶上斑斑点点的石片儿泛着银色和乳白色的白光。清新纯净的寒冷。光线柔和得似乎是透过云层照下来的,可实际上万里无云。连盖房子用的石头看上去都有点毛茸茸的,仿佛真的是硬硬的丝绒或者苔藓。这里当然没有海鸥。没有海水的咸腥味。

窗户下面的车道上有两个年轻人,男的转过身,整理一下女的脖子上的围巾,看样子两人是情侣。姑娘长着发亮的棕色头发,比小伙子还要高。是跳舞的那两个人——在什么地方见过呢?是她与哈里跳舞那天晚上。小伙含情脉脉地抬头看着生日女郎,然后注意到特蕾莎。

她缩回头,隐隐有些惊慌。她在写字桌前坐下,看看能否将早该写给尼尔先生的信迅速处理了。也许简短的便条就够了。

然而,在这方面显然没有进展。找不到愿意配合的词语,合适的话依然隐伏在模模糊糊的感觉后面,就像做牙科手术,上了麻药似的。她轻声说出最简单的一句话,试图引出心里要说的(亲爱的,我无时无刻不在想着你),然而这话听起来像是在调侃。连手碰到笔的感觉都很烦人。可恨。用打字机会不会就能写出点什么来呢?她没能辨认出来的音乐没完没了的。她在想,这音乐是不是在冥冥中编织进她的梦中了,有时候各种声音会闯进睡眠,然后以梦的形式重新出现。跟哈里见面也许会很有意思,可今天上午,无疑还是自己待着好。

然而,她要找点事做。没法写点什么,甚至是想想如何写得巧妙、写得有趣都做不到,太没劲了。更糟糕更危险的,是由此产生的凌乱的感觉,仿佛什么都控制不住,不能弄得井井有条。假如小狗彼得跟她在一起,她可能不会这么焦虑。唉,有钢琴就好了!昨天,她情绪高涨。今天,兴奋度有所降低,而她不想变得焦虑不安。她能够做的,应该做的,就是去买更多的衣服。

买衣服的成果还是值得赞赏的：亨利·摩尔店的开襟羊毛衫——绛紫色，她最喜欢的颜色。还在路易斯·柯贝店买了一件黑色丝绸晚装，因为她不能总穿那一件乔其纱晚装，时间长了会让人低看的。

然后，她继续往下走，来到溪谷公园。上次到这里来，她感觉挺好。到这儿来的隐秘动机，可能是想试试溜达一下能否将那本令人苦恼的书从死一般的沉睡中唤醒。在以前，遇到写作上令人头疼的问题，散步总是最好的解决方案。推理小说就像拼图游戏，里面很多有用的单片，都是在散步的时候挖掘出来的。实际上，她想不起来有哪次构思冒险故事的时候，不是这样在大自然中独自漫步。这个习惯可以说是在达特穆尔[23]正式形成的。这要归功于妈妈与众不同的好主意，让她去那里度假，在荒原旅馆住两个礼拜，写完了她第一本小说。但是，在那之前，孩童时代的很大一部分时间里，她也是在阿什菲尔德的花园和小树林里到处乱走——在白蜡树之间穿行，树叶的呻吟与海的呻吟遥相呼应；围着奇妙的山毛榉树转圈——沉湎在热切而不连贯的对话中，对话者是……她想到谁就是谁：与她同龄的女孩子，听话的，或者比她更加好奇的；有魅力的成年人；厚脸皮的拟人化的动物。坦率地说，非常有趣。然而，已经很久很久没有这样的乐趣了，因为那本顽固得令人苦恼的书，不让她有这样的伙伴。

这会儿，她又将思绪带回了早晨的梦境，想到了害羞鬼。

她是在大英帝国博览会先遣巡视途中爱上他的。她丈夫，一个没有想象力的人，不会猜到竟有这样的事。害羞鬼是布鲁德家里最小的一个。她在悉尼认识他们，后来她丈夫和少校开始了对乡村小镇的巡视，既无聊又艰苦，她受邀到布鲁德家在昆士兰的无比巨大的牧牛场住一阵子。

她喜欢水果，多少都吃不够。在布鲁德家，早餐、甜品、一天里任何时候，都可以吃水果，品种多得让英国的水果显得那么平淡无奇，而且没什么味道。菠萝、橙子、葡萄、甜香蕉和芒果，甜得浓艳，简直像糖渍的。假如让她放开来吃，她会像吃软心巧克力似的，狼吞虎咽地吃芒果，脸上沾满果汁，也顾不上体面了。她必须控制自己。布鲁德这家人活泼，热心，非常有趣。他们觉得过得快活是理所应当的，因此也真的很快活。三个女孩儿一个比一个苗条，既楚楚动人，又勇敢刚强，是让人炫目的组合。她们是如何做到这么完美的呢？特蕾莎也很喜欢那四兄弟，他们对她毕恭毕敬，很讨人喜欢，即便是最殷勤的英国绅士都不会比他们做得更好。兄弟姐妹之间显然感情深厚，互敬互爱，他们不断地表现出这种同胞之情，给她留下深刻印象。他们相互触碰，送吻，接吻。她在一旁看着，陶醉了。

她真正迷恋的是比较安静、喜欢音乐的小弟弟，他们叫他害羞鬼。哥哥姐姐把他当作一个挺逗人的异类。后来发现，他与特蕾莎有共同的地方：骑术不怎么样。特蕾莎向他坦白了自己的弱点，就因为这个，一天下午，他恳求她留在家里跟他做伴，不要跟大家一起出行，骑马穿过灌木林是很艰苦的。

“她答应了，要唱歌给我听。”他告诉最苗条的姐姐，姐姐让步了，不过她笑起来有点恶作剧的味道。

活泼热闹的哥哥姐姐们走了，周围渐渐安静下来，害羞鬼转身对她说：“请吧？”

她走近钢琴。他在琴前坐下，打开琴盖，挺起宽宽的胸膛。在更加活泼，更加喜欢动手动脚的哥哥姐姐中间，他一本正经的样子，往往会让他看上去简直像个中年人。尽管他现在跟往常一样严肃，她第一次实实在在地注意到，他还那么年轻。毕竟，他比她年轻十多岁，几乎还不能算是个男人。是他准备弹琴的时候，专心致志所散发的能量，让他显得青春年少吗？还是耷拉下来遮住眼睛的红褐色头发？或者仅仅是肤色使然？带着些许红褐色斑点的脸上，苍白的肤色没有一点岁月的痕迹。通常，她唱歌不会像弹钢琴那样紧张，可当时她心里掠过一阵怯场时典型的疑虑，感觉正在接近内心的一扇活板门。

他淡褐色的眼睛看着她，眼睫毛俨然是金色的。暗红色的嘴唇有点不自然地抿着。她脑子里突然冒出一个念头，也许她的年龄，她更加丰富的阅历，会让他感到兴奋。甚至她是已婚女人，也会让他觉得很刺激。

眼睛盯着天花板上优雅的玫瑰花型灯线盒，她唱起来。他的伴奏低调而自信。他们事先商量好了要唱的曲目，先唱普塞尔的《擦肩而过的倩影》和梅特卡夫的《不见踪迹》，练练嗓子；然后是凯鲁比尼和普契尼，从歌剧《美狄亚》中的《我是你儿子们的母亲》开始。起初，她的声音有点颤抖，不过，她希望这还算过得去。她也说不准。再次这样引吭高歌是如此激动人心，让她回到了在巴黎的青葱岁月，那时的她跃跃欲试，时刻准备成为歌剧演唱家，在欧洲最好的剧场里让热心专注的观众陶醉。歌唱的神圣感依然存在，一跃而超凡入圣。她一半的心思沉醉在音乐中，同时在优美的旋律中意识到他的存在，是他让她丰满起来。面对空无一人的观众席，他们表演了很多曲目。她试着开始唱《波西米亚人》的终曲《大家都走了吗？我假装睡着》里的女高音部分，可是有什么让她停了下来。

屋里静悄悄的，乡村的静谧，像是永恒又是终结的静谧。他孀居的母亲去邻近的庄园拜访了，用人们都悄无声息。开始下雨了。倾盆大雨不期而至。在刚才的平静之后，暴雨来得特别惊人，波纹铁做的屋顶上，雨点声大得吓人。

"这里的暴雨是一流的。"他说，某种骄傲取代了往常的羞怯，"来，我带你去看看。"

她随他来到飘窗下的一张红沙发，两人并肩跪在锦缎沙发垫上。大雨如注，形成了一道巨大的青铜色雨幕，伸展在房子后面广阔的田野上。雨幕隔断了他们的视野，看不见再远一点的景色，只觉得这雨幕无法动摇，令人惊叹。

"他们找得到避雨的地方吗？"她在说他的哥哥姐姐，尽管此时此刻，她觉得心里装不下他们。

"哦，他们没事儿。"他无所谓地说，"他们习惯了在外面，什么天气都不怕。"

"你们这一家子真有意思。"

"跟我说说你的哥哥姐姐吧。"

她唱歌的时候，他似乎一动不动地听着她的歌声，或者听着他自己的演奏。现在，他的声音表达了同样的专心致志。

"我姐姐才华横溢。"她有点尴尬地说开了，"精力过人。天生就会讲故事。令人捧腹——放声大笑！有一回，她打扮成一个希腊神父去火车站接人。在巴黎上精修学校的时候，她接受挑战，从窗户跳出去，这一跳还要落在一张贵妇人们正在喝茶的桌子上。她可以而且愿意做任何事情。她聪慧过人。”

他扬起眉毛。“聪明的姐姐。我有三个这样的呢。”

“聪明的姐姐。”她微笑了，感到受到了鼓励，“然后，还有爱冒险的哥哥。刚刚从非洲回到英格兰，带回来一个备受折磨的当地男仆。多年来，他在非洲有各种各样的计划。他是个不妥协的人，但又不可思议地魅力十足——竟然还非常招人喜欢。品位十分奢华。很棒的猎人。你可以说，他和聪明的姐姐都是独具一格的人。名人。”她停顿一下，“我是乏善可陈的那个。一个害羞得让人头疼的傻瓜，说不出什么逗乐的话。”

他摇摇头，表示不信她的话，可还是说：“我也是。在我们家，我是那个跟其他人相比黯然失色的孩子。拿着自己的书和音乐缩到角落里。噢，当然了，他们爱我。宠着我。只不过他们都不太把我当回事儿。”

她想象着他还是个小男孩的样子，在冰凉的窗玻璃旁低声哼着曲子。“不过，你们看起来在一起玩得挺快活。而我呢，简直就是独生子女。是这样的，聪明的姐姐比我大十岁，爱冒险的哥哥大八岁，所以我小时候他们都上学去了，老是不在家。我非常喜欢我的保姆和家庭教师，但我多数时候是一个人玩。”

“你觉得孤独吗？”尽管他的语气很轻，很随意，这个问题还是让她感到，如果能做到的话，他会带着一盏灯，钻进她的心灵，探究她性格中的晦暗之处。他们的谈话有点说悄悄话的味道，也有点像审讯。

正在此时,一声震耳欲聋的雷鸣炸响了,仿佛一个巨大干燥的东西爆炸了,泄洪般的雨令人难以想象地下得更大了。盯着眼前不透亮的雨幕,她想起故乡托基湾的暴雨,心中顿时涌现出一股强烈的愿望,她想这是回到德文郡的愿望。在这座房子里,他们是如此与世隔绝,简直就像航行在大海上。

她小声说:“妈妈跟前只有我这一个孩子,我猜我是很开心的。父亲去世之后——我当时只有九岁——我跟她更加亲密了。我们组成了只有对方的两人世界。阿什菲尔德是——过去是——我们的世界。不管怎么说,我自得其乐。”

“阿什菲尔德是你老家的房子?”

她点点头,打量了一番长长的音乐室。“这个房间,让我想起我们家被称为教室的那个房间。”

“你母亲一定很宠爱你。”

已经很久没有一个男人让她觉得自己受到重视,听她说话的时候,好像她所看重的想法或者记忆,哪怕是一点细节,都是重要的。求爱之初会这样,可在那之后,尤其是婚后一起生活几年之后,总的来说,听对方说话的时候就不那么专心了。把那个熟悉的人看作无须深究的怪人,这样可能不会那么麻烦吧。或者看作很久以前就烂熟于心的功课。他这样的全神贯注,真是无法抵御。“是的,亲爱的妈妈。”

他将一只手放在窗户上,摊开修长的手指。她闻到一股年轻男人的体味,这种她熟悉的体味同时也让她心里一惊。“她很爱你父亲吗?”

“噢,绝对的。她是他的姻亲表妹,不过他们在同一个家庭里长大,多少有点像兄妹,当然咯,他要年长很多。年轻的时候,他很多时候都不在家，到美国和法国从事业余体育运动①。她还是个小姑娘的时候就崇拜他。”

他的体温让窗玻璃起了一层雾气，把手挪开的时候，留下一个夸张的，幽灵般的印记。透过手印，倾泻的暴雨闪着灰色的亮光。她对自己的魅力远不如二十岁的时候那么自信。她越来越感到不自在。

“你嫉妒你父亲吗？”

“嫉妒？不会。我不这么想，不会的。”父亲这人太容易相处，对自己生活中的一切都太心满意足，不会对别人构成什么威胁。他在精神上全然是透明的，可能是因为不会浮想联翩，没有干扰，可以自我陶醉吧——或者是因为信任，他真心实意地信赖他人，于是日子也过得平静。至少在出现金钱和医疗方面的烦恼之前。他从来没有工作过，只知道享受生活，还以为财富与健康是取之不尽、用之不竭的资本，用不着刻意去管理。她知道，父亲和妈妈不会像她们母女俩一样，前言不搭后语，说梦话似的编织两人之间的闲聊。“他生病之后，我可能有点被出卖的感觉。孩子是不是都这样呢？目中无人，自私自利！每当我想到妈妈当时肯定是很痛苦……当然，我在阿什菲尔德总是很开心的。”

话是这么说，可当时家里连房子都有点不同了，不知怎么的，变得不那么牢靠了。她有鲜明的印象，自己一边在花园里走来走去，不知道怎样才能进入角色，成为生活中的戏剧人物，一边任性地自我表白：“**我不会让自己无聊！**”

她看着眼前的澳大利亚暴雨，一边说：“他生病的时候越来越

① 原文为 being a young gentleman。“gentleman”在运动商业化之前，有“业余运动员”的意思，指有钱有闲的人从事自己喜爱的运动。

多。家里人对此神秘兮兮的。看上去很像是成年人的糟心事。我看得出来,母亲很害怕,不愿意让其他人接近他——我不知道过去有没有跟任何人说起过这些事。”

他的语气很轻,要不然就是那会儿雨声特别大。她要转过头去看着他的嘴唇,才能明白他在说什么。“没跟你丈夫说过?”这是第一次提到**他**。

“他呀,他不问这么多,”她勉强笑了笑,“也不喜欢听涉及感情的事。他讨厌任何跟悲伤或者生病有关的话题。任何让人不开心的事。”

“哦,是这样。”

一阵静默,大雨之中,愈发显得深沉。沙发靠垫的绲边,透过裙子硌着她的膝盖。她在想,这绲边会不会留下印记,就像揉皱了的床单那样,在身上留下过些时候才能消失的图案。钟声在远处响起。数数钟鸣:三点半了——骑马出门的那伙人,应该在三刻钟之前就回来了。她问起来,害羞鬼看起来并不担心。

“他们肯定是在哪里避雨呢。”再次让她放心的话说得很快,语气有些不太协调。他用同样快的语速说:“你的女高音非常甜美。”

他们回来晚了,会不会是布鲁德家的人达成的某种共识,而不是因为下雨呢?不然的话,他会这样无忧无虑吗?她一直认为他规矩老实,年轻单纯。可当他伸个懒腰,又将双臂交叠在胸前的时候,这些动作看起来还是别有用心的。她心跳加速,对他的好感没有减弱。一个羞怯的人有遮遮掩掩的习惯,这不应该让她感到意外。她低下头来,心旌摇荡,极度不安,看见自己的结婚戒指,脸一下子红了。

在后来的岁月里,那天下午的感受不时会再次涌现,像依稀记得的旋律在心头萦绕。她会细细体会,仿佛可以追根究底,然后将其彻底淡忘。然而这感受无根无底。不可能得出什么结论。只有一种身处异国的奇怪感受。旅游让别人的生活出现在视野,扰人心扉,是不是就这么简单呢?当然咯,这和她与害羞鬼——他可能终究不是那么害羞——当时的处境也有关系,两个人与世隔绝,待在一个美丽的农庄。如果把她隔离在一个庄园里,很容易就能赢取她的芳心。

暴雨也很配合。没有暴雨中特别凝重的气氛,那天发生的一切会有如此丰富的含义吗?他们有可能会贴得太近,有可能以不符合她已婚妇女的身份相接触,有可能向做错事的门槛,或者向被放弃了的机会靠近。假如没有这些可能性,那么话语之间的停顿,两人身体在空间的摆放,钢琴与窗户之间的距离,还有快四点钟了的事实,还会因为被赋予了某种征兆而具有潜在的能量吗?假如没有这些可能性,在无关紧要的时光流逝里,在乱糟糟的日常生活细节的背景下,那个下午的任何一点细节还会突显出来,闪闪发亮吗?

钟鸣四响,她吓了一跳。左腿麻了,感觉整条腿半死不活的没一点力气,不像是自己的。她像被谁掐住脖子似的,咯咯笑起来,一边说道:"我必须站起来了。我的腿。"不可避免的酸痛在腿上流动。"哎哟!"她试着站起来。

他跳起来帮她。他虽然不像哥哥们那么结实,但却一样灵活。她靠在他的臂膀上,行动不便,也有点不好意思,腿还是一阵阵地抽着疼。

"我从来没见过像你这样的人。"他说。

她想,在他眼里,她是个年长些的女人,是个作家,是英国人——这些特点都能激起他的好奇心。打从埃涅阿斯号在阿德莱德停泊，她就发现澳大利亚口音让人无所适从，很不好听——极其粗鲁，或者往好里说是引人发笑的。做客昆士兰，澳大利亚口音不再让她皱眉发笑了。而在那个下午，害羞鬼的语音语调消除了她的偏见。他的元音发音有点奇怪，听起来非常直截了当。他说起话来赤裸裸的，既有些大胆又有些窘迫。

眼看他们就要说出微妙的话，做出危险的事。她放开他的手臂，不愿意他感觉到自己在颤抖。“谢谢，我能自己站着了。”

“咱们到外面去吧？”他提议道，“下暴雨的时候，最好到外面去，闻闻雨的气息。”

她也会有这种浪漫的冲动，但是已经学会不与丈夫分享，他把类似的愿望归结为孩子气的异想天开。“好啊！”她喊了一声，嗓门太大了。

从走廊上下来，她差点绊倒了。雨势终于减弱了，厚重的雨幕拉开了，呈现出一片被雨水浸透的田野。星星点点的雨珠，比泪水稍微多一点凉意，天空上翻腾着黑灰色的云卷，深沉抑郁，令人叹为观止。有一种前所未有的气味。不像海上暴雨那种臭臭的咸味儿，但一样的超越自然。一种刺鼻的丰满：土地，湿气，草场，树叶。在澳大利亚，扑面而来的种种印象，就像这里奢侈的水果味，鲜明生动，几乎是放纵的。她侧眼看看害羞鬼，他仰着头，呼吸着，仿佛要将湿透的田野的神奇纳入自己体内。

他的姿势，那么开放。他的欲望，他的奋争。她意识到，吸引她的不仅是他的异国情调，更多的是那种特别熟悉的感觉。准确地说，也不是因为他们俩很相像：爱看书，喜欢音乐，在哥哥姐姐面前相形见绌，表面上依照他人的意愿行事，胆怯之余，内心充满热切的渴望。不仅仅如此。她在他身上所看到的，不是自己的翻版。不完全是。

是另一个版本的妈妈。

一种心醉神迷地充满期待的生活态度，使人生经历让他们或喜不自禁，或大失所望。他们都有精细挑剔的好奇心，要求生活能够成为一道连接精神世界与物质世界的宏伟桥梁。在某种意义上，她找到了心的家园。但她并不安全。表现出来就是，她差点在一块泥地上滑倒，不过又站稳了。

“小心。”他说。

“我本来要说，你钢琴弹得很好。刚才分心了。”

“是啊，分心了。”他笑起来，貌似在笑她的措辞——觉得词意相近得滑稽可笑，“谢谢你的夸奖。”

他们有点如痴如醉，离房子越来越远。他张开双臂。她心怀善意，留意到裙子上沾着泥，接着，她也张开双臂。完美地停顿了一刻。

随即，他们突然向对方扑去，髋部相抵。她断定是他先开始的，但也不能确定无疑。他们张开的双臂很自然地搂住对方的腰，两人一块儿踉跄了一下。她稍稍向他转过脸，惊慌失措地发现他贴得那么近，浅绿色的眼睛，皮肤白得像最厚重、最纯洁的雾，带着棕红色的雀斑。他看着她在看他。两人几乎拥抱在一起。

怦然心动之际，传来马蹄敲击地面的节奏，接着是骑马归来的人高声说话的声音。他们带着些许惊慌，就这样相拥而立，又过了一会儿，然后退后一步，分开了。

“喂，你们两位，”最苗条的姐姐在跟他们打招呼，“他发挥得好吗？”她粲然一笑，“我说的是弹钢琴。”

“嗯，很好。”特蕾莎说。

最苗条的姐姐穿着马裤，流畅地下了马，看清楚他们俩的状况，她下一个笑容毫无疑问是不怀好意的。她那么纤巧又那么坚韧，特蕾莎又一次被打动了。她揉揉弟弟的头发，贴近嘴唇吻了他一下。特蕾莎真不知道她是否曾在一个女人身上见过这样的自信。太了不起了。既可爱又坚强，一个理想的年轻庄园主。

后来，她和害羞鬼再也没有单独相处。假如有人仔细观察的话，唯一能够注意到的与往常不一样的地方，是他们很少在一起说话。还有就是在餐桌上，趁别人聊天的时候，两人目光偶尔相遇，显得很不自在。她继续吃大量的非常甜的水果，一想到今后再也没有机会这样吃水果了，嗓子就发紧。

她很快又跟丈夫会合了。

在渐渐倾心于害羞鬼的同时，她并没有就此不爱她丈夫。如果将心灵比作一趟火车的话，你可以说，作为妻子她通常是在某节车厢里，而现在她仅仅是到别的车厢里坐了一会儿。当一个人离开家的时候，这样的调整更容易出现。这些调整很自然，而且对成功的旅行而言，也许是必要的。要在新的环境里心满意足地栖居，必须背离一定的习惯、喜好、感情，等等。她是个出色的旅行者，有这方面的基因。

在那节车厢里，她与害羞鬼经历了一场午后暴雨，得到的信息是，她生活中有缺憾，严重的缺憾。三十岁的她，还是有可能在与男人为伴的时候焕发出勃勃生机的，她的肌肤还有可能与沉浸在梦幻中的心灵同感。两个人之间最微不足道的表示，依然会引起似乎半是动物本能，半是神秘的反响。她吃惊地发现，自己几乎忘记了。

是的，她的婚姻有一定的缺憾。她一定是知道的。她知道，在这次巡视之旅中，她与丈夫在一起的时候，不时有点别扭。恼怒或者摩擦越来越多，随口而出的话变成积怨，让温存变得断断续续的。然而，在那场昆士兰暴雨尽情宣泄的时候，她看清楚了缺失的是什么。看清楚了，然后就退出了心灵中的那节车厢。知道了，也放开了。本能告诉她，这事儿不能去碰，说不定会有引爆装置。

假如她当初勇敢面对一个年轻人在暴雨中向她展示的真相，并且采取行动，说不定能避免迟早会发生的事情。丈夫也会感觉到婚姻有缺憾，这是当然的。**理所当然**。她要为此付出代价。她或许应该跟他一起去乡村小镇巡视，不应该那么快地从一节车厢走到另外一节车厢。

在梦中，雨幕打开，就像在现实中一样，可是骑马出游的人没有回来。然后……算了，别想了。

她从溪谷公园走出来，昏头涨脑地穿过马路，朝水泵房走去。一辆汽车不得不停下来，让她过去。她没有留意有车过来，司机狠狠地瞪了她一眼。她转身走进水泵房后面的小巷子，嘴里似乎有每天早餐前都很听话地喝下去的硫黄水味儿。这水准能创造奇迹。

她脚下一滑——就像那次在湿透的草地上跟害羞鬼在一起那样。这回，她没站稳。双腿轻飘飘地滑出去，嘴里不由得轻轻叫了一声。

在空中摔倒的瞬间，感觉特别长，然后她惊讶地发现，自己坐在鹅卵石街面上。她飞快地朝周围看看。谢天谢地，好像没有人在看她。接着她看见一位男士向她走来。为什么丢脸的事儿让路人看到会倍感羞辱呢？她开始站起来。

男士来到跟前,她认出来了。

“你这是怎么了。”杰克曼先生说。

“你好呀。”孩子气的羞愧,她希望他没听见她的叫声。“我真是笨手笨脚的!”

“快别这么说。你没事儿吧,亲爱的?我也差点滑倒了,早些时候。”他做了个手势,她为时已晚地注意到,有些石头上堆积着腐烂的树叶,变得黑黑的。“滑得很。夜里下那场雨,让街上变得特别危险。”

特蕾莎尽量将身上拍打干净。杰克曼先生慷慨的关心让她有点心烦意乱。

他肯定是从她脸上看出来了。“你受了点惊吓,亲爱的。你真的没事儿吗?”

他这样就更糟了。“噢,没事儿。”她盯着滑溜溜的鹅卵石,“谢谢你——谢谢你过来帮我。”他们朝对方笑了。

“你现在回宾馆吗?”

“我想是吧,是的。看我把自己弄得一塌糊涂的。”手套的手掌上沾着泥。她的背也不舒服。肯定是摔倒的时候给撞着了。

他又笑了一下,伸出手臂。他们开始慢慢顺着天鹅路走回去。轻轻地靠在他的手臂上,她观察到他不像他这个年纪的人那样颤颤巍巍的,而是挺强壮的。他带有一种压抑着的希望,让她感到欣慰。她对他的婚姻感到好奇——他会不会做些浪漫的梦,梦醒之余觉得惋惜呢?

“我夜里没听见下雨。”

“没有吗?嗯,那就是我睡得浅。实际上,我睡得不多。当然了,现在不像年轻的时候那么差了。”他瞄了她一眼,好像在观察她摔跤之后是否已经恢复过来，愿意聊天了。

“哦？”

“是啊。你知道，年纪大了，身体有些方面衰退了——腰围啊，头发密度啊，还有肤色、关节之类的，”——他和善地做出愁眉苦脸的样子——“可让人宽慰的是，有些方面却改善了，够奇怪的吧。比方说，我的失眠就是这样。我原来被失眠折磨得苦不堪言。现在断断续续的还会很痛苦，有时是连续比间断更多些。可是失眠的时候，我已经变得不那么心情暗淡了，我可以告诉你，这里有天壤之别了。以前，我有时会看着妻子女儿熟睡的面孔，那么的平静，正常，我就会咒骂自己，因为我是违背大自然的怪物，不得安宁的妖魔，实在是配不上她们。你会笑我的吧。”

“不会。”说着，她稍微握了一下他的胳臂，“真的不会。”

“你要知道，我把这事儿看得很重。连续几天几乎没合眼，你知道那是什么感觉吗？而且当这种状况还经常出现的时候？”她没有抬眼。“你会觉得……怎么说呢，觉得受到亏待。感觉真不好。当你觉得好像是透过沾满污渍的面纱，眯缝着眼睛看东西的时候，你不会有太多的理由感到轻松愉快。”

他们经过一座房屋，透过窗户能看见一间舒适的房间，看起来是客厅，一个男人在给自己斟茶。不幸的是，那个茶壶很像跟了她很久的白茶壶，在过去的日子里，她习惯每天都用的那个。她脑海里出现了一个场面，熟悉的茶壶从空中飞过。

被扔出去的。

没有击中她丈夫。他是个爱好运动的人，轻易就躲过去了，甚至没有表露出吃惊的样子。尽管茶壶盖没有打开，还是有一点茶水从壶嘴洒将出来，形成弧形的曲线，相当有美感。她简直不能相信这是她做的，可是这动作收不回来了，所代表的意图也收不回来。覆水难收。

女佣一定听到了吵闹的动静。他有点咬牙切齿地，低声对女用人说：“我们怕是遇到点意外了。”

装模作样的相敬如宾就此结束。能把这事儿称为意外，太懦弱了。

特蕾莎将目光从喝茶的男人身上挪开，轻轻摇摇头，杰克曼先生继续说道：“说不好是什么起变化了。亨丽埃塔总是很有耐性。我特别抑郁的时候，她懂得如何不要太往心里去。”她想起来了，他在谈论他的失眠症。“不过，这么些年过去了，也就不再像当初那么当回事儿了。我忍受着。看着自己忍受折磨。这也没把我弄死，是吧？因为，你真会开始纳闷会不会被折磨死，慢慢地，很丢脸地死去。”他笑起来，“如果你不那么在意睡不睡得着，你就会睡得好得多，这是大自然一个秘而不宣的小计谋。”

“你说得对。前一阵，我睡得不好。最糟糕的是，你知道自己太需要休息了。迫切需要某种东西，会让你……软弱。你给套住了，因为，你怎么能够突然就无所谓了呢？”她觉得如果这会儿就停下来，他会发问的。“不过，哈罗盖特正在让我恢复正常。我在这里睡得很沉，做很多梦。”她看了一眼沾了泥的手套。“你现在确实睡得好点了吧，总的来说？”

“总的来说是这样。睡得好的时候，就像获得了很大的荣耀，被授予爵士封号之类的，觉得自己无往而不胜。睡不好时，感觉就很差，不过我像男子汉一样接受现实。”他的嘴唇抽搐了一下，“尽量有风度一点。有时，我甚至觉得这挺有趣。”

妻子不在身边，他变得饶舌多了，而且有些顽皮。他们快到宾馆的庭院了。

他面带愧色,笑了笑,又说:“我变得有点把失眠本身看作是荣誉的标志,就像某些可以忍受的、难以理解的病痛。不管怎么说,失眠能让你在晚上有喝威士忌的借口。要喝够,喝到感觉好像有人在轻轻敲打你的脑袋。这样的话,往往会美滋滋地不省人事。我们到了。”

“谢谢你陪我回来。还要谢谢你的至理名言。要是我也喜欢喝酒就好了。”

“你不喝酒吗?一点儿都不喝?”

“恐怕是的。我从来受不了酒味儿。”

他看上去挺沮丧的。“我真的感到很遗憾。最诚心诚意地替你可惜。”

“你真是太好了。”

“是我的荣幸。呃,亲爱的,趁这会儿想起来就问问,你今天不会遇见过哈里吧?昨天晚上,我在楼梯上从他身边经过,觉得他心情有点欠佳。”

“哦?据我所知,他也不是能睡的人。可能就因为这个吧?我没见到过他。”

“真的吗?这么说,睡眠不好一定是常见病了,在这种地方,唉……他可不是你想象中的澳大利亚人,你觉得呢?”

“不是。”她说,“我可能要赶紧去洗个喷射淋浴。”

“好主意。”他打量着她,“那么,我们晚餐再见?”

12

第六天晚上

哈里没来用晚餐,杰克曼太太觉得很遗憾。她问道:“他会不会在贝蒂茶屋呢?亲爱的,你脸蛋红得像玫瑰一样。洗过蒸气浴之后,年轻可爱的、白白的肤色越发好看了。更别提你这黑丝绸了。”她带着欣赏的目光,对着轻软柔顺的新连衣裙点点头。看来没人告诉她,特蕾莎傻傻地摔了一跤。

“多谢夸奖。也许哈里喜欢自己待着——不太想跟人打交道。”

“即便是文静的人,通常也喜欢跟人交往的,”杰克曼太太说,“特别是在晚上。咱们俩私下里说说,我真觉得他肯定是孤独的。他太太没了,你知道吗,可怜的人。就像你失去了丈夫。原谅我,亲爱的,提起这个话题。”

天哪,特蕾莎想着,她这是在做红娘吗?“我想你说得对。这蛋奶酥做得真好，是吧？我太喜欢好吃的蛋奶酥了。"奶酪蛋奶酥确实做得很棒。

她正要向杰克曼夫妇道晚安，一个男子来到他们这桌，请她去打台球。俄罗斯口音，或者说话像俄罗斯人。他不是特别讨人喜欢，尽管身上表现出英俊男人会有的自信。

她本来要拒绝的，可杰克曼太太大声说："特蕾莎，你必须去。你们年轻人应该去寻开心。"显然，一旦身边有人士气不足，她就要帮他们打起精神来。

被称为年轻人，让俄罗斯人和特蕾莎扬起了眉毛，于是，就这样定了。她跟着他走出去，进了大厅，来到通往台球室的楼梯间。他大摇大摆地走着，纯粹是卖弄的样子。她心不在焉。哈里真的独自一人在贝蒂茶屋，不太舒服吗？她想起头天晚上他态度生硬，而且避开了舞厅。

在台球桌旁，俄罗斯人把她介绍给他的两位朋友，都是哈罗盖特镇上的人。她和他搭档，对当地人。刚刚爬过楼梯，她的心还有点怦怦跳。台球室比餐厅暖和，里面似乎充满了男子汉之间调侃的记忆，在这里吸过的雪茄数都数不清，这个环境让她既紧张又无所顾忌。她声明自己的台球打得糟透了，可接下来却打得相当不错。

他们赢了。

成功带来了喜悦的一瞬，特蕾莎一时兴奋，说道："这样的事也发生过的。我的高尔夫球打得一塌糊涂，提起就脸红，可有一回我赢了女子高尔夫锦标赛。"

她要是没提到高尔夫就好了。很久以来，高尔夫球场一直是她与丈夫之间的隔阂。不准随意漫步，不准野餐的草地，怎么可能是好地方呢？

“哪里的锦标赛?”

众人都盯着她。“南非。我在南非生活了很多年。”

“开普敦吗?”与她一起赢了球的同伴,没准是秘密从布尔什维克手中逃脱的王子,可她没心情跟他闲扯。

“是的。”

“你一定要跟我们聊聊南非。我一直想到那里去。那些狮子……”

“是啊。”

有人在问:“有人会唱歌吗?有谁愿意唱?”

“他们想找人唱歌——让男子乐队和女艺人歇会儿,我还怀疑,让他们有机会悄悄地去喝点什么。你要自愿上场吗?”他觉得挺好玩儿。

“绝对不会。”要是哈里在这儿就好了。

“你不唱歌吗?”

“不。唱的——会一点儿。但我不会在这里唱。”

“假如我给你伴奏呢,怎么样?我会弹钢琴,虽然也弹得马马虎虎。咱们可以相互激励,大胆一些。”他盯着她的眼睛,厚颜无耻地提议他们一块儿唱歌,而且还可以一块儿做更多的事。

“不行。”

假如她知道如何去做一个放荡女人,她会悄悄塞给他一张纸条——不,纸条都用不着,示意一下就够了——过一会儿,大家都上床睡了,她的房间会传来有克制的敲门声。再不然,特蕾莎会偷偷摸摸地沿着走廊走过去,黑暗中只见一个穿着睡袍的剪影。她现在苗条多了,说不定看上去相当婀娜多姿呢。说到底,是什么阻止她到一个男人的房间去呢?人可以学会做任何事情。那么多男人的房间，沿着那么多走廊，走廊在身边转圈，向四周伸展，就像轮辐从轮子的中心辐射出去。

“我相信能说服你。”他说。

他们俩离开了台球桌，可他的一个朋友，比赛的时候脸色变得不友好的那个，插嘴了：“再来一局！我们要报仇。”

“算了。”她说，“我想，作为一个业余爱好者，赢的时候收手，还是明智的。”

他不情愿就此结束，黏着俄罗斯人不让走。“那个女人，”他的语气很不友好，挑逗地说，“失踪了的那个——他们说，她给她丈夫的兄弟写了封信，说她准备来约克郡的一个温泉疗养地。”

“你说谁？”俄罗斯人问道。

“那个女作家。失踪那个。”

“哦，《泰晤士报》上是有那么回事儿。”

“我是在《每日邮报》上看到的。你怎么看，她会不会就在哈罗盖特？”

“不太可能。”很明显，俄罗斯人想结束这个话题，重新跟特蕾莎单独聊聊。“警察不相信她在约克郡，是吧？”

“你怎么看呢，尼尔太太？”他那个锲而不舍的朋友问道。

在让人感到闷热的男性氛围中，至关重要的是，她必须让自己的思绪像一张张绸布似的，冷静飘逸。“你要知道，我没有关注这个新闻。”

“没有吗？不过，很有意思的。”他坚持道，“我想，是她丈夫把她杀了。”他打量着她，“你觉得很不像话吗？南非那边的丈夫不做这样的事吗？”

她答道：“对不起，我刚刚决定到楼下的舞厅唱歌去。”她觉得有点昏昏沉沉的，不相信自己会这么说。

俄罗斯人喜出望外。“真的呀。”从他的笑容看，他显然觉得自己的言外之意也被接受了。

这算是什么局面。她好久没有当众唱歌了。然后突然做了一个唱歌的梦，接下来这梦就好像凭空召唤出一场真实的表演了。她真该感到羞愧。可他们大步走下楼梯，进入冬季花园舞厅的时候，她还是一副满不在乎的样子。

不需要俄罗斯人出场，因为已经有一位男士端坐在钢琴前，他长着一头稀疏的金发，看样子既有点为自己出场感到抱歉，又心存感激。别人把他介绍给特蕾莎，是博莱索先生。所有这一切都模模糊糊地过去了，聚在一起的宾馆客人仅仅是一些她不愿意黏附上去的，黏糊糊的东西。

“《天使永远保护你》。”

他们开始了。

这跟上次与害羞鬼在一起唱歌，完全是两码事儿。然而，音乐也确实走入心中，仁慈地带她进入另一个境界。非常放松，挺开心的，演唱的时候会有隐身在歌曲中的感觉，肉身被更加清新、不那么受限制的东西所替代，像精灵一样。唯一的干扰出现在快唱完的时候，她的注意力有点转移，然后滑过——就像丝绸滑过开裂的手指甲——门口一个男人的身影。她刚注意到他，他就走开了。

哈里。

歌唱完了，俄罗斯人站在那儿，充满自信与期待。特蕾莎从容不迫地微笑着，目光没有锁定任何人。

她快步走出舞厅,准备上楼梯的时候看到落地钟,已经十点半了。来到二楼,身上觉得又冷又潮,她看见了哈里。他站直身子,沿着走廊朝她走来。

她意识到,自己一直有点期待,或者说希望,能这样遇见他,正如她一直在努力避免与他相见。

“我正好……”他开口了,耸耸肩,“你唱歌了。”

如此的流畅,好像他们一直在聊着,仅仅是中间短暂地停顿了一下。

“你听到了?如果晚餐的时候我原来的舞伴也在,我也许会改为跳舞的。”

“昨天晚上,如果你记得的话,你拒绝了,没有答应今晚与他共舞。不管怎么说,我相信没有他的话,你会更好。听他们说,他跳得不怎么样。”

“他们错了。”空荡荡的走廊上只有他们俩。能听到楼下唱歌的声音,还有楼梯或者地板嘎吱作响的声音。“杰克曼夫妇担心你不舒服。他们整整一天没见到你。”

他惨淡地笑起来。“好几天没人看见我,也是常有的。”

“这样会挺惬意的吧。”

“没错。或者很悲哀。”两人都朝别处看去。“我在浴场。躲起来了。”他没精打采地把一只手放在额头上。“我想跟你聊聊。顺便说一句,你唱得非常优美。”

“谢谢——我都不知道自己在想什么。你想跟我聊聊?”

他突如其来地问道:“你怎么把自己弄成这样?”

“什么意思?”

他指指她的手腕。她不明就里地把手翻过来。手掌外缘有一道黑印。血。干了的血。奇怪了。她困惑不解,有点不好意思,片刻之后,想起在水泵房后面摔的那一跤。肯定是摔倒的时候擦伤了。晚餐之前她洗过澡,可是根本没留意。可能打台球让伤口裂开了。说不定唱歌的时候就流着血呢!

“噢,我今天遇到一件滑稽的事儿。踩到湿叶子,滑了一跤。杰克曼先生是救我于危难之中的骑士。”

他从上衣口袋掏出一条手帕。她接过来,轻轻擦了两下血迹,可没什么用。

“真有意思,血会那么……吓人。我是说,看见血。其实我们身体里面不停地流淌着血液,这样我们才能站在这儿啊。可是,哪怕有一丁点血让人看见了,就是骇人听闻的。哥特式的恐惧。”

“因为血是红色的?还有,本来应该在我们身体里面的血,跑到外面来了?”他盯住她的眼睛,“我想这才让血变得不正常,冒犯了谁似的。”

“不过,假如经常见到血,也就不当一回事儿了。我做志愿救护队护士的时候就这样。”

“你在战争的时候做过护士?嗯,我相信对血的恐惧,应该与原始的、非常合理的求生本能相关——求生是关键,是吧?”他态度太过严肃,时不时会有点不苟言笑的味道。这让她紧张起来。“你是在英国做志愿救护队的护士吗?”

她看着自己的手。“同样的颜色,比方说,在一片秋叶上,是美丽的。或者一条漂亮的连衣裙。”他们之间迅速发展的关系,会不会是因为她将哈里与他的一国同胞——害羞鬼，混淆在一起了——这种亲密的语气，某种默契带来的压力？哈里就像那个大男孩一样对她关怀备至，这是肯定的。可他说话不像澳大利亚人。还有，他年纪当然更大，也没那么英俊——至少不是常见的那种。也许他也不像害羞鬼那么极度追求理想，不那么像妈妈。不那么追求极致。更加简单。

“你有什么话，可以跟我说。我知道咱们俩认识不久，可如果你觉得有必要，可以跟我聊聊。你还记得我们谈论过……咖啡和巴尔扎克？各种找死的方法？”

“当然记得。”刚才上楼梯的时候，特蕾莎把房门钥匙从手提包里取出来，这会儿手里拿着钥匙链，钥匙在链子上轻轻晃着。

他走近些。两人相互凝视片刻。她有好多年都没有这样与人四目相对了。他棕色的眼睛和消瘦的脸，看上去十分痛苦。她被打动了。她不能肯定他有什么意图，可说起来，她也不清楚自己的意图是什么。在哈罗盖特这个地方，什么是合理的行为？或者好的、坏的？

“特蕾莎？”

意识到自己站立不动太久了，她感觉有点摇晃。刚刚在楼下表演过，她依然有点与众不同的感觉，不过，由此产生的能量正在一点点被过滤掉。她对自己身体的意识那么强烈——多少年都没有这样的感觉了？她的意识既在体内，又稍稍在身体之上。多么奇怪的感觉，身体是实实在在的，不可摆脱的，而让其振奋起来的活力却是不可捉摸的。她打量着房门的铜质把手，镶嵌着葡萄藤花边的墙壁，墙上令人愉悦的墙纸，壁灯座，升降梯的隔栅，铺在走廊上的松软的猩红色土耳其地毯。一切都影影绰绰，显得大大的，充满不祥的预兆,像梦里的摆设一样。

“可怜的手。”他轻轻抚摸她自己弄伤了的地方。

她身上的血液,流出来之后凝固成如此深色的血,在悬念中静止。她朝他微微倾身,他立刻靠近过来,接着却犹豫了。特蕾莎的双唇贴上他的嘴唇,他接受了她的吻,仿佛陷入沉思,又仿佛使劲让自己镇静下来。她感觉到他吸气的时候胸部舒展,排列整齐的胸骨紧邻自己的胸腔。她闪开了脸。

“特蕾莎。”

他抚摸着她的脸,手指放在鬓角,大拇指在耳后,温暖的手掌托着她的下巴。随即,他们的嘴又吻在一起,两人沉浸在更加动人的激情中。仿佛漂浮在故乡托基湾的海浪上,身子软软的,却又精力充沛。

稍稍从激情回到现实,她耳语般地说:“下井?你觉得如何?”

“嗯?”

“在井里溺水而亡。”

他好像畏缩了。“作为一种死法?”

“是啊。在哈罗盖特,这个方法应该正合适。”

这时,两位老妇人登上了楼梯,在气喘吁吁地窃笑,好像在笑什么不太得体的事儿。

“好了,晚安,哈里。”特蕾莎大声说着,从他身边退开一步,“再次感谢你把书还给我。”

他们朝老太太们点点头。其中一位老太太诙谐地扬起眉毛,另一位犹犹豫豫地招了一下手,然后就从哈里和特蕾莎身旁走过了。

他再次走近她。这回她谨慎起来。亲吻他的时候,她并不害怕,只是意识到身上热血的躁动。可她差点儿没把一个几乎不认识的男人拽进自己的房间!她信不过自己,不知还能不能像过去那样优柔寡断。宾馆改变了你的日常生活,有一圈儿的走廊让你选择,在你耳畔轻声说,你可以任意选择一条走廊,你想做什么样的人都行。“我要睡了。”

“特蕾莎,别这样。”他靠得更近了。“你就是她,是吗?”

她肯定是吓得浑身一震。另一种恐惧。

“别害怕,千万别害怕。”

她转过身,慌忙将钥匙插进门锁。“我不知道你什么意思。”她尽量镇定地说,“谁?”

她以为在这里能隐姓埋名,还为那个优雅能干的寡妇独自度假的故事而沾沾自喜——说真的,自己都有点信以为真了。她被隐瞒真实身份所获得的自由冲昏了头脑,令人毛骨悚然地暴露了自己。允许一个男人接近她,发现了她。

“不,”他悄声说,“我不会告诉任何人。对我来说,这事儿并不重要,一点都不重要。我不是因为……”

她旋转钥匙,正在打开门。

“对不起。求求你!我仅仅是想让你知道,你可以跟我聊聊,如果你愿意。当然,也可以不聊。”

她在房间门口,总算是进去了,然后回转身,试图给一个笑脸。她的脸颤抖着。“我根本不知道你指的是什么。”

“我想做你的朋友。”他看上去心慌意乱,“不管你会不会跟我说心里话。”

她抬起手,他想抓住她的手。

“相信我吧。”他悲切地坚持道。

特蕾莎把手抽出来,双臂叠在胸前。“信任一个男人?”她好不容易笑了一声,笑声中的怨恨是那么真切。“晚安,哈里。”

“有很多很好的理由，不能信任男人，这我知道。”他的手放在门柱上，好像要阻止她，不让她把他关在门外——但他很快把手挪开了。“我完全同意你的看法。坦率地说，作为一个男人，我也不能说是表现良好，很可能还应该警告你，离我远点儿。”她因为好奇心而没有关上门。“然而，我确信，只要能帮你，让我做什么都行。”他停顿一下，眼睛盯着天花板，“特蕾莎，我爱上你了。”

暴露出叛徒本性的，正是那些你以为可以信任的人。哈里的眼睛是棕色的，浓浓的深棕色，深深地嵌在双颊凹陷的脸上，然而，怎样才能忘掉枪手的凝视，那双文雅透明的蓝眼睛？相信他，这诱惑阴险地潜伏着。人总是很愿意相信自己被别人所爱，总是匆匆上钩。

“如果我们不再单独见面，我想会更好些。晚安。”

她关上门，觉得砰然关闭的门，震动了整栋建筑的墙壁，内心也一阵战栗，仿佛她与这楼里相互连接的房间和走廊是一体的。

她来回走着，心慌意乱。哈里有可能是个枪手吗？他已经知道她是谁了。

还宣称她可以信任他，尽管他过去做得并不好。说他爱上她了。

他到底以为他爱上的是谁呢？是特蕾莎·尼尔吗？这个他认识了几天的女人，凭空出现在水疗宾馆，与他聊过几次，跳过两次舞，散过一次步。那么，是一见钟情吗？这很能满足她的虚荣心——但是，如果他知道她是谁，他更有可能是因为想到“神秘的女人”而神魂颠倒，不是吗？可能是因为她声名狼藉，还有那些报纸编造出来的，让人感到刺激的丑闻？她不寒而栗。（远离这一切，不然你又会病倒的。）

而且，她喜欢上的是谁呢？让她如此倾心的真是哈里吗？还是对害羞鬼和澳大利亚的回忆？一个浪漫的梦就把她变成笨蛋了。她反复想着，我们是否永远不知道自己渴望的是什么，而且不知道这是否真实？一切都那么靠不住，真令人恐惧。

她被人发现了。

她直打哆嗦。哈里会替她保守秘密吗？她意识到他的手帕还在她这儿。她一边在房间里踱步，一边在手里拧着手帕，这会儿手帕已经绞得不成样子了，上面还有斑斑点点的铁锈色血迹。她走到洗脸盆边，用温水冲洗受伤的手。然后用香皂洗干净手，仔细察看一番，伤口几乎看不见了。她洗着哈里的手帕，一边吸着香皂的百合花香，一边还在发抖。

一个澳大利亚人曾经让她想起自己是个女人，如今，过去似乎在重演。一个人的情欲生活怎么会被掩埋呢？

她爱慕英俊的丈夫，从来没有不爱他，但是在朦胧的婚姻小道上，很多事情是模糊不清的，还出现了一定的缺憾，现在她正在因此而受到惩罚。看来，她的性欲冲动被转移到了一个深渊，在那里守候着。微光闪烁。

是她的错吗？变冷淡，变古板了？她丈夫从来不知道如何去够着那个深渊，或许他也无所谓。她不得不承认这让她心灰意懒，因此也没有真心诚意地设法引导他到达她性欲的深渊。于是，她渐渐屈从于命运，做爱的时候像是跟一个笨手笨脚的替身，而不是男主角。而她自己做女主角的尝试，也无疑是二流的。心不能彻底投入，身体是不请自来的闯入者,表现出来的情感是虚伪的。情欲之爱,经常就是选定一个用得上的表演角色,然后摸索着把事儿做成了。

湿透了的手帕看上去是青白色的,失去了本色。天哪,特蕾莎当众唱歌了。她开心地玩儿了一场台球——还打得挺漂亮!这些事几乎和刚才的亲吻一样,想到就觉得不正派得让人感到丢脸。很像是在某种特定的梦境里,你浑身一哆嗦,忽然发现,天啊,我一丝不挂地在大街上走了一遭!她使劲将他手帕里的水拧干,挂在毛巾架上,把褶皱抚平。

至少把琐碎的事情干了吧。脱下黑色的丝绸晚装。刷牙,用百合花油香皂洗脸。涂脸霜,把剩余的顺手抹在脖子上。换上舒服的法兰绒睡袍。

透过窗户,她看到晴朗的夜空。月亮很可能是满月,房屋、树木、道路的曲线轮廓分明。房间里也一样,家具看上去像是被月光擦亮了。床和衣柜,让人感到惭愧的写字台。床头柜上不可或缺的书。书旁是也许还用得上的一瓶安眠药。她打着寒战,来到燃着火的壁炉前。

她本来对自己说,她在等待着被发现,等着丈夫的到来。俄罗斯人那个可恶的朋友说得对:启程之前,设想着这样做能解决问题,她寄了一封信给她丈夫的兄弟,将自己准备去约克郡一个温泉度假胜地的消息告诉了他。她确信她传递的信息清晰无误,可现在却被证实是含义模糊的(事情弄得颠三倒四的)。要不然就是丈夫没有如她所希望的那样,认真对待她的留言。不管怎么说,他没来。与此同时,她被发现了,这没错,可发现她的是别人。

哈里,她像死了丈夫的特蕾莎那样亲吻了他。就是说,像个自由的女人。她是自由的吗?

她离家出走了。

让她还活着的丈夫受到怀疑。**尼尔先生**。把事情弄得一团糟。扔了一把茶壶。(只是因为他蛮不讲理,坚持说他要离婚。**离婚**,像蛇发出的嘶声一样可怕。)

她站在那儿,又开始摇晃了。壁炉里的火快烧完了。她是那么的疲倦。用法语来说,是 *Extenuée*。跟英语不是一样的意思,可她确实是变得弱小了,也瘦了。她将双手放在臀部,能重新摸到骨盆的形状,这也并非让人不开心的事。

她必须要想着,丈夫会来找她的(还有别的选择吗?)。他会明白他自己在干些什么(那嘶嘶作响的字眼有多野蛮)。她要不要再送一封信?那一定是"瓶中信",发自这艘遇难的船。遇难的火车。在他到来之前,她会谨慎行事,非常小心哈里和他棕色眼睛里那锲而不舍的凝视。完全避开他,可能也不会太极端吧。只要记住,欲望会让人晕头转向。要经过一番较量,才能不被欲望卷走,就像被巴巴科姆[24]海滩上的浪卷走似的,浪花粗暴地扑过来,然后让你随波逐流,感到那么的自由。

她倒在床上,从床头柜上抓起一本书,这已经是借来的第三本了。书都挺不错。特蕾莎会挺好的。她飞快地看起来,直到沉浸在故事情节里,心情恢复平静。

过了一会儿,她留意到脑海里有背景音乐——跟那天早上听到的一样吗?音乐持续不断,似曾相识,却又想不起来。她再一次感到惧怕,因为现在再去做特蕾莎·尼尔,不会那么容易了。她的伪装和遗忘会受到哈里的干扰,无拘束的心思也会受到干扰。往事的碎片旋转着,沉在下面,谁也看不见,而他会把碎片翻搅出来。然后,碎片会像萤火虫一样,突然飞起来,闪闪发亮。

13

圣卡罗码头

他的直觉得到了证实:她的眼睛和声音就是证据。他会继续叫她特蕾莎·尼尔,为了维护她的伪装,也出于尊重。她不是想丢弃原来的姓名吗?接着是难熬的一夜,热锅上的蚂蚁似的,几乎完全没有合眼。时而狂喜,在心中重温他们的亲吻和爱抚;时而绝望,想到她会后悔,今后再也不会有亲吻与爱抚。他用留声机听了很多埃尔加的音乐,不停地喝雪利酒,直到嘴里品不出味道,眼睛后面开始隐隐作痛。他进入酒后常有的朦胧状态,超越朦胧,完全被黄色浓雾所吞没,然而他的种种念头在浓雾中顽固地闪耀着,像一盏盏电灯似的。他告诉她,他爱上她了。而且,上帝啊,他看起来是真的爱上了。可他和特蕾莎是肯定无法在一起的。再说了,倘若他真的堕入情网,就会把瓦莱里娅撇下。再次将她撇下。他曾经确信,除了亡妻，他不可能也不愿意再爱上任何女人。这样会有些安慰，甚至有迟来的荣誉感。现在他突然直面自己的反复无常。

更糟糕的是，想到可能失去特蕾莎，就像曾经失去瓦莱里娅，他感到恐惧。无法忍受。

那天夜里，唯一能给他安慰，让他觉得思路还能保持在正常轨道上的，就是看她的书。看完第一本小说，他继续看第二本，而且看了很多。

黎明腼腆地露面了，他起身，在镜子里看着自己铁青的黑眼圈，虚弱无力、备受折磨的神色，像个结核病人。今天是星期四。剃刀刮在胡子上，又疼又不顺畅，结果他剃胡子的时候刮伤了好几处。盥洗盆的白瓷上留下鲜红的血点。（真有意思，——他听到她在说——血会那么……吓人。）

哈里很早就来到餐厅，里面的说话声很嘈杂，让他有点心烦。杰克曼夫妇细细观察着他，暗自有些担心。他不断抬起头，期待她的出现。他觉得脑袋轻飘飘的，晃晃悠悠的，很可笑。可特蕾莎根本没来，没和他们一起用早餐。鸡蛋没煮熟，滑溜溜的，面包边烤煳了，而且还是凉的，黄油搁在上面不化，跟一股焦味儿混在一起，令人作呕。

他正匆匆地吃着，突然看到《每日邮报》上有她的照片，他开始咳嗽。咳个不停。杰克曼夫妇不断地让他喝水，尽管他打手势表示不要紧。杰克曼先生正准备站起来，帮帮哈里。

“恐怕是呛着了。”哈里及时说出话来。

“是很难受。”好心的杰克曼先生同情地说。

哈里点点头，继续看报纸。这古怪而令人不安的东西，显然是某个报社画家合并了她两张不同的画像弄出来的，哈里觉得不但不像她本人,而且简直就不太像个人。一个出奇温顺的女人,侧身对着放肆的观众,莫名其妙地将手提包放在身前。她穿着一件长长的开襟羊毛衫,腰部几乎没有曲线。她含着胸,这令人遗憾的姿势,甚至她那带着点迷茫和不满的面部表情,都让人联想到一只乌龟正睡眼惺忪地从龟壳里探出头来。

这可不是他心爱的女人。他想象着,她在楼上自己的房间里,正惊恐地看着同样的形象。她是不是躲起来了,怕其他客人从这张照片上辨认出她?至少就这张照片而言,他并不认为需要担心。就跟小说家与女儿的照片一样,这张照片上不是他们在这里所看到的那个女人。想到她可能会被吓得离他更远了,哈里愈发憎恨这畸形的东西。

他坐在前台旁边的扶手椅里守候着,只见她身穿一件带紫罗兰花图案的连衣裙,手里拿着一份报纸,从楼上走下来。她的目光没向他这边看过来。

"我正想找你呢。"特蕾莎精神焕发,对跟在杰克曼先生身后刚刚走进来的杰克曼太太说,"咱们去浴场吧?"听到这话,老太太高兴起来。

她敷衍了事地看他一眼,说了声,"哎,你好,哈里。"算是打了招呼。他觉得,杰克曼夫妇看到她对他那么冷淡,失望了。

哈里跟着他们几个,一起出门了,借口是他终于有尝试泥炭浴的激情了。

他和杰克曼先生跟着两位女士,顺着天鹅路走下去,进了弯道花园。特蕾莎穿上了皮毛镶边的外套,戴着优雅的钟形女帽。在浴场里,会有好几个时辰见不着她,他无可奈何,跟在杰克曼先生后面,像个没好气的病人,慢吞吞地走进男士更衣大厅。他们走进各自的更衣室。

他脱下衣服，感觉挺不舒服的。吃下去的早餐没消化好，嘴里还有蛋白胶质的感觉和面包烤焦了的味道。喝杯水可能会好点，但不是那种喝下去会让他更加反胃的健康水。

穿白制服的浴场侍应生把他带到一个铺瓷砖的房间，小小的窗户安在高处，高深莫测的管道设施似乎属于高级私人医院。里面的这一切有点吓人，不过，顺从侍应生的指引，让他服侍着脱下浴袍，什么都不用想，还是不错的。放弃责任，妥协。哈里必须说服自己，他已经学会，或者正在学着，做一个比以前要好的人。可是，屈身坐进装着约克郡泥炭的浴盆时，他在想，跟瓦莱里娅在一起的时候所发生的事情，是不是真的教会了他些什么，能给现在帮上忙。柔和的泥土味儿。

事情发展到那么可怕的地步，很难说是什么时候开始的。可能会有某些转变，他本该对此更加敏感一些。瓦莱里娅说要重新拿起画笔，后来又没做到（他对自己在创作方面下的功夫持怀疑态度——他的巨著！——这可能让他没有以足够的热情去支持她，后来也没有像他应该做的那样，好好安慰她）。莫特雷克太太去世之后，她保持着冷漠。某个时刻，他意识到她很久没去剧院看戏了，或者很久没有出去散步了，除非是去购买居家所需。

还有，她看小说的习惯变成了痴迷的嗜好。看小说一直是她最喜欢做的事，可突然间，她的日子全让这事儿给占据了，就像给军队入侵了一样。她在那张棕色沙发上看书，身旁是沾沾自喜的猫。晚上回到家，哈里会亲亲她的额头，觉得她额头暖暖的。猫咪闪电看到他过来，有时会摇一下尾巴。“你好啊，亲爱的。”瓦莱里娅说，然后笑笑。再不然，她只是噘噘嘴，挪动一下，把身子蜷曲起来，更加舒服地去看她的书。在那些日子里，厨房看上去像是被疏散了的地方。他妻子从来都不会做饭，但是，他过去经常在厨房里看到她留下的痕迹：洗碗池里一个碟子，一把刀，撒得到处都是的面包渣。现在，她的午餐就是早餐已经吃过的消化饼干，有时，不顾他的抗议，晚餐也是消化饼干。她把饼干放在沙发旁边，就像是私有的、需要好好保护的东西。他们不再分享。

不过，或许早在他们相遇的那一天，在圣卡罗码头，错误就已经铸成。“我给你一个建议，”她懒洋洋地说，“我要结束一个爱情故事。你愿意帮我吗？”

他们当时站在防波堤尽头，离的里雅斯特的大广场不远。这是他第一次造访那个妙不可言的城市，而且还是第一次到奥地利。他刚刚开始到各地出差，替他的新雇主安斯沃思先生处理业务，除了法国之外，还很少到过欧洲大陆别的地方。哈里是从伦敦来的，坐火车，坐船，再坐火车。他带着需要当面交接的文件，给准备协助他们从巴西进口咖啡的那家公司的老板。他把行李留在火车站旁边的罗马酒店，穿过几条街，寻找能看到海水的地方。

他发现这里的海水异乎寻常地平静，让他想起尼斯的地中海，虽然这里可能更加风平浪静。他最熟悉的是太平洋，一头凶猛的野兽，而这些地方的海，水波微动，海浪软弱无力，几乎跟湖水一样，让他无所适从。海面上偶尔微风轻拂，索具撞击着帆船的桅杆，这声音给他带来海上远航的印象，不由得心里发怵。他望着远处庞大的轮船，极其缓慢却又不可阻挡地行进着。他的视线离开大轮船，被一条离得很近的划艇吸引了，划船的人穿着时髦，优哉游哉的样子。

黄昏将近，海天一色，在一片无边无际的乳蓝色里，天边变得有点多余，没有区分的必要了。他身后相当热闹，情侣在漫步，可能很快就要出发的旅客，三三两两地聚集在停泊在码头的班轮周围，工人熟练地从一艘商船上卸下大货箱。不过，他听到的说话声嗓音不大，也不会吵吵闹闹的。除了他之外，防波堤尽头只有一位年轻女子，还有一位很老的钓鱼人，在安详地抽着烟。他觉得这里有一种暂时停顿或者悬而不决的感觉，很像天气即将变化之前会出现的风平浪静。他认为这是个让人心境平和的好地方。出于某种原因，他没料到的里雅斯特会是这样的，然而他内心的回应是深深的快感，或许还有欣慰。一种无法名状的惺惺相惜的感觉，促使他与身边年轻的陌生人说起话来。

"打扰了，"哈里对瓦莱里娅说，她的名字他要过些时候才知道，"你说英语吗？"

她不屑地点点头。

"我在想，你能不能告诉我，海岸那边的是什么？"

她的目光越过水面，望着远处那个他手指着的白色建筑。"米拉马尔城堡。"她拖长声音说，似乎她本不该费心去陈述这么显而易见的事情。

"啊，我知道了。"

接着他们聊起来，说到哈里是澳大利亚人。这个值得炫耀的细节，撩起她的兴趣，她告诉他，他说英语像个英国人，而她自己会说英语，是因为她从童年开始就有家教，从伯利兹语言学校请来的。当他问起来的时候，她宣称不知道自己的第一语言是的里雅斯特方言（他从来没听过，其实也没想到过有这种方言的存在）还是意大利语。她父亲对讲外语的重要性坚信不疑:“不然如何能鉴赏文化呢?”她耸耸肩补充道,她看过很多英文书。“各种各样的。”

对哈里的母语,她运用得还行,语法上有些别具一格,口音浓重,挺好听。

“我唯一能说得像点样子的外语,就是法语,真可叹。”哈里说,“不过,我觉得我也相信学习外语的必要性。我家里其他人都不这样想。大概十岁的样子,我开始自学法语,用家里不知从哪里继承下来的旧语法书。也不知道为什么。这跟我生活中所有其他事情都截然不同。少年时期,我在学校断断续续地学了一两年。然后磕磕绊绊地,从头到尾看完了一本纪德的法语小说,连我自己都感到吃惊。等搬到悉尼去的时候,我读了那么多法语小说,想事儿的时候会出现一些法语,甚至偶尔用法语做梦。奇异而美好。”他看着她,知道她觉得这一切都合乎情理,而且等着他说下去。他似乎说什么都行。“我通过魔术进入了一个隐蔽的地方。芝麻开门。或者我是在飞,笨笨地——但是在飞。再不然,我也不知道怎么说,我成了自己的影子。听起来是不是很奇怪?”

“不会啊。”她说。

他们沉默了一会儿。“知道了用外语去思维、表达是怎么回事,我就明白了,我必须在别的国家生活。我想,在内心深处,我一直向往着去旅游。向往……异国他乡。”

“你去了法国?”

“是的,最开始是巴黎,然后是尼斯。在那儿待了半年,尝试做个作家。”他没好意思说,半年之后,他几乎耗尽了积蓄,心里也明白,按他写作的速度,不管什么样的书,写完都要好几年。“不过,我正好在刚刚开张的内格雷斯科酒店遇见了安斯沃斯先生。”

哈里当时心情郁闷，鲁莽轻率地跑到那里，去喝一杯他几乎付不起账的开胃酒。他在尼斯的生活与他梦想的相去甚远，更孤独，没那么多欢乐，也没那么放荡。

“就是那种从天而降的机会。安斯沃斯先生开了一瓶香槟，请我和他一起喝，然后发现我们挺合得来。虽然他很明显是戴着假发，可穿得非常讲究。后来得知，他是个非常成功的商人——主要是做进出口——而且正在找一个新的私人秘书。至于我嘛，尽管还是想成为一名作家，但同时也开始考虑其他选择。我曾经在悉尼一间纺织厂做过文秘工作——最后被提升为私人秘书——我有两份相当不错的推荐。我的法语，还有他所谓的不那么唐突的英语口音，给他留下不错的印象。又喝了一瓶香槟酒，这事儿就定下来了。安斯沃斯先生在工作的时候挺严肃的，但从来不刻薄，喝了酒之后，就是真正的菩萨心肠了。我那份工作也不错，而且说真的，我也不会永远做下去。”他微笑了，“工作给了我像现在这样的机会。还有，嗯，我爱伦敦。它本身就是一个世界。”

“我愿意生活在别的地方。”她说，“我也想过做个作家，但还是拿定主意，我做画家会更好。”

“你画画吗？那你会爱上伦敦的画廊。”

钓鱼人表情平淡地绞着钓鱼丝，将捕获的鱼拉出水面。随后是一阵静默，水声潺潺，雾霭中散发出带鱼腥的甜味。接着又是索具摩擦桅杆，发出独特的咔嗒咔嗒的响声，这时，她提出了她的建议。作为一个刚刚来到这个陌生国度的年轻人，尽管倍感惊奇，他还是被这个建议吸引了。

她想让他帮忙结束的“爱情故事”，从她十七岁开始，已经延续了五年。男人是教古典文学的老师，她父亲的熟人。她父亲是一位精神分析学家。哈里听着,貌似心中有数似的点着头,其实这些才华出众之辈的魅力让他深有感触,与他记忆中在澳大利亚乡村的家庭生活有天壤之别。他渐渐懂得了她的美。她不高不矮,很时髦。她头发黑黑的,肤色却很白,他觉得摩尔人头发就是这么黑,像甘草糖似的。

她拿出一个烟盒,递给他。他们抽起烟来。天色渐黑,瓦莱里娅那个点燃的烟头,不停地把他的视线引向她的脸庞。身边是她的存在,远处一片靛蓝,大海与天空相互交融,无边无际,让他心醉神迷。她隐隐有些郁郁寡欢,或者是玩世不恭,他以为这是神秘的都市风格,或者干脆就是欧洲人流行的孤傲冷漠。她把事情简单地告诉哈里,没有多余的话或者手势。然而,如果说瓦莱里娅是拘谨的话,她看起来也是拿定了主意。

她请求他介入她的私事,这让他受宠若惊。“我能做什么呢?”

“我们告诉他,说咱俩订婚了。”好像这件事已经决定了。

“说我是你的未婚夫?”他愚蠢地把话说得更加明白,“这样就会说服他放了你吗?”

“会有帮助的。我们可以**表示……暗示**,我们别无选择。”

“别无选择?噢,我明白了。”他觉得自己像个年轻的乡巴佬。他们的眼睛盯着徐徐降临的夜幕。“你怎么不能干脆告诉他,你不,呃,不再爱他了?”**她真的爱他吗?**

她轻轻摇摇头。“如果有另外一个男人的话,他会比较容易接受。这样对他更好。”

哈里觉得,她对他还是很贴心的。瓦莱里娅约的是第二天午餐的时间,所以他下午大部分时间是空的。他准备乘晚上的车离开的里雅斯特。他同意了参与这个骗局,既兴奋,又出奇地镇静。他很高兴能在空余时间里寻点乐趣，还能多和这个姑娘在一起，她那么自然而然地就信任了他，或者说是利用了他。

第二天，他看到她如约而至，在大广场的喷泉旁边等着他，看上去有些紧张，或者有些恍惚，于是，整件事就不再像是闹着玩儿的了。前一天温和的夜晚之后，这一天天气寒冷，日光白晃晃的，风大得出奇，后来他学会了用意大利语，带着敬畏的口气，称这样的大风为 *bora*。

他走到她身旁，她脱下了左手的手套。“我借了这个。”她悄声说道，尽管他们并没有被偷听到的危险。她摆动着手指头，让他看他们订婚的证据。

他没想到需要这么具体的东西。他点点头。她重新戴上手套，然后，庄重而迅速地亲了他的双颊（他认为奥地利人或者意大利人就是这样亲吻的），似乎这亲密的习俗会让他们虚假的爱情更加真实可信。还是说，他们已经是朋友了？她的吻是礼节性的，很不自然。她的脸冰凉。他仔细观察水池里喷着水的鱼，还有用岩石堆砌、显得乱糟糟的纪念碑，显然是代表贸易奇迹从世界各大洲流入的里雅斯特。笨重无趣的东西。

“这么说，你不再爱他了？这是断绝关系的原因吗？”他们穿过广场，匆匆向约会地点斯佩齐咖啡厅走去，在最后一刻，他想起来需要确认一下。

她惨淡的一笑让他忽然意识到，这是他头一次见到她脸上有如此清晰的表情。“分手，当然是因为我不幸福。”

吉亚科莫·彼特里坐在一张桌前,桌子靠在长长的窗边上,面向着广场。看到瓦莱里娅,他站了起来。他们俩像刚才她和哈里一样相互亲吻之后,瓦莱里娅脱下大衣、手套和围巾,他一直站着。哈里稍稍站在她身后,也对付着脱下衣帽。

“这是我的朋友,哈里。”她用英语说道。

吉亚科莫给弄糊涂了,或许还有些失望,但是他点点头,礼貌地伸出手。“你好,很高兴认识你。”他的英语说得不太有把握。

哈里已经知道,他比瓦莱里娅大很多,已婚,有孩子。尽管如此,他看上去依然相当年轻,轻信,而且不设防。虽然相貌平平,穿着上却十分用心,深肤色的脸看上去挺滋润,感觉是精心保养的。看不出来他是否预感到倒霉事儿即将降临。

他们俩改用意大利语,可没说上两句话,服务员就过来点餐了。服务员走了之后,瓦莱里娅低声说了一番深思熟虑的话。哈里盯着自己的膝盖。咖啡上来了,他们碰都没碰。哈里很快把咖啡喝完:特别好喝。吉亚科莫冒出几个简短的问题,她给了一两个简洁的回答。他轻声恳求,听起来挺绝望。哈里强烈地感觉到自己的处境很荒唐。有一回,他一眼瞥见吉亚科莫盯着他,眼神既像挑战,又像哀求,或者仅仅是好奇。哈里试着做出一副泰然自若、轻松愉快的样子,但很快就垂下了眼帘。过了一会儿,他看见吉亚科莫想抓住她的手——她没让他这么做。后来哈里才想到,吉亚科莫这个举动一定是有风险的。在公共场合,他们应该是惯于掩饰,不会显得特别亲密。

她像喝烈酒一样,一口喝下浓咖啡,然后站起来示意,就他而言,一切都结束了。吉亚科莫被拒绝了,而此时此刻的瓦莱里娅美得耀眼。她的眼睛跟她的头发一样黑,眼神高贵决绝。整个谈话或许就花了十五分钟。

吉亚科莫也站起来了,动作很快,好像生怕失去站起来的机会。她容许他最后一次礼仪性地亲吻了她,而吉亚科莫忍受着这告别仪式,像个木制模特一样,双臂一动不动地放在身子两旁。

他没有再次主动伸手,哈里并不因此而责怪他。哈里认真看了看吉亚科莫的脸,就看了一眼。他发亮的眼睛没什么表情,可他无精打采的嘴,特别能够让你猜出他有多难过。他没有表现出愤怒。

离开咖啡厅之后,他们沉默了好一会儿。他们沿着海边的路向右拐,向圣卡罗码头走去,昨天晚上,他们就是在那里非常怪诞地相遇了。一个看上去永远是学生的男子从他们身边经过,他放慢脚步,用赞赏的目光仔细打量瓦莱里娅。的确,她走起路来步态优雅,不慌不忙的,双眼依然顾盼神飞。她的一举一动总的来说就像她的美貌一样:你也许会视而不见,一旦留意就会凝神瞩目。就好像她突然从背景中走出来。哈里从来没有想明白,这种变化是不是她刻意制造的。她将手臂穿进哈里的臂弯里,没搭理正在仰慕她的男人。哈里瞄了一眼,只见她的脸蛋湿漉漉的。

“你没事儿吧?”

“我告诉他,我要去伦敦,跟你在一起。”

“如果你没去,他会不知道吗?”

“我让他心碎了,他说的。”

他眼前浮现出吉亚科莫毫无表情的脸。“可怜的家伙。”他想到他们俩亲密相处的年月,心被嫉妒所刺痛。“不过,也不能太放不开了,是吧?”

“谢谢。谢谢你帮了我。”

“咱们眼看要结婚了,我对你还知之甚少呢。”他用轻松的语气说道。说起他们虚构的订婚，他心里挺高兴的。

“你想知道什么呢？”

“嗯……你的童年幸福吗？不好意思，这问题很傻。”

他们的脚步越来越慢，她那孩子般瘦瘦的手臂，紧紧搂着他的腰，手几乎放在他的肋骨上，他的手臂擦碰着她结实的身子。

“当然幸福了。”

“哦？那么，能告诉我……一些记忆吗？

她若有所思。“小时候，”——她凝视着大海，好像在背书——“我们为狂欢节盛装打扮，母亲带我们去大广场。”

“听起来蛮好玩。”

“有一年，我是女王。母亲给我做了一套漂亮的服装。一条很长的裙子，红色和金色，几乎触到地面。她要我答应不要乱跑。我是那么的骄傲。然后，我就跑起来了。也许我是忘了吧。我飞快地跑着，穿过彩色飘带和五彩纸屑，在追什么人——要不然就是他们在追我，记不清了——然后我绊倒了。裙子给毁了。我低头看看，裙子全毁了。撕破了，脏兮兮的。我可以透过一个大窟窿，看见自己的膝盖。母亲找到我，说：‘你都干了些什么啊？’”

“真令人伤心。”

她噘起嘴。“到你了。”

“我？你想听我的童年记忆？那都挺没意思的。我们住在一个果园。我要是能逃避在果园干活，就无所事事地四处转悠。”他想了一下，“我沿着果园的围栏来回走，跟自己说法语。你说，这是不是很惊险啊。山谷下面长着漂亮的老桉树，我似乎盯着树顶，一看就是几个小时。我还听喜鹊叫。”

“喜……？”

"喜鹊。一种澳大利亚的鸟。"

"它们叫得好听吗?"

"嗯,好听。"

"怎么叫的?"

"要听了才知道,有韵律,音调偏低。笛子一样的颤音,有点像潺潺流水的声音,黎明时分,或者黄昏的时候,就能听到。抱歉,真的无法描述——尽管非常优美。我有时觉得,几乎像人在唱歌。"

"一个美好的记忆。"

他笑起来。"真的吗?我确实怀念那鸟鸣声。"他的心被她俘去了。

"你会回澳大利亚吗?"

"回去生活吗?噢,我想不会的。"

"伦敦是个宜居的好地方吗?"

"是的——反正对我来说是这样。总是有些有趣的东西可看。还有人,各种各样的人。如果你愿意的话,可以消失在人群中。听听各种外国语言。在公园里闲逛。棒极了的公园。比方说乡村庄园的花园,或者开阔的田野。顶好的老酒馆,像家里的客厅一样。跟其他美好率性的城市一样,伦敦会让你厌烦,可是接着又像海妖似的呼唤你。"

他们沿着码头缓缓地走着,马上就要来到他们第一次说话的地方。

她用分析的语气说:"我们马上要结婚了,可你还从来没有吻过我。"

他一下子喘不上气来。"真的,可不是吗?"

"你像个英国人一样害羞。"

"确实。"

她松开他的手臂,曾经微微有她体温的地方,感觉到一阵凉意。

"你可以到伦敦来,你知道的,来做客。"他说道,为了掩饰自己的狼狈。他在装着是个男子汉,其实就像个男孩子一样笨拙。

"去看你?"

"为什么不行呢?"

她吻了他。劲风吹得他想紧紧抓住她,瓦莱里娅嘴里有一股上好咖啡的味道,冷淡的嘴唇在寒风中热得突兀。她唇上的皮肤有点破损,微妙的摩擦让他有点神魂颠倒。她一声懒懒的笑,宣告结束了。错愕间,他也试着笑起来,同时准备好迎接又一阵扑面而来的狂风。

当天晚上,飞速驶离的里雅斯特中心火车站的时候,他心里明白,与瓦莱里娅的相遇,尽管纯属偶然,却深深地影响了他。他只是冒牌的未婚夫,可不知道怎么回事儿,并没有感觉这个角色不真实。他已经深陷其中了。

过了一年多,战争开始之后,她的家人把她送到伦敦。她真的来找他,按照他们分手的时候,他塞到她手里那张纸片上的地址。

见面的时候,她跟他打招呼,直截了当地说了一声:"你好,丈夫。"他的回应同样毫不含糊:"你好,妻子。"

她没再回家,直到恢复了和平,的里雅斯特脱离奥地利,成了意大利领土(大广场现在改名为统一广场),回去待的时间也很短暂。在那之前,瓦莱里娅和哈里的婚姻生活,早就跟所有人的一样真实了,吵吵闹闹地和平相处。他们从来没有订婚,这样做似乎多此一举。

“我们现在去针状喷射淋浴，把泥都洗干净。”他喜欢这听起来就让人疼痛的名称，不过，水能有多扎人呢？不是刚才那个穿白制服的家伙，这样也好，因为哈里现在浑身上下都涂满了泥。这名侍应生光着上身，穿着短裤，准备好对付哈里，他已经变成湿漉漉的史前动物，活像来自噩梦深处的鬼魂。“你会发现炎症减轻了很多。”他带着浓重的格拉斯哥口音，肯定地说。

哈里想起来，为了解释对泥炭浴的兴趣，他含含糊糊地信口开河，说自己有痛风症。“我真心希望会这样。”他说。

高压喷头出来的水，确实比想象的要猛烈，喷射位置得当的话，身子某些地方会有刺痛感。

14

1926年8月

托基

她不能就这么晃晃悠悠地走下山，到海里去游泳，因为要做的事情实在太多了。她睡不着觉。干活儿是唯一的办法，妈妈的东西要收拾出来，存放好，处理掉。妈妈一生的各种纪念品，一个比一个更让人喘不过气来。散乱的腊花环，保存在圆顶玻璃器皿里，是纪念她外祖父的！不是一件令人愉快的东西，不好对付。到底拿它怎么办呢？扔掉它，会不会良心上过意不去？

数不清的盒子，多少年都没打开过，其中一个盒子里有一张照片，是一个在花园里的金发飘逸的孩子。

孩童时的自己。早年的阿加莎在阿什菲尔德。很美，长长的金发柔和地卷曲着。前拉斐尔画派作品中庄重的美少女。她微微笑了,又止住了笑。那张脸有些特别。

弯着的腰有点酸疼,她一下子挺直腰,差点打翻了昨天夜里下雨的时候放在那里接雨的平板锅。彼得打了个喷嚏,她又弯下腰,拍拍它。塞满东西的房间突然显得无比压抑,散发着岁月流逝的霉气,她再努力也无法穿越的岁月。她拍拍手上的灰尘,拿起照片到楼下的玻璃暖房去了,身后跟着她的伴侣和救星。玻璃暖房光线好一点,但她坐下来的时候,藤沙发嘎吱作响,彼得受到惊扰,一层层枯萎了的蕨类植物,凄惨地注视着她,它也不喜欢,于是它一跃而起,到花园里去了。

跟着彼得走吧,她唯一的一点支撑。海风吹拂的花园。要想给脑子里来个大扫除,没有比这带着咸味儿的空气更好的了。想到可能不得不卖掉阿什菲尔德,她简直万念俱灰,因为这里依然是她的绿洲,即便现在败落了,原来青葱可爱的草木乱长一气,随时会腐烂发酵。没钱雇像样的园丁,妈妈不得不采取无为而治的方法,每到万物成熟的时节,小花园就有一种几乎是乱性的凌乱。现在正是白玫瑰开得最美的时候,淡极了的粉红色,甜甜的香味(妈妈不能闻到这香味儿,真是糟蹋了)。天气一直很闷热,花儿看上去带着倦容,乱糟糟的。依然不屈不挠地在房子上攀爬的藤本植物软软地耷拉着。异样的春季,潮湿发霉的夏季,季节都变样了。

从教室敞开的窗户里,传来孩子的声音,用人在那里陪着她。这个现实中的孩子,对这里的一切都不明白。六岁——很快就七岁了。她甚至不知道,她出生这件大事就发生在这里,而在她出生前的几个小时,她父亲就在那棵山毛榉树下,亲吻了她的母亲。

他为什么不能到这里来呢——就一个周末?让人困惑的回答

是高尔夫。

彼得舔着她的脚踝,她仔细端详着那张照片。冷静的嘴。眼睛下面的黑影像擦伤的青斑,异常严肃的眼睛那时已经有点耷拉着。很成熟。一张内省而不是外向的脸。

她从妈妈心爱的玫瑰花上揪下一把花瓣,释放出一阵狂乱的香气,带来发泄怒火的欲望。在那个错乱的夏天,这强烈的欲望找错了发泄对象。过了好几天,丈夫终于从伦敦来了,这个蓝眼睛的男人精力充沛,依然显得年轻,而她却是个憔悴不堪的幽灵。

他说:“你看,我想离婚。我爱上别人了。”

而她没有尖叫(后来有一天,她这样做了,还扔了一把茶壶)。相反,她看到,只有当流沙漫过脚面的时候,你才会知道自己已经陷入险境。

15

非常难以捉摸的人

从泥炭里出来之后，哈里在更衣大厅遇见杰克曼先生。

“怎么样？”杰克曼先生穿着浴袍，红光满面。

“好像是挺过来了。”哈里向他汇报。

“好极了。我也是。我在硫黄泡沫里焖过了。”他咧嘴笑了，“感觉增强了体力，恢复了活力。饿得像个十四岁的男孩子。我现在去按摩。我看，你也应该做做按摩。你看上去有点疲乏，如果不介意我这样说的话。”

“不介意。不过，或许下次吧。我正准备到冬季花园转转，看乐队是不是有演出。”经常让这个友善的家伙扫兴，哈里感到过意不去，可他自己心事重重，顾不上跟人打交道了。“也许之后能再见到你。”

他没有去冬季花园舞厅。他溜出浴场，在弯道花园抽烟闲逛，希望能看见特蕾莎从浴场出来。

一个多小时过去了，杰克曼夫妇走出来。他们等了一会儿，他估计是在等特蕾莎，可很快就放弃了，开始朝宾馆的方向走去。他推断，她一定已经回宾馆了，可能从侧面的出口，或者是从冬季花园走的。

他躲在有遮盖的散步小道后面，不让杰克曼夫妇看见他，然后远远地跟着他们。

在水疗宾馆，他等午餐开始好一会儿了，才从门口暗中张望了一下餐厅。没有特蕾莎。

心神不定，无法与他人共进午餐，他在走廊里到处搜寻，留心守候着。他甚至上夹楼看过，看她是否和俄罗斯人及其同伙在台球室。当然，那里面一个人也没有。下楼之后，他发现冬季花园舞厅同样空无一人。令人郁闷，这被遗弃的舞厅。他走进去，不知不觉来到他们第一次谈话时，她坐的那张桌子跟前。他将手在桌子上按了一下。屋里靠近玻璃墙的地方，越发有点冷。他看看外面的庭院，又看看透过玻璃天顶洒下来的冬日柔和的阳光。他仰起头，突然感受到彻夜难眠的后果：出奇地沉重，或者是失重的感觉，还觉得自己的轮廓模糊了。他一定是站在那儿睡着了一两秒钟。

瞬间惊醒，他忽地伸出手，撑在墙上，稳住自己。一棵攀缘植物也会有相类似的自卫本能，向着发亮的窗户——更加缓慢地——伸出胳臂。在水疗宾馆，客人们与室内植物并非没有相似之处，他们也是关在惟妙惟肖的仿真世界里消磨生命。

他又重新在门厅走廊里寻找了一番。尽管这些年来对这一类住所已经相当熟悉，但也不能说他在这些地方可以过得舒适自在。

他置身于这些场所,依然似乎是某种笑话,令他在忧郁中暗自发笑的笑话。倘若他真有寻乐子的欲望,这具有讽刺意味的事情或许就很有娱乐性。在这有治疗效果的愉快氛围中,他是一个假冒者。他尽其所能,扮演一个自由自在的人,然而,幸亏有了不劳而获的财富,他才能经常在温泉疗养地漫无目的地逗留,而这份财富对他来说,是陌生的。

他一边乘电梯上二楼——她的楼层,一边思考着。要想成为货真价实的上流社会一员,必须生来就属于这个阶层,或者在完全具有自我意识,找到自己的社会地位之前,就加入了这个阶层。否则,你不会有那种感觉——那种习惯的反应——觉得享受和休闲是你应得的。尽管你尽了自己最大努力,让这一切都显得自然,你还是会怀疑,自己在玷污一个至关重要的道德准则。杰克曼夫妇和特蕾莎不会有这样的良心谴责。对于他们来说,生活在一流的舒适享受中,这是再正常不过的,做温室里的植物也没什么奇怪或者令人啼笑皆非的。他被这些人所吸引,是不是因为希望他们能教他如何安享舒适呢?学会丢弃负罪感?他真是太有负罪感了。

小心谨慎地查看一番二楼的过道之后,他贴着特蕾莎的房门站着,听了一下。没动静。她在哪儿?还在浴场?出去散步了?

重新来回踱步。他在这里没有宾至如归的感觉,是因为他属于用人阶层吗?他母亲结婚前做过女仆,他父亲曾经是收入不高的农民。诚然,哈里并不知道缺吃少穿的生活是什么样的,但他也不知道不愁吃穿是怎么回事。这就让物质充裕的感觉难以确定,总是笼罩着匮乏的光晕,有一定的欠缺。工作的时候,他是一位有钱人的助手。与钱财近距离接触,对有钱人的习俗做派会有所了解,但不会获得与生俱来的本能。他养家还是成功的,需要发愁的时候不多。然而,他不得不记在心上,他在伦敦给瓦莱里娅的俭朴公寓,比不上她从小生活的那所漂亮的中产阶级花园住宅。她甚至不得不自己找份工作。他没有让自己成为作家,也许是因为特别害怕这样的结局:想碰碰运气用写作维持他们的生计,最终却发现做不到。

哈里觉得自己在骗人。没错,产生这种感受的部分原因,是他无法若无其事地使用莫特雷克太太的财富,但同时也因为,说他是温泉疗养地的住客,真的令人难以信服。确切地说,他不是寻开心的度假者,况且,他既没有任何说得出来的毛病,也没有让自己恢复健康的兴趣。在他的想象中,他宁肯有什么实实在在的毛病,比如极度贫血,卧床不起,或者只能坐在带篷子的轮椅上。在溪谷公园散步的时候,看到天空中温泉医院美丽的剪影,他有时会白日做梦,想象自己是里面的病人。那才是他更应该去的地方。再不然,还有更好的地方,沿着康沃尔路再走远一点,绝症患者收容所。在这种机构里,心情抑郁,情绪低落,简直就是必须的。彻底无望是符合逻辑、显而易见的。他想象着自己会在那种抑郁的环境里振作起来。

他就这样消磨了一个下午,觉得自己是个不合时宜的人,还有点被出卖了的感觉——被自己的出身或者性格出卖了。最终,他回到自己的房间,把瓦格纳放在留声机上,播放《特里斯坦与伊索尔德》,然后倒在床上。这就是他的命运了,是吗?这些宾馆就是他的炼狱?他已经证明自己无法,也不配过正常的生活,这些专门给人健康快乐,而他却并不真的相信的地方,已然成为他注定要生活其中的地狱边缘。他使劲儿寻找着瓦莱里娅躺在身边,他们双手相扣的感觉。他的负罪感依然强烈。罪过留下的污点,多少阿拉伯浴场治疗法,都无法洗干净。

哈里正在与杰克曼夫妇用餐，特蕾莎走进餐厅，身边是俄罗斯人。他就像围着蜜糖打转的昆虫，不过，即便是在远处也能看出来，她对他不屑一顾。还能看出他是个有魅力的角色，尽管脸相或者体形没有什么特别惹人注目的。魅力从何而来呢？她真的无动于衷吗？俄罗斯人示意他朋友坐的那张桌子。哈里清楚地看到特蕾莎摇摇头，朝杰克曼太太看了一眼，后者招招手。她的目光在他眼前一晃而过。

过了好一会儿，她在杰克曼太太旁边安顿下来，面带笑容，一副让人猜不透的神情。

“我们选了法国餐。”杰克曼先生告诉她，“你愿意做我们的同伙吗？”

“当然愿意。”她说，彬彬有礼，不太自信的样子。

“我在浴场把你给丢了。”杰克曼太太唉声叹气地说，“我在浴池里刚泡了一下，就找不到你了。”

“我也把这个家伙给丢了。”杰克曼先生说。

“我在热水浴室里待了好久好久。”特蕾莎解释道，“在那里面，真会心不在焉的。”

“你还没勇气试试大浴缸吧？”杰克曼先生想知道，“有一次在土耳其的招魂仪式上，我把自己完全浸在水里，五六次，头也泡进水里。极力推荐。”

“看看他皮肤多好。”他妻子认真地说，“你会说他没有超过四十岁。”

“可不是。”特蕾莎一本正经地说。

她是不是跟哈里想的一样？他们老了，相亲相爱，依然觉得对方很美。成功的婚姻。怎么做到的？她垂下眼，脸上微微泛起红晕。

餐厅的另一边，俄罗斯人在试图捕捉她的眼神。哈里很想暗中给他传递消息：别打她的主意了。他注意到，自己没有了男性特有的满足感，变得很不友善。

龙虾浓汤。哈里拿过夏布利酒，使劲喝起来。特蕾莎在小口喝着水。他问自己：难道她从来不喝酒吗？

“她从不喝酒。”杰克曼先生说，“可怜的。很好的夏布利酒，你觉得呢？”

“很好。”

“也许你们能帮我们决定，明天应该上哪儿去。”他太太建议道，“散步去桦树崖，还是跟着女艺人坐车去里彭大教堂？”

“我们通常会避开女艺人之类的人，出于习惯。”杰克曼先生有点故作顽皮地补充道，“我们对娱乐活动不感兴趣，绝对不玩桥牌和惠斯特牌。出来度假嘛，就是为了摆脱这些东西。可约克郡的风景名胜是另外一码事，我们在考虑去不去。”

“说真的，”杰克曼太太插嘴说，“如果你们一起去的话，我们会非常高兴。两个都去。”

“想去树林子里的话，桦树崖是更好的选择。”她丈夫建议。

“是啊。”她说，“可大家都极力赞赏里彭。不晓得我们以前为什么从来没去过。”

他们津津乐道于自己的矛盾心态，而且泛泛而言，也津津乐道于他们的生活，因为有那么多令人愉悦的事情可以选择。享受生活是多么轻而易举的事情。

“谢谢了,不过明天我恐怕不行。”特蕾莎说,“预约了按摩,你知道的。”

“我恐怕也不行。另有约会了。”

特蕾莎和哈里让他们失望了。他们开始吃牛肉。杰克曼太太重新打起精神。“我担心那个女作家遇到什么可怕的意外了。我就是有点不祥的预感。”她轻轻地用餐巾擦擦嘴,“你不觉得吗,特蕾莎？你看过《泰晤士报》上的文章吧？”

特蕾莎吞咽一下,嗓子发紧地说:“我真的不知道。我看报纸挺懒的。拿报纸更多是为了上面的填字游戏。”

“可她会出什么事呢？你想看的话,我可以把报纸借给你。”

“那篇文章我也瞄过一眼。她肯定是个非常难以捉摸的人。”

“这也是我的感觉。”杰克曼先生说,“难以捉摸。可谁不是这样呢？”

“你不是。”他妻子微笑着说,“在我看来你不是。话说回来,但她恐怕是相当绝望,深更半夜就这样开车走了。为什么要这样做呢？”

“她也许是——绝望了。”特蕾莎满腔热情地切着盘子里的牛肉。

她第一个吃完。其他人才刚刚开始吃甜品,她就解决了她的牛奶冻。她放下勺子。“我头都抬不起来了。看来我要马上去睡了。”

哈里想编个借口,在她走后也离开餐桌,可杰克曼先生拦住了他，低声说：“今天早上我见到医生了，他提起来，每周一次的预约，你没去。问你现在怎么样了。”

哈里保证他会再约一次。脱身出来的时候，她不在酒廊，不在楼梯上，也不在二楼的走廊里。她还是不愿意与他单独会面。对他们之间发生的事情，她后悔了，还是感到厌恶？他既困惑又痛心。

他没有勇气去敲她的门。大堂值夜班的门房是个五十岁左右的男子，脸圆圆的，谨言慎行。他告诉门房，第二天送早茶到他房间的时候，带一份《每日邮报》。他打算靠大量雪利酒和特蕾莎的小说，熬过又一个地狱边缘之夜。

16

脑力衰竭，身体虚弱

然而，两大杯雪利酒下肚，再来一通特蕾莎的小说，白天缠绕着哈里的焦虑不安缓和了，平息了，他得到了连续几小时的睡眠。于是，星期五醒过来的时候，他感觉身体好多了，也踏实多了。他几乎为自己取得的这一点成绩感到骄傲。你瞧，你的情况也不是那么糟啊，小伙子。你是一部依然在运行的机器。唤醒他的，不是开门的动静——奇怪，平常他睡觉是很敏感的——而是茶和报纸放在床边的动静。他谢过脸色红润、彬彬有礼的小伙子。小伙子给壁炉点上火，哈里将枕头和床单整理好，好让自己能够舒服地坐起来。

这天早上他几乎没想到特蕾莎——只是脑子里间接、模糊地有她的影子。好好睡一觉之后，头脑可能格外清晰，以至于好像是从异己的代理手中夺回了对自己的控制。脑子恢复了自主的存在，按照自己悠闲的节奏,理性而自然。再想想,有什么问题吗?灾难没有发生就往坏处想,总是夸张的。事情会有个圆满的结局,也许会没有,生活本来就是如此,不是吗?费那么多精力去庸人自扰!他感到疑惑,爱上特蕾莎,会不会仅仅是自己的臆想。想在她身上看到瓦莱里娅,想让过去死灰复燃。他一向有夸大其词的习惯……倘若现在这种平静的状态能够装在瓶子里,当补品卖,那没准能大赚一笔!

壁炉点着了,房间里只剩下他一个人。他一口气喝下半杯茶——茶泡得很好,解渴,提神——一边自我恭维着:从各方面考虑,他还是一个挺明智的人。又喝了一口茶,他打开报纸,懒散地看起来。

然后就看到了。

出动了五百个警察寻找她。搜寻的照片。人们穿着厚厚的衣服,带着有高尚情操的表情,在田野里大步行走。

上校的评论。他们绝对没有吵架。(为什么这么说?为什么要辩解?)他不会容忍流言蜚语。(他害怕人家说些什么呢?)他妻子任性,能干,偶尔提到过销声匿迹的可能。她经常会谈论到各种毒药。

他们把她的小狗带到她消失的现场,小狗径直跑下了山坡。

哈里的恐惧再次冒头。还有对她的感情。他看见她淡色的眼睛,回忆起她温暖的亲吻。这样大规模的搜索,媒体如此无休止的报道,用不了多久,这里就会有人识破特蕾莎·尼尔。他不知道该怎么做,但是他必须保护她,不让别人发现她。

毒药?她也跟他说起过毒药。不过,那可能跟她文学创作的兴趣有关,或者跟她做过护士的经历有关,有这种可能吧?也许,归根结底，她也是需要保护的，以免她自我伤害？

他跳下床，手忙脚乱地穿上衣服，胡子也顾不上刮。

他匆匆跑下将他们分隔开的楼梯，还没到最后一节楼梯就差点绊倒。走廊里没人。继续，下到一楼。她不在餐厅。再上去，来到二楼。

举起拳头正准备敲门，他后退了一步。时候还早，他不想吵醒她。他回到一楼的酒廊，站在点了火的壁炉跟前。

过了一会儿，听到杰克曼夫妇的声音，两口子好像要从阅览室走出来，他赶紧上楼，又来到二楼。最终还是顺着走廊，朝她的房间走去。他浑身冒汗。这时是八点半钟。

他还没敲门，门就打开了。他往后一退。是女服务员。

"哎，"他故作轻松地说，其实毫无疑问，他看起来、听起来都非常可疑。"尼尔太太醒了吗？我有点事情要告诉她。"

"她出去了，先生。"

"什么！"他目瞪口呆。姑娘看他如此震惊，多少有点吓着了。他用缓和点的语气问道："啊，真的吗？"

"她说要出去逛街买东西，今天晚上回来。"

"是这样的，我还以为她不舒服呢。所以没想到她今天会出去。她看起来挺好的吧？"

姑娘侧过脸，重新整理一下双臂上抱着的一叠床上用品。他怀疑这是个小计谋，拖延时间，让她想好如何应答。"今天早上我给她送茶的时候，她说要在床上用早餐，因为她准备一早就出门。"

他点点头。姑娘犹豫了。

他使劲哄她多说点儿。"这么说她感觉挺好的，是吧？"

"她没说，先生。她没说不舒服。"

他看得出来,她或许能给他提供些别的情况。她内心在打仗。在试图打破她的防线的同时,他也尊敬她的谨慎。他不知道她是不是累了,在这个钟点,可能已经工作了一段时间。“可是……?”

她抬起眼看着他,有那么一瞬间,训练有素的顺从而又毫无表情的目光发生了变化。她觉得特蕾莎很奇怪。她没猜出她的真实身份吧?她识字吗?送报纸之前,她会不会看过,然后警惕起来?他祈望不要是这样。

“昨天她很开心,可今天她又不开心了。我不知道她不舒服。我送早餐进来的时候……”

“怎么样?”

“她的神态……”

“她的神态……?”

“奇怪,先生。”

“啊?”

“有点怪。”

“原来是这样。谢谢。”他点点头,“也许她身体没有完全好——但感觉还不错,能出门。我很高兴。”

“你想给她留个信吗?”

“没必要了。不着急。”

他不知道这是怎么回事儿。特蕾莎跑了吗?到什么地方……去……难道逛街购物是最终化为乌有的暗号吗?或者往好里想,是离别的暗号,永远从哈里的生活里消失?这些事想都不要想。他在等着她回来,又不知道她是不是真的会回来。这个过程十分残忍。

很晚了,他才勉强去用午餐。杰克曼夫妇不在,去游览了,所以他没有聊天的义务。不过,他还挺想他们的。他继续看最后一本特蕾莎的小说。

他正匆匆往吸烟室走去,医生过来搭话了。他身材粗壮,体形还挺匀称,有一副善解人意的眼神,是职责所在还是性格使然,就无从得知了。哈里为自己没有如约去见医生而道歉,含含糊糊地说,会另外再约时间。就今天下午吧?哈里没什么想好的借口,就答应了。

约定时间到了,是没有说得很明确的三点半,他因为有地方可去而高兴。他下到负一层,到医生的房间报到。来了宾馆之后,他曾经半心半意地到这里来看过两次。

"你还好吧?"医生问道。

"哎,你知道的,"哈里说,"还好,挺好。"

医生给他号脉,给他作了一番评价。

"上个星期,你看上去好像正在恢复活力。我当时觉得咱们进展还不错。"这位专业人士体谅地微笑着,"要我说,你没有——这么说吧,没过得太时尚了吧?我在这儿经常会看到这种情况。享受是一回事儿,可一定要当心,不要过分。"

哈里抗议了,说他生活得相当低调,只是晚上经常喝点小酒。

医生扬起眉毛,但也没有显得不高兴。

"我的睡眠时好时坏,不过,这在我也是常有的事儿。其实,昨天晚上我休息得特别好。"

"嗯。听你这么说,我挺高兴。"他打开一支漂亮的钢笔,"我想,应该向你推荐含铁矿泉水。对脑力衰竭和身体虚弱有好处。"

"好极了。"

"你确实在喝硫黄矿泉水吧?"

"噢,是的。也许不那么绝对的按时按量。"

医生叹了口气。"你知道,我们不建议自行治疗。医务人员的指导是很重要的。"

"我没有特别看重我自己的指导啊。"

"好吧,咱们尽力而为。"医生轻松地结束了他们的谈话,"下个星期再来吧?"

哈里点点头——不知道会不会再来,同时也对这个人奇怪的职业感到纳闷。即便是在这片富裕安宁的领地里,他每天要看着多少人性的弱点,像河水一般在眼前流过。

时光荏苒,下午过去了,傍晚又是令人难受的等候。他看完了特蕾莎那本小说,很喜欢。书里面有个计谋,她处理得很巧妙,狡诈而沉着。一旦离开小说所营造的快乐圈子,他又如坐针毡。无所事事地待着可不是他的做派。

他不想走远,就在宾馆庭院里抽烟闲逛。天不是特别冷。尽管太阳已经下山了,两个中年男子还是朝网球场走去,一个头很秃,另一个长着一头蓬松的栗色头发,怒发冲冠似的。哈里在旁边观看了大概二十分钟,能有分散注意力的事情,焦虑也有所缓解。然而,光线糟糕得有点滑稽,两人也没有天分可言,网球打得乱七八糟,让人懊恼。

他坐在酒廊一张扶手椅里，看着落地钟，时间是差一刻钟七点，在那个下着小雪的夜晚，也是在这个时间，瓦莱里娅没有像往常一样，身旁伴着猫、放着书和一堆消化饼干，躺在他们的沙发上。因为她的生命已经结束了。

他什么也没吃，知道自己无法在餐厅里应对自如，甚至也无法面对冬季花园舞厅——与季节相悖的温室氛围，刻意做出来的逍遥自在。

落地钟敲响十点钟的时候，特蕾莎安静地走进来，看上去没什么不开心的。

17

第七天和第八天

星期四,特蕾莎必须为钱的事情做点什么,所剩无几了。她很有先见地给自己预备了英镑,挺宽裕,可买了几次东西之后,钱很自然地就花完了。真让人心烦。

詹姆士街有一间珠宝店——里面有一个诱人的珍珠展厅——她留意到店里有一个招牌,说可以用现金收购旧货。她在浴场抛弃杰克曼太太之后,自己找到那里,用手表和一个戒指完成了充足的现金交换,拒不考虑那个戒指是否是自己的心爱之物。两个物件质量都不错,资金得到了像样的补充,可以维持到她丈夫的到来,应该不会再拖延太久了。

不过,时机已到,要用"瓶中信"加速进展了。

在《泰晤士报》上发个广告?

没错，太棒了。比写信更有格调。用假名生活的人，这么做是必须的，干净利落。然而，站在邮局里，准备写一两句话投递出去的时候，脑子里一片空白。混混沌沌的，像做牙科手术似的，罩着一层雾。写作上的惨败，该死，真该死。遣词造句，写在纸上，这事儿她真的不能胜任了。真搞不懂。

她设法让自己镇静下来。

然后，奇迹终于出现。不久前住在南非的特蕾莎·尼尔，她草草写道，笔迹潦草，可总算是写出来了，请亲朋戚友与她联系。加上一个邮政信箱号码。

哈！真聪明。是吧？

任务完成了，她回到水疗宾馆，心里又开始隐隐觉得很快要出事儿了。这一天，恍恍惚惚，空洞得很。晚餐的时候，要面对很多挑战，她要躲避俄罗斯人，然后杰克曼夫妇想让她一起乘车出去游览，她要打消他们的念头，还要不理睬哈里，同时不能让人看出来是故意的。她觉得有人在留意观察她。也可能是想象出来的。

第二天早晨，又一次从沉睡中苏醒，她发现自己的心思转向了两天之前那个浪漫的梦境。梦的情节挺复杂的。她和害羞鬼在外面，呼吸着暴雨中的空气。

刚刚差点在泥泞里滑了一跤，她觉得挺狼狈的，对他说："你们这儿有最让人惊叹的水果。"话说出来显得轻佻，她赶紧说下去："然而，知道菠萝是长在地上的，让我非常失望。我原以为是高大的菠萝树，菠萝善解人意地长在够得着的高度。"

"我明白你的意思。小时候,第一次看见长在树上的香蕉,觉得挺委屈的,因为在想象中,香蕉应该是黄色的,不是绿的。不能立刻享受的东西,还有什么乐趣可言呢?"澳大利亚小伙子说话的时候,没有了他那殖民地口音,而是深沉的,很难说出是什么地方的英国口音,挺好听。很有点像哈里。

"你让我想起母亲。你们的期望值很高。妈妈非常渴望美好的东西,渴望激动人心的事情,于是很难长久得到满足。总是等待着下一个强烈的、决定性的感动时刻。我猜,这就是为什么她尝试过那么多种宗教。"

"渴望崇高……可是,想从生活中获取更多,难道不应该吗?"

"你知道,我失去了亲爱的妈妈。"

他长久注视着她,然后恳求道:"好好听着,我们没时间了。你信任我吗?你必须作出决定。我现在要走了,你必须跟我一起走,要不然,我只好把你留在这儿了。我订婚了。一个有钱人家的女儿。我爱的是你——只有你,亲爱的。如果你觉得能够喜欢我,像喜欢你的爱人一样,那么,在其他人回来之前,咱们必须私奔。"

"我决定了。"她把手放在他手臂上。

两匹非常漂亮的马站在那里,准备好了。他领着她走过去,骑上马,出发了。她斜着身子坐在马鞍上,骑得神气十足。从来没有这么自然过。一开始,他们经过澳大利亚的田野,一望无际,干巴巴的,然后,地貌开始变得像英格兰披着淡紫色秋装的达特荒野,有未经雕琢的荒凉之美。澳大利亚那种无遮无挡的光线减弱了,乌云密布,大雨降至。

暴雨。马蹄下流淌着一道道湍急的小溪,在前面带路的害羞鬼摔了下来,他的马好像在他身子下面失重了。

她从自己的骏马上跳下来，冲到他身旁。她触碰到他的时候，他倒抽一口冷气，虚弱地笑了。他的腿受伤了。

马受惊逃跑，不过在那之前，她留意到一间荒废的小屋，于是想办法把他带到那里，他整个人的重量差不多都压在她身上。她从荒原上采集草药，做成药膏，在那里照料了他好几天，也许是好几个月。战争期间，在自愿救护队和做药剂师所接受的培训，这时派上用场了，尽管有时她还是担心，在这荒野之中，她会分辨不出草药是不是有毒。她竭尽全力照顾他，弄得自己疲惫不堪，精神恍惚，在幻觉中，她要负责照顾源源不断地从法国、佛兰德斯和加里波利来的小伙子。怎么安置他们呢？幻觉中一切都是温暖的。她已经不再像在自愿救护队那样，是个生手，她不再是犹豫自负的。“亲爱的，”她会说，“哦，亲爱的。”然后，纤细的黑色树根就会缠绕着她的手腕和脚踝，将她固定在冰冷而静止不动的东西上。

接着，头脑又清醒了。

她让害羞鬼恢复了健康，就在这时，他们发现她虚弱得一点力气都没有了。他感到很凄凉。他们究竟何时才能到教堂去，结成夫妻呢？

一天，她腿上出现一些黑色的东西。她白皙的皮肤上，长出了可怕的蜘蛛网状花纹。她羞愧不堪，尖叫起来，看都不愿意看。害羞鬼抚摸着她腿上的花纹，安慰她。他莫名其妙地觉得这花纹很美。

他们想，如果能在海里洗个澡，她的体力也许能恢复。她私底下的愿望是能摆脱那些腿上长出来的黑东西。他把她扛在肩上，像一袋煤似的，走了好久，她失去了时间概念，也可能她时而失去知觉，时而又清醒过来。他们来到一个地方，很像是一个小海湾，她小时候见过的专门用作女子海水浴场的那种。是托基湾！然而，男女混合海水浴场是多年——像她青春期一样久远以后的事情，害羞鬼现在不该待在这儿。她告诉了他。害羞鬼伤心地跟她挥手告别，她钻进一个洗浴机，操作机器的是一个干瘪暴躁的老家伙。

门闩上了，她换上从夏威夷带回来的翠绿色小游泳衣，身材显得特别好，她像过去一样兴奋不已，但也有些困惑，因为她毕竟已经是成年人，她想跟害羞鬼在一起。洗浴机开始颠簸着从布满石头的海滩滚进海里。突然之间，她知道他就在机器里面，和她在一起。他把自己变成一点点大，藏在她腿上的黑色花纹里面。很有创意。

“天老爷，你在这儿啊。”她说。

你介意吗？

她没有回答。这情形让她胆怯。现在，他们显然不用开口也能交流，她尽量不去用心思。就像跟妈妈在一起似的。

别担心。没人会发现的。

洗浴机有带子拴住，这会儿走到尽头了。她喜欢被紧紧地关在里面的感觉，可还是打开了靠海水那边的门。

大海，海的气味越来越浓。浪花在温柔地拍打着，她沉入水中。他们俩又分离了，他恢复了正常大小，不过一直在水下。

你不用上来透气吗？

不怎么需要。

我父亲说，托基镇游艇俱乐部的绅士们会拿看戏用的望远镜，看女士们洗海水浴，或者看她们躺在那些橡皮艇上。

这些老色鬼。给我遇见，会好好教训他们！

他小心翼翼地不去碰她。她感到身旁有微小得说不出来的动静，仿佛丝带一样的海草或者小鱼颤动着飘过。她的游泳衣没了。

于是，她相信腿上的黑色花纹也没了。她不再虚弱。有点像憋尿憋了很久，终于尿出来了，紧张感得到释放，疼痛与销魂交融，一阵灼热。终于，快感被接受，属于自己了。

现在，她不再处处留心不去触碰他。真享受——只要没人看见。

女服务员送茶进来，像往常一样，打断了特蕾莎的遐思。特蕾莎一下子紧张起来，一边躲避身材优美，有点精力不济的服务员那敏锐的目光，一边没好气地拒绝了报纸，提出要在床上用早餐。

服务员出去之后，她尝试了一种新的写作方法。床边有个记事本。有时你会不知不觉地捕捉到艺术灵感。大脑，我根本不在乎你是怎么消磨时间的。这个本子放在这儿，只是为了你万一需要记下一些事情，跟工作无关，跟火车什么的都没有关系。嘘……轻轻的，轻轻的。不要想太多，放松，什么都不想。

好了，快点，鱼钩扎进喉咙：蓝色列车上会出现什么恶作剧？贵重珠宝失窃？不要挣扎。一列火车。一些可疑的人。至少有一个是彻头彻尾的坏蛋，其他人也必须看起来像是坏人。一个灰眼睛的姑娘，确切说是个女人，并非特别年轻，但对那些有眼力的男人来说，很迷人……然后？

好吧，只是一节火车车厢。从这里开始吧。

天呐，坐火车到法国的里维埃拉，该是多么赏心悦目的旅途。维多利亚火车站，深蓝色的车厢，穿褐色制服的服务员。检查车票、护照，像军事管制一样，很有些异国情调。飞驰在肯特郡的绿色长廊，乘客们喝着香槟酒，欣喜地期待着，心情大好。餐车里有鱼和斯梯尔顿奶酪[25]的香味。西屋公司[26]的制动器哀叹起来，让人头晕目眩，沉浸在离愁别绪之中，半是伤感，半是销魂。

够了，别磨蹭！一节火车厢……行李架，窗沿，木镶板。讨厌的木镶板！眼睛呆呆地盯着一幅画的框架，真让人抓狂。那个灰眼睛的女人在哪里？

在那儿，凯瑟琳在那里，这下好了……可仅仅是体面地坐在那儿，有点让人紧张的漂亮女人。顽固，真顽固。你可以掐死她。火车本身依然是太过真实……

她的鱼钩上什么都没有，**一无所有**。她抬手把记事本扔到房间的另一头。几秒钟之后，服务员敲门了。姑娘捧着装早餐的盘子走进来，她注意到掉在地上的东西，页面散开着，但没说什么。

狼吞虎咽地吃着美味的腌鱼，特蕾莎在想，到底是不是应该跟杰克曼夫妇去游览。但没什么比独处更好。她尤其不能撞见哈里——那个反常的梦挥之不去。她又要了一壶茶，一边喝一边穿衣服，还是那条粗呢裙子，上身是白衬衣和淡紫色的开襟羊毛衫。

特蕾莎匆匆出门了，走之前向大厅行李员询问了有没有信件，还默默地朝棕红头发的女老板点点头，女老板也默默点头回应。她正在往账本上写着什么，简直就是勤奋工作的标准画像，看见这位女士，特蕾莎觉得力量倍增。结实的体形让她显得更加沉着可靠。长得再高一点会更好，不过她那自信的发型弥补了很多不足。

特蕾莎穿过水泵房周围的人群，脑子里随意飘过各种想法，没太花心思。她避开了花园，里面到处是隔十五分钟喝一次矿泉水的人，在那里等着喝下一次。很快，她就来到蒙彼利埃山跟前。上这种小山坡，要弓着身子，登上托基镇周围的小山也是这样——好像顶风行走似的，要敢于挑战，不轻易放弃。战胜蒙彼利埃[27]山之后，她透过帝国咖啡厅的玻璃窗惆怅地盯着里面，可刚刚才吃过早餐，再吃甜点肯定是太早了（她真的想为丈夫保持已经变好的身材），而吃了甜点这一天也还是虚无的。

她太需要活动了，突如其来地害怕无所事事，就像恐惧窒息一样。过去生活在伦敦郊区，她就体验过这种感觉，在那些写作困难的最糟糕的日子里。那是一种慢慢淹死的感觉。脑子里出现了梦中缠绕着手腕和脚踝的纤细的黑色根茎。

随便去哪里。走吧。

把帽子戴好，牢牢地攥着手提袋，她接着去了火车站。机缘巧合，一辆去利兹的火车正在进站。这就行了。到那里再说吧。

来到一个新城市，绝对没有任何人知道她是谁。压力释放后，她舒了一口气，平静下来。

特蕾莎在斯科菲尔德百货商店悠闲地逛着，目光总是被灰褐色的东西所吸引，不过最终还是说服自己，选了一套深蓝色的连衣裙，薄羊毛的经典款式。又买了一双长袜。一条不张扬的粉红色软绸子围巾。在合适的时间——不得不向一个耳聋的消瘦老妇人打听时间，因为现在她没有手表了——来到百货商店里的饭店，她大口咽下土豆青葱汤和有点干的烤鸡，两样都乏善可陈。后来，又吃了一个同样乏味的松饼。在平时，遇到本来应该做得好却被做坏的食物，她会深感遗憾，可今天，她不太在乎。（或许她是在用食物填补各种可能的空缺，婚后是这样，以前也总是这样。）

回到火车站,天已经黑了很久了。她仔细打量告示板上的目的地,沉浸在车站里离别的氛围中。外出旅行的欲望依然强烈。然而,她不知道怎样才能逃避返回哈罗盖特,她丈夫很快就会来的。

而且,在水疗宾馆里有个房间,房间里有床和洗脸盆,窗户望出去是天鹅路,衣柜里装满了特蕾莎·尼尔讨人喜欢的新衣服。哈里在那里。站台上潮湿阴冷,严寒刺骨,她把下巴缩进外套竖起来的皮毛皱领里,她意识到,这件外套也变得很熟悉了。

回去的路上,没想起什么跟火车相关的能吸引人的乖张怪诞的细节。仅仅是为了让手写点什么,她在带出来的记事本上写道:*亲爱的……我亲爱的……*

算清楚钱是怎么花的,这至关重要。于是,她列出最近的购物清单。记起每件物品的价钱不难,可在哪天买的却想不起来。出门的第一个星期前后,时间无限空旷,洞穴一般。

走进水疗宾馆——落地钟敲响十点——他在大堂酒廊,坐在壁炉旁的扶手椅上。是哈里。不是她丈夫。前台一位冷淡的姑娘不置可否地笑笑,又去看她的报纸了。

"特蕾莎!"他说,一边站起来。

她宁愿不要危及刚刚有点把握的自控力,然而,难以躲避,她很难转身离去。她朝他走去。他凌乱的头发会让人猜想,他是不是不停地用手指在搓揉头发呢。她让自己留意到他发红的眼睛,无精打采的。一股强烈的烟草味儿扑鼻而来。

记住,能否信任他,你并没有把握。

"你上哪儿去了?"他责问道,语气就像妻子在理直气壮地责备没有按时回家的丈夫。

"请你放低嗓门。我去利兹买东西了。"

"利兹!"他回嘴道,好像觉得这很荒谬。

她走向电梯,他紧随其后。她肯定是觉得有必要证实给他看,因为她抬起手,给他看看购物袋。他们上了电梯,电梯开始上升。

"**利兹**?"他口气柔和了些,"买什么了?要帮你拿吗?"

"各种各样的东西。不用了,谢谢,都挺轻的。好了,我累了,要跟你道晚安了。"

他们在二楼出了电梯。哈里陪她走到房间门口。尴尬。

"晚安,特蕾莎。"可他继续把守着房门。他哈哈一笑:"天呐,我真是如释重负!"

他用手捋捋头发。这欲罢不能的手势感动了她。那个怪梦温暖的感觉有点回潮——然而她像那天早上醒来的时候一样,忧心忡忡。镇定,她对自己说。这个她吻过的男人知道她是谁。她打开门。

"对不起。"他说,一边退后一小步,闪开身子给她让路。

这时,她可以一言不发进屋去。"如释重负?我不明白你为什么要如释重负。"他现在靠在门边的墙上。看样子不是假装随意,而是真的需要支撑。今天晚上他看上去特别随意。"你喝酒了吗?"

"滴酒未沾。"他又呵呵笑起来,"我在胡思乱想,仅此而已。"

"胡思乱想——跟我有关?"

"我害怕。"他低声说。

"害怕?有什么好害怕的?"

他长长地吐了一口气。"害怕你会……对自己干出什么来。"

她厉声说："我不知道你到底在说什么。"当然，她懂。

她有个违背常识的念头，觉得他能听到自己的心跳。她差点用力把门关上，然而她没有，而是看着他。在那张既消瘦又深沉的脸上，他的眼睛黑得吓人，狼狈不堪。她觉得十分疲惫，接着，神经兴奋起来，有一种惺惺相惜的感觉。

"你看，我们提到过……卡萨布兰卡，还有……"他摇摇头，"这几天我一直非常痛苦，也累坏了。尽管昨天晚上终于睡着了。"

沉默。在她的想象中，这沉默是透明的，没有欺骗，没有计谋。两个身心疲惫的人，占据着空间里同一个角落。抵御他的决心减弱了。她差点就要做出危险的举动，把他请进房间。

"我知道，我没有权利——担心——你会伤害自己。"他语无伦次地说。

"因为信口开河聊过几句？还是因为我是你怀疑的那个人？"她感觉有一股孩子气的怒火，不知该朝谁发泄，不过一会儿工夫就过去了。她降低了已经扬起的声调，"你以为你了解我吗？"她试图不去看他下唇饱满的嘴。她不能暴露自己。

"不，你听我说。我没想做任何猜测。而且我不在乎你是谁。也就是说，从官方的角度，你到底是谁，我真的不在乎。报纸上的——我根本就无所谓。"他垂下双眼，"我也不应该告诉你，我爱你。仓促，愚蠢。但不等于那不是我的真实感受。"她保持沉默。"我们没必要讨论这些。不过，我愿意让你知道，你平安与否对我很重要。"

"为什么会有危险？"她磕磕巴巴地问道。她一直抓着门把手，这会儿没留意松开了手。

门一下子打开了，他们朝房间里望去。壁炉准备好了，不过没有点着。他的目光扫向床头柜,脸色似乎突然发白了。她迅速把门拉上。

“听我说。我应该给你解释清楚。这样吧,我想给你讲个故事,也许能帮助你理解我的……关切。假如你愿意听的话。你知道吗,我从来没跟任何人讲过,但我想告诉你。”

他的声音越来越热切,她害怕了。“我必须把他关在门外。”她决定了,尽管她不忍心拒绝他的请求。“那好吧,但你现在应该走了。我们可以明天再聊。也许不要在宾馆里。贝蒂茶屋?十一点钟喝个茶?”他会让她把他关在外面吧?

终于,他点点头。“那就明天吧。谢谢。”

他的声音与她记忆中梦里的声音很相似。她不知道这是不是可靠之人的声音。他还没转身离去,她就关上了门。

18

1922年

埃涅阿斯号远洋邮轮

在漫长的赴澳大利亚的航海途中，一天晚上，她丈夫大概十点钟回了他们的客舱。这是习惯，他对再晚一点的娱乐活动没有兴趣。她和代表团其他人留下来，坐在船长的餐桌边，听晚餐后的音乐会。尽管时间有点紧，那个叫“秋天的叹息”的乐队还是决定为他们演一场。他们的耐力，总的来说还是令人钦佩的。这些无聊的晚间娱乐居然还欢乐得像过节似的，肯定是因为到了这个时候，代表团的人都醒悟过来，少校，也就是他们这个巡视团的主任，最大的本事就是通过匪夷所思的见机行事，假装什么都懂。除此之外，他的喜怒无常，更是让事情看上去很不靠谱，不由得让人纳闷，他们怎么可能有胜算的把握,能为即将在伦敦举行的大英帝国博览会建立贸易关系。她觉得这一切都太好玩了,她认为自己享受这狂欢的气氛是正当的。她对自己说,丈夫是那位善变的少校的财经顾问,作为他的妻子,她的工作就是与众同乐。那天晚上,她想好好扮演自己的角色,甚至拿了一杯勃艮第葡萄酒,大胆执着地喝完了。在她看来,因为船在海上漂着,所以发生在船上的事情,顺应的似乎是异乎寻常的潮流。

跟众人道过晚安,起身离去的时候,已经将近凌晨三点钟。站起来的时候,她不经意间在一面镜子里看见了自己的模样。看哪。她的脸色发生了变化。玩乐嬉戏或者是酒,让她的眼睛亮晶晶的。她抬起手,摸摸脸。

美貌复苏了。

以前心不在焉地考虑这些事情的时候,她总是以为,美貌凋零于她而言,会是十分漫长而平静的。从容不迫地慢慢拥有一种矜持的俊俏。最后,姣好的容颜不能说是消失了,而是温和地柔化了,就像渐暗的黄昏柔化了心爱的风景。

然而,情况并非如此。真实的情况是,她外貌的魅力——她是多么漂亮的一个姑娘,曾经是——在几年前就开始仓促地离她而去。没有什么天色渐暗,风景如画的黄昏。没有波澜不惊的宁静。只有脸上无情的黯淡无光,心中遭遇无礼之后的巨大冲击。

原来藏在皮肤下的秘密支撑物,现在变得松弛了。仅仅是松了一点点,可是足够昭示事态发展的方向了。嘴变得扁平了,显得比以前大,面颊也显得大了。眼皮松弛,变沉重了。曾经备受赞美的白皙肌肤开始长斑,看上去普普通通的。在她状态最好的时候,有某种很难定义却又不可或缺的东西,能让她整个人显得容光焕发,这东西哪儿去了呢？那种源自内心的柔和细腻的光彩？

失去靓丽的光彩，令人困惑、心寒。一去不复返了吗？

她发现，过去的美貌还会昙花一现。非常好的睡眠，一套漂亮的服装，寒冷天气里精力充沛的远足，或者开心的时刻，都能让她风采依旧几个小时。现在，她似乎又获得了一点昔日的魅力，她为丈夫能再次看见她的美而心情激动，她的美貌对丈夫而言曾经是那么重要。

她沿着狭窄的走廊，匆匆走向他们的客舱。酒仿佛将她体内的重量重新安排了一番，脑袋重重的成了负担，走起路来要向前倾倒。她停下来，双腿和臀部能感觉到海浪的翻滚，远处的震颤。她漂游在两个海里，一个是船下面浩瀚的海洋，另一个是无形的小海洋，她的身体或者灵魂就是漂在那海上的船。她突然明白了，他们生活在伦敦的这么多年里，她一直等待着如此强烈的感受。窄小的出租公寓和家庭的经济状况，让她缺少心花怒放的时候。她本来是不会承认这一点的。

他们的舱门。他在熬夜等着她吗？她进去了。

客舱里一片漆黑。可惜他看不见她像年轻姑娘一样的白里透红的肌肤，充满冒险精神的双眸。她在狭小的空间里摸黑移动着，悄悄地，摸索着脱下鞋。她面带微笑，心里想着，婚姻是束缚人的紧身衣，可有谁愿意选择自由呢？她让柔软光滑的披肩滑落到地面，堆在脚边，站在那里解开裙子。闪着金色柔光的幸福感从刚刚脱下鞋的脚底弥漫开来。她能辨别出他修长的体型。长长的腰身，弯曲的膝盖：他侧身躺着，像个男孩子。她会躺下来，进入夫妻共享的甜蜜睡梦，说不定梦中某个时刻，他们会醒过来，相互寻找。那天夜里，她也许会充满激情。

可是听不到他的呼吸声。他太安静了。一只脚挪动了一下。

“你好,亲爱的。”他拖长声音说,没有丝毫睡意,她吓了一跳。“玩得开心吧?”

慌乱中她打开了一个橱柜,双手碰到一件坚硬、结构复杂的东西,长长的,重复的结构,有许多空荡荡的间隔。梯子。梯子在茫茫大海上有什么用处呢,她想讲个黑色笑话,可是讲不出来。

“还行吧。”脸上的潮热褪去——无疑她又恢复了相貌平平的样子。

“你是乐在其中啊。”

“什么?”她问道,有点喘不过气来。

“深夜不归。”他拖长了语气,没好气地说,“所有这些欢乐。”

她试图避开他的不满。“肠胃还是不舒服吗?”

他转过身,仰面躺着,叹了一口气。“唉,跟以前差不多。”

“要不要给你拿点小苏打?”她小心观察,看他是否有让她接近的意思。半明半暗之间,她看不到任何这样的迹象。面对他的恶劣心情,他们无能为力。

他只是再次叹息。过了一会儿,他说:“你做得很好。”

他的意思是她在做戏,而且沾沾自喜,觉得演得不错。这也不是完全没有道理。他一旦感觉灵敏起来十分可恨,知道她逢场作戏,为的是避免在社交场合说不出话来。她还应该怎么做呢?真不公平!他会手里拿着高尔夫球杆,坚持要按照他的意愿与人交往,她对此已经习以为常了。她也很清楚他生气、郁闷,需求变得十分挑剔。可她原来想象着,在这场恶作剧般的巡视中——这毕竟是他的工作啊——他会开心随和,神气十足,装得很有英雄气概的样子。可他看起来反倒一点都不觉得这一切有什么好玩的。相反,船上稀奇古怪的小世界,不得不参与的社交活动,还有不熟悉的饮食,都让他十分不适。旅途各种不便之处弄得他满腔愤懑,精神麻木。然而,她也要承受很多呢。这次出行与她的期望也是大相径庭的。而且她不是航海好手。船上无处不在的隐隐的机油味——一种讨厌的湿冷的感觉——弄得她好像要被拉去洗澡的狗一样,病恹恹的。在海上航行的前半程,她总是赖在铺位上,变得多愁善感,晕船的痛苦太像孕妇晨吐了。不过,扛过最后一阵晕船的感觉之后,她觉得自己还算刚强勇敢。

她的晚装落在地上,穿着长衬裙爬上铺位,怀旧之情油然而生。他们乘基尔多南堡号去南非,经过赤道的时候,夜里脱光了衣服睡觉,电风扇搅起的空气在客舱里盘旋。她渴望他的触摸。渴望他上她这儿来,哪怕是在气头上,好让她能发泄自己的不满。毫不留情地闹起来,也许还可能找到爱情的回归路,或者走向新的温馨状态。

"我过得快活,你就怀恨在心。"

"嗐,不会的。睡了,好吗?我累坏了。"

一股怒气涌上心头。他拒绝分享她的开心快乐。她的美貌、她那份柔情和性感,全都浪费了。他曾经鼓励她偶尔试着喝点酒,现如今她试了,酒让她漂亮起来了。她可能来到了他们相约之处,而她丈夫却不愿久等,已然离去。她过去就不得不承认,他们的好奇心极少是相同的。她很久以前就知道,需要大胆去想象的事情,他是很难接受的,这已经到了令人吃惊的程度。可从现在起,想将他们不同的性格与情趣当作喜剧来看,是越来越难了。在那个漂浮着的时刻——尽管还要过几个星期,在昆士兰一场午后暴雨中,她才能彻底揣摩清楚——她能感觉到两人之间的裂缝。她情欲受挫之后的荒芜。某种缺憾。从那以后,喝酒会在她心里唤起一个像船舱一样封闭摇晃的地方,仿佛是崩塌的幻境,又仿佛是孤独寂寞,恣意伤感,恶心难受。

19

思念

第二天是星期六,约了特蕾莎上午十点四十五分见面。在赴约的路上,哈里来到天鹅路的尽头,松了一口气,因为到这儿就离开水疗宾馆地盘了,他一路上没有遇到会耽搁时间的熟人。就在这时,杰克曼太太从水泵房出来,就她一个人。她没和丈夫一起来喝矿泉水,这可有点稀奇。你总是看见他们俩在一起。也许是这个原因,也许更因为他在想着等会儿能见到特蕾莎,跟她说说瓦莱里娅,而且希望能了解她对上校的感情,心情有些激动,所以他愣了片刻,没认出老太太来。她的脸已经对着他笑开了花,他才弄明白是怎么回事儿。

“哈里。我运气真好。一直想跟你私下聊聊特蕾莎呢。”

“哦?”他说,好像他当时急急忙忙去见的不是这个女人。

“我在替她担心。我不知道你有没有注意到,她情绪似乎很不稳定。我不是想打听别人的私事,但是,我觉得我会情不自禁地在她身上,看到我的女儿珍妮。你知道吧,珍妮的孩子也没了。你想象不出来有比这更糟糕的事了。她们可能看上去好端端的,但其实一点都不好。”

他并不怀疑她是真诚的。杰克曼夫妇依然对特蕾莎虚构出来的故事深信不疑。在餐桌上谈论失踪的女作家,纯粹是无心的闲聊。杰克曼太太靠近哈里,带过来笼罩在她身上的那股淡淡的老年妇女的气味,他不觉得反感,只是感到有些凄凉。他不知道杰克曼先生是否能闻到这气味,或许他自己那老年人特有的气息,会让他无法注意到。生命衰颓的香气正在渐渐蔓延进你习惯的气味中,蔓延进你妻子的气味里,你是否能意识到呢?如果意识到,又该如何忍受呢?

“我见过这种情绪如何摧残一个女人。而她们会以为,自己独自待着会更好——可真是这样吗?发生了这样的事情之后,有谁应该独处太长的时间呢?”

“可你很难强求人家接受你吧。我也是喜欢孤独的人,我必须要说这可是难以打破的习惯。听其自便的话,他们也会有意想不到的满足感。”

她暧昧的笑容呈现出明显的浪漫色彩,他突然明白了:她在试图给他和特蕾莎搭鹊桥!他心里冒出一阵惆怅的感激。

“顺便说说,桦树崖非常壮观。真是美极了!苔藓,蕨类植物。真正的山间景色,令人耳目一新……你们俩都会爱上那个地方。”

“你们这次外出很成功,我为你们高兴。”

“你可以考虑和她去一趟。”这明显不是试图给他人快乐,从而间接得到乐趣,而是宽厚善良使然。他几乎要低下头去亲吻她的额头。假如他与母亲的关系不像现在这样,他也会如此亲吻自己的母亲。

“好啊,我觉得这主意挺好。如果恰巧碰见她,我会建议她去一趟。”

“好了,我不耽误你了,去赴约吧。”她说。看样子,她知道他不太愿意浪费时间,与已经远离实际生活的人聊天。

没有杰克曼先生,她显得不那么无忧无虑,精力充沛。他希望他们俩不要被生死相隔得太久。

特蕾莎坐在窗边,身穿深蓝色的连衣裙——可能是在利兹买的吧——看上去是精纺布料,可也很暖和,脖子上缠着粉红色的软绸子围巾。她昂头挺身坐在那里,在这个特别惬意的环境里,她看上去不假思索就能接受自己的地位,这让你不得不佩服。她要销声匿迹,应该找不到比哈罗盖特镇更加合适的地方了。在这个自我愉悦的氛围中,她是一朵自然绽放的花。

“我自作主张,点了茶和各种甜点。”说这话的时候,她吐字不太流畅,而且很明显没跟他打招呼,“可以吗?”

“甜点总是不错的。”他自己的声音也有点紧张,刚才急急忙忙地大步走上蒙彼利埃山,他还有点气喘吁吁的。咖啡厅里有轻轻的钢琴乐曲声,好茶好咖啡的香味儿,让人精神为之一振。“我刚才见到杰克曼太太了。说起桦树崖,她可激动了,坚持说我们应该尽快去那儿看看。”

“我喜欢杰克曼夫妇。不过,我现在跟谁在一起都紧张。”

她说话的时候,没有看着他。他的目光落在她放在桌面上那双一动不动的手,她纤细优美的手腕。

“我理解。你不想有人问太多有关南非之类的问题……”

“是啊。那个谎言很快就会被拆穿的。”她无精打采地笑起来,“谎言嘛。”

他没有问她何出此言,不过他想起来,那天早上的《每日邮报》提到过——据说是她婆婆说的——大意是说,因为神经衰弱,特蕾莎没法完成她正在写的一本小说。蛋糕送上来,她专心吃着,他很高兴她像往常一样热爱美食。

“你说有什么事要告诉我的。”她提醒他,好像他需要提醒似的。

他吃了一块蛋白杏仁饼,吃得太快,咳嗽起来。“我知道我说过的。可怎么开始呢……在咖啡厅,光天化日之下?要知道,这可不是轻松的话题。恐怕说出来会让你觉得我很坏。”

“为什么我的看法那么重要呢?我是谁?一个影子而已。无足轻重。”

“你并非无足轻重。”他认真地说。然后有些慌乱地接着说,“你远远不是无足轻重的。有时候,在外面旅行,会邂逅一些人,你马上就知道他们对你是很重要的,无论这偶然相遇是多么短暂。”

“确实如此。”

茶来了,她斟茶。

“我辜负了我的妻子。”

她等待着,可他没再说下去。

“假如我告诉你,我也辜负了我的丈夫呢?”

两人之间充满张力,各自紧握着秘密,想向对方倾诉,却又临阵退缩。

“你愿意跟我聊聊你的事吗？我保证会尽量把我的情况说清楚，但我需要更多的时间。说起这些事来，比我想象的要更加困难。”他看得出来，她听明白了他的请求，正在满腹狐疑地掂量着——他自己没做到，反而让她透露自己的秘密。他顺水推舟，逼近一步：“你出走是因为他背叛了你吗？”她用餐巾纸遮住嘴，他继续说道，“这样做很明智，我敢肯定。”

她嘴边抽搐了一下，笑得很勉强，然后，脸上不带任何表情，低声说：“我知道，报纸上说得很糟糕，很复杂。可那都是歪曲事实真相。我没料到……其实，事情挺简单的。”她的手在面前摆了一下，又放到桌面上，“是的，他背叛了我，我要让他看看后果。”

哈里点点头。她无缘无故又抬起手，好像要看看嘴唇上有没有沾着渣子。他喝了一口茶，把舌头给烫了。这时，她正在把一块草莓蛋糕切成几个小块儿。

“他体会不到。他就像个不懂事的男孩子。”

“我明白了。”他有一种病态的兴奋感。他四处打量了一下。咖啡厅里貌似没有人特别注意他们俩。怎么会呢？没有理由会想到，失踪的小说家，也许此刻全国上下众所周知的女人，就在他们中间。看着哈里和特蕾莎，只能观察到——观察到什么呢？他们俩在一起，看上去不够随和，或者没有已经形成习惯了的不自在，所以不像两口子。他们之间不太自然的交谈，看起来会不会像新交的情人？他发现内心有一种不合情理的欲望，希望引起别人的注意，让他与特蕾莎之间发生的事情被世人瞩目，因为这样的话，这事儿也许就不会那么渺茫了。

“他要离婚。他以为就这么简单——弹指一挥，就完事儿了。

十五年的生活夷为平地。”

“嗯。”离婚两字让他受到鼓舞,可她说话时紧张的腔调让他感到不安。他的语气要恰如其分,这至关重要。假如能允许他握着她的手,让她的手安静下来,允许他抚摸她的手腕,付出多大代价他都愿意。

刚刚咬了一块蛋糕,她用手指掩着嘴说:“我朝他扔了一个茶壶。”她使劲把蛋糕咽下去,“这果仁奶油蛋糕太好吃了。”

“砸到他了吗?”

她貌似吃了一惊,然后他们俩开始偷笑,顽皮可爱的声音里夹杂着不开心的阴郁调子。

“没砸到。”

笑完了,他尽量平淡地问道:“那个女的是谁呢?”

“朋友的朋友。爱打高尔夫。”她挖苦般笑了一下。

“天啊,是这样。我猜还很年轻吧?”

“*Mais bien sûr.*”①

“没有他,你会不会过得更好呢?”

他失算的程度马上一目了然。惊愕之余,她脸色一变,没了兴致,没了表情,像一面白色的墙。她忘记了正在吃着的蛋糕。

这么说,她出走不是为了逃避他——而是为了让他回心转意。装甜点的碟子一片狼藉。

“你还爱着他?”过了一会儿,哈里问道。

仿佛一切都令人痛苦地不言而喻:“他是我丈夫。”

随着这晦涩得令人费解的声明,她的上流社会口音突显出来,

---

① 法语,意为“那还用说”。

他已经多少淡忘了她这口音。他努力让自己不要那么好斗。“你说你辜负了他。但是，应该是他辜负了你，不是吗？”他尽量做出无关痛痒的样子，可还是觉得自己的微笑是伤感的。

她任性地摇摇头。他们俩都没胃口了。舒适的咖啡厅变得逼仄压抑。为什么她要亲吻他？这说明了什么？他想起狄更斯说过的话，哈罗盖特和在那里生活的人是稀奇古怪的。

“咱们出去走走吧？”

她同意了。他付账的时候，她盯着窗外。他害怕知心话到此结束了。

他们在溪谷花园的小溪旁漫步许久，没有说话。一只高贵的天鹅悠闲自在地在水中游动，隐约伴随着他们的路径。天鹅太优雅了，简直让人难以置信，他想。你会觉得它比一朵花更脆弱。太阳出来了，耀眼灼热，冬天的太阳有时突然会这样。有那么一会儿，他几乎能够忘记他们之间离奇的状态，而假装是恋人。

“我让他一个人待着，时间太长了。你知道的，母亲去世，我脑子都不转了，情绪很低落。当时，我在想办法把阿什菲尔德的东西收拾好，她在那里的所有东西。我的老天爷，数不清的家具，发霉的房间，那么多画、照片、信件，一叠叠用丝带捆好的文件……抽屉和盒子……你都没有想到，会有那么多抽屉和盒子进入人的一生。太沉重了。可是，我应该待在桑宁德尔的家里。”不知怎么的，她狠狠地瞥了他一眼。

“难道他不应该和你在一起吗？与你休戚与共，不是吗？”

“不，你不明白。他从来不善于面对痛苦。任何痛苦、病痛、悲痛。我知道得太清楚了。可是我忘了，因为伤心难过而盲目了。我伤心得瞎了眼，肮脏邋遢——简直是浑身散发出悲痛的气息。就这样，我辜负了他。”她自怨自艾，话尖刻得出人意料。

他无法控制自己。他一把抓住她的胳膊肘，紧紧地挽着。“我真的能理解。”

有一瞬间，能感觉到她向他靠过来，可恰在此时，水疗宾馆男子乐队的萨克斯手从他们身边经过，离得很近，哈里能看见他白里透红的肤色，在阳光下很有点孩子气。那人看见而且认出他们来，他只是轻轻抬手到帽檐，做了个揶揄的手势，完全没有了平时在舞台上亲密友好的样子。他对她起疑心了吗？哈里马上松开了特蕾莎。

“是吹萨克斯管那个人。”他低声说。

“好像有点怪。”她小声说。

“是啊，我感觉不太好。”他们一边说一边四处张望，然后加快脚步，朝洼地走去。“可能还是不要太多地让别人看见我们在一起。你知道，以防万一。万一他们发现……”

“你觉得他们不会的，是吧？新闻报道肯定会平静下来的。不管怎样，他很快就会来找我的。”她的上校。“你看。”

她从手提袋里掏出一份《泰晤士报》，翻开一页让他看。哈里愣了一下。特蕾莎·尼尔的朋友们，请联系……她是想用这个来传递诡秘的消息吗？他头一次想到，她是不是精神错乱了。

“他怎么会知道这是你？”他质疑道。

“这是她的名字——尼尔。那个打高尔夫球的。”

“哦。”原来她用情敌的名字做假名。这样换位很奇怪——出于报复的动机吗？或者仅仅是悲哀之余，私底下暗藏的某种暴力？他悄悄看看她的脸。她在用心看着松软的泥炭地。他们面前是一小块三角形的洼地，上面散布着好几十个用铁盖或者石头罩住的矿泉眼。“你真的以为他能破解这个暗语吗？”

“必须的。都是水井,是吗?”

在这一刹那,他认定即便她是疯了,那也仅仅是心碎所致,没有什么不寻常的。他鄙视那个让她心碎的男人。“我猜是吧。这个地区的自然资源太丰富了。土地里蕴藏着液态财富。这些财富的分布好像很随意,甚至不公平。”

“也许吧。可找到这些财富需要知识,利用资源也还要非常有组织,非常专业才行。”

上流社会的思维方式,他暗暗想道。或者是成功人士的。

她接着说下去,几乎是喋喋不休:“住在地底下会不会很好呢?像一只獾那样,在自己的迷宫里称王?变得对黑暗习以为常。从来不用操心自己的外表如何。愿意长多胖都行。不会有报纸。没有填字谜游戏,会觉得少了点什么,不过,可能你反正就是个傻瓜。别人的看法之类的,不会让你发愁。”

她的声音变得凄切,他真的很愿意带她远离地面上这个世界,远离报纸和人为的判断。“你能不能遂了杰克曼太太的愿,让我明天陪你去桦树崖,呼吸点新鲜空气?真的,你可能还是少在宾馆里待着的好,你懂的吧。”

她犹豫了。

“在他来找你之前。”哈里补充道,一边使劲咬着腮帮子里面,直到疼痛很奇怪地让他腹股沟抽搐起来,好像在回应嘴里的疼痛。

“不会有什么坏处,是吗?”她仿佛在自问。

这天她冲着他说了一些很有意思的话,是她所珍藏的对过去生活的点滴记忆,现在她也许已经后悔了。而他贪婪地想得到更多,同时希望她依然安全地躲藏着,不被其他人所发现。他希望知道得更多,能够确信她不会试图躲起来,再也不出现。

她双目直视着他。“你原来打算告诉我的……你会说的吧？因为我发现，今天我成了那个吐露心声的人。”

“会的，我保证。也许需要一些时间才能慢慢说清楚，但我会说的。”

她继续打量着他。“有朋友真好。”

听起来又像是个问题。他掂量着“朋友”二字，觉得太轻了。她真的还爱着上校吗？怀疑哈里能不能成为她的朋友，当然是没错的。他自己也不敢肯定。对她的担忧，哈里也有同感：无论他们之间的关系如何，潜在的危险是显而易见的。然而，他热烈地爱着她。“明天午餐的时间在这里见面？一点半，怎么样？我可以带野餐吃的东西。”

“还是我带吃的吧。”她说，这表示她没有向他让步，而是保持着戒备。

“好极了。你先走吧。我们不应该一起回到宾馆。”

他目送她离开公园。她一边走，一边扬起了头，在他看来，她是在用欣赏的目光打量哈罗盖特大酒店，这绝对是当地最奢华的住处。在他的想象中，她会幻想着住在里面，看见自己在豪华的塔楼酒店里尽享荣华，心满意足，美丽动人，就像他幻想成为温泉医院里的病人，享受阴郁的安静，医院就在前面的路上，而且不可否认也是一座宏伟的建筑。尽管他有继承来的钱财，也有过得去的英国口音，可他们之间的差别让人觉得可笑。

他在湿地徘徊了一会儿，尽情享受冬天日落前的阳光。自从遇见特蕾莎就有的感觉，现在更是确信无疑了：他对她的感情注定是无果而终的。也许是这倏忽间的暖意，给他带来父母亲家里农场的记忆，夏日晴空万里，一览无遗。他比平常更觉得自己背井离乡，是个流放者。

为了避开特蕾莎和杰克曼夫妇，他晚上十点才用餐。之后，他来到吸烟室。那个俄罗斯人独自待在里面，刺鼻的雪茄烟味像个有形的精灵，占据了室内的空气。哈里本想转身离去，管他什么礼貌呢，可俄罗斯人沉思的表情让他没这么做。这表情不太协调——然而，哈里凭什么审判那张面孔上什么表情是合适的呢？他跟这个人几乎没打过交道。

俄罗斯人点点头，似乎在欢迎别人来打扰他，他说："我过几天就要走了。"说得挺绝望，没有一点虚情假意。

哈里猜想，他没有找到梦想中的奇遇。他在俄罗斯人对面那张沉重结实的扶手椅上坐下来，开始往烟斗里装樱桃烟草。瓦莱里娅说她喜欢这种烟草在他衣服上留下的味道。有时他脱下衣服挂起来之后，她会去嗅嗅，这让他想起自己家里的黄毛狗罗杰[28]，只要有半点机会，这狗就把头埋进他们丢在地上的内衣裤里。狗的这种痴迷，似乎综合了动物本能的喜好和对家人深深的依恋，其诱因介乎情感与性欲。狗的举止在家里引起不自在的咯咯笑，在他们家里，无论是情感还是性欲，甚至包括笑声，都得不到实实在在的认可。瓦莱里娅的习惯既让他感动，也激起他的情欲。

"回俄罗斯吗？"

"噢，不是。"他微笑了，"回伦敦的骑士桥。"

哈里不知道他是不是俄国革命的逃亡者。远离更加充满活力的故乡，这里的生活在他眼中会不会黯然失色。或许他在这里会感到更加平静，更加自在？坐在一起抽烟，很惬意。此时此刻，俄罗斯人的沉着镇定——或者魅力，或者不管是什么——不构成威胁。他似乎体现了法国人自得其乐的观念，心满意足地全身心放松。哈里意识到，在相当长的一段时间里，他还从来没有当着另外一个人的面如此放松。毕竟，他不由得想到，他们同是天涯沦落人，而且同样欣赏特蕾莎的魅力，她那隐藏在磨砂玻璃背后的活力。

“我是澳大利亚人。”

“哦。”那人的回应很简单，没有议论他的口音或者谈到珍禽异兽。哈里也没有问及俄罗斯，或者他离开故国的原因。那是他自己的事。过了一会儿，海阔天空地闲聊之后，他们似乎可以坦诚相对了，俄罗斯人说：“有时我会想家，或者——葡萄牙人有个词，*saudade*，思念。我相信这个词可以指思念某个地方，但也可以指怀旧，简单的渴望。可能不像希望自己在某个地方那么具体，而是一种更加根深蒂固的渴求。一个可爱又让人难以忘怀的词。”

“你是个语言学家。”

是啊，他为什么不能是个有文化、重感情的人呢？为什么他就必须是一个恶人，危险而有诱惑力，让人爱恨交加？他其实不是情敌。哈里没必要讨厌他，或者从他的面相和他说的话里，证明他是个卑鄙小人，没必要哪怕是最低程度地将他变成虚构人物，类似特蕾莎小说里图谋不轨的外国反派人物。那些人物活在无忧无虑的梦中，哈里眼下的生活确实有点梦幻的味道，漂泊不定，匪夷所思——然而，也少不了与清醒的现实如影随形的阴暗朦胧。

“*Vous parlez français, alors?*”①

---

① 法语，意为“你也讲法语吗”。

哈里随时愿意用法语来表达自己。

“*Naturellement.*”①

他们轻松愉快地交谈了十来分钟。哈里有点忧虑地留意到，他的法语词汇越来越贫乏，能用的语言资源也渐渐少了。他突然想到，进入所爱之人的精神世界之初，可能也会有相类似的感觉。最终，他离开聊天伙伴，到外面去呼吸一下夜晚的空气。

他听到从外面车道传来带约克郡口音的说话声，便走到一棵树的阴影下，他觉得这应该不是宾馆客人用的车道。偷听了一会儿之后，他可以确认，他出其不意地碰上了萨克斯手和鼓手在聊天。他们离大门不远，抽着烟。哈里回想起来，在溪谷公园的时候，自己没有抬起帽子打招呼，当时，萨克斯手脸上露出揶揄的表情。他本能地知道他们不可避免地在聊什么，心里一阵发凉。特蕾莎。

“为了一个穷人，他们不会这么做的，是吧？”鼓手问道，“绝对不会。要是你我出事儿了，他们会这样吗？”

“不会。”萨克斯手同意道。

他们说的是展开费用如此之高的全面搜索。如此大惊小怪。

“这是你的。”鼓手老一点，矮一点，腰也粗一点，他说着把东西递给萨克斯手，这一定是那天晚上演出之后，萨克斯手那部分收入。

“谢谢了。我要去给摩托车加点油。我可不想走回家。”

的确，微风吹拂，天变冷了。哈里试着想象这个年轻人的生活：骑着摩托车，穿过冬天的夜晚，来到一间豪华宾馆，为有钱人提供几个小时的娱乐，那些兴致高点的客人，会跟着音乐用脚打拍子，或者翩翩起舞；然后，把围巾塞进外套的领口，抵挡不期而至的大风，重

① 法语，意为“当然了”。

新骑上摩托车回家——什么样的家呢？那两个在月光下的人，比在阴影里的他显得实在得多，听着他们的交谈，他似乎觉得，自从成了个鳏夫，荒唐可笑地成为富人之后，他让钱给垫着，死气沉沉的，就像有个枕头捆绑在身上。他几乎没有思考过政治。当然了，几个月之前，在街上或者宾馆酒廊里，不可避免地会听到别人言辞激烈地谈论大罢工，看报纸的时候，也会感觉到紧张和义愤在涌动，但对于他来说，这一切仍是相当抽象的，就像一出不靠谱的戏里的情节一样。而这样的辩论，对这些乐手而言，是真实的。劳动者活得实在，是有尊严的。他羡慕他们的尊严。

“花那么多钱。”他们又在议论她。

有些话他没听见，然后听到鼓手说：“我就是说，挺有意思的，没别的。”

“巧合罢了。”

他们的语气这会儿是心照不宣的，不是吗？他可以理解他们对失踪女人的愤恨。在他们看来，像她这样的人，生存方式简直就像奢华的时装，那么性感怪异。那么空洞，不可接触。那么可笑。也许他们是对的。

他顺着宾馆前面的路走下去，来到里彭路，开始他的晚间散步，他知道还要过很久才会找到睡意。溪谷公园的入口出现在眼前，他想起曾经在那里跟特蕾莎一起徜徉，速度跟水里悄然行进的天鹅保持一致。他继续走下去，想到开阔单调的曲径去。毫无疑问，假如乐队一个成员或者他自己失踪了，花费在搜索上的人力物力要少得多。可是，他们也不会像她那样，为众人所围观。一位富裕的女小说家，别看她有轻而易举就能得到的特权，很自信自己有权利过上有格调的、幸福完美的生活。然而，她没有能让她在心痛的时候稍稍放肆疯狂一下的私人空间，大家不允许她这样。她没有在私下里精神崩溃的特权。也许她那种特权一直是一层缓冲的软垫，如果有什么作用的话，只能是纵容天真的冒险精神，以为自己理所当然会得到爱情与快乐，然而钱对爱情与快乐的影响力是值得怀疑的。

他能看见自己呼出的气，像有裂缝的云一样伴随着他。他加快脚步，街灯和大大的月亮在视野边缘模糊地划过，心里遐想着，是不是应该搬回巴黎去——不知道这样做，能不能摆脱束缚着他的枕头，帮助他实实在在地过日子。要不然就帮他在私下里恰如其分地崩溃。

20

第十天

在浴场更衣室里，她意识自己已经感觉不到神经炎的疼痛了。而且，假如说所有事情都让她有点昏头昏脑的，总的来说，她还过得不错。一切都还好。更确切地说，原来的状况绝对是恐怖的，而现在的变化让她恢复了活力。温泉疗养小镇真是好：有时候，接受别人的照顾是很有必要的。被人仰慕也是必要的。这些地方沐浴在疗养院特有的浪漫气氛中。这气氛也许有治疗作用，肯定会对想象力产生影响，至少对她是如此。还是个年轻姑娘的时候，想起护理苍白憔悴的男人，她就会觉得很兴奋。

她悄然进入热腾腾的浴场，仿佛在盛夏踏入了粉红色的房子里，穿着浴袍或者裹着毛巾的女人点缀着帆布躺椅。这种躺椅的名称，如果从法语直译过来，就叫作“跨大西洋邮轮椅”。在这艘奇怪的远洋邮轮上，她们在驶向何方呢？光脚走在瓷砖上，她喜欢这种东方风情。她也学会了欣赏眼前这一切。女人的臂膀真可以是非常美的，丰满骄人，大理石一般。也难怪男人会因为女人而变得弱智野蛮。（在某种意义上，你能理解。）维持着她精神状况的，依然是那个浪漫梦的源泉，虽然她尽量让思绪放轻松一些，进入逻辑思维还是有点费劲。丈夫必须回应她发出的信息。然而，她并不觉得——她不得不承认——像他的妻子。她开始觉得像另一个男人的情人了。由此而产生的兴奋，会令人苦恼地影响谨慎的心态。

她准备下冷水浴池了。情人是无所畏惧的，面对极端的感受，不需要也不能退缩。小浴池里这时没有人。她脱下浴袍。

金属扶手碰上去是冰凉的。走下去，第一步——然后是第二步。哎哟！双脚和脚踝叫起来。膝盖。皮肤麻木，肺部感到警觉。停下来，呼吸。好了，现在继续，移动——静止不动会带来思考与痛苦。

冰冷滚烫。倒抽几口冷气。吸气也费劲。

接着，她游动了，麻木的身体在前行，受到惊吓的心灵被甩在后面。划了几下水，转过身，再游回去。

冷峻的纯净。皮肤终于敞开，仿佛在海水中，心灵的一扇门打开了，通往新的车厢，她看到了她。

那个叫尼尔的姑娘。

他们在伦敦的萨伏伊大旅馆吃过午饭回来，应该喝过葡萄酒，因为她应该是会喝酒的。她喜欢葡萄酒的味道。午后的旅店，她在床上，光线透过窗帘照进来，屋里是蜜桃色的。在那个奢华的藏身之处，所有影子都神话般的不真实。宽松的丝绸内裤，露出打高尔夫练就的修长大腿。薄薄的丝绸像水一样泼洒在年轻细腻的肌肤上。她的小手放在完好无损的腹部，里面从来不必承载一个孩子，也不用在漫长的婚姻中自我安慰。两条匀称的大腿收缩、放松，放松、收缩，散发出黝黑的光泽。他向床边走过来，她好像害怕了一样睁大双眼。她强忍住笑，含羞带怯，令他感到特别刺激。他的心感到刺痛，性冲动强烈的时候，心如何能够抵挡燃烧的欲火？神经哼哼唧唧的，像谎言一样。他们的完美因为放荡而变形。

倘若他以为她无法体会这一切的吸引力，那就是低估了自己的妻子。对于美，她很难视而不见。她不是选了他吗？

她以前也想象过这样的场景，好几个月的时间里，不停地想象——可不会像现在这样。现在她的视角……几乎是同谋的视角。不完全是。然而，理解已经像凝胶一样渐渐成型。她在小小的浴池里来回游，游几下，转身，再游几下，直到冷不再是冷，而仅仅是承载着她，让她穿越的载体，里面有脉动——心脏的脉动。

后来，特蕾莎在镇子里逛街，带着期待的心情，购买野餐需要的东西。苹果。一瓶苹果酒。肝酱。一块橙色切达干酪，一小块斯梯尔顿奶酪。一条松软的白面包。两个带着闪亮的白糖浇汁的小圆面包，装面包的纸袋几乎马上就渗出了油渍的斑点。

"想不到这附近能有山景可看。"他们出发的时候她说。

"是想不到。我们要穿越宇宙间一条裂缝。不过别担心，我带着一本旅游指南呢。”接着说下去的时候，他的声音微微发颤，“所以你不会有危险的。我估计应该从这里走下去一点，然后就到那条小路了，看见了吧？”

“嗯，看见了。”尽管瞥了一眼地图，她其实什么也没看见。很难集中精神看地图，可能是因为冷水浴让她特别兴奋吧。

他们从洼地朝康沃尔路走去。

沉默仿佛一个相当可观的水塘，他的声音从对岸传来，他说：“从指南上看，那些就是哈罗盖特公司的水库。给镇上供水的。”

“哦？”

过了一会儿，他接着说：“实际上，如果天气晴朗的话，在那边我们应该看得到山。”

远处什么都看不见。清晨下过雨，薄雾缭绕，笼罩着周围的景色。他们窘迫地笑起来。天很冷，约克郡清新的冷。

他们沿着康沃尔路向右走，一直来到小山坡顶上，然后向左转，踏上一条小路，他们估计这一定是通往桦树崖采石场的。

“那片岩石——或者说磨石粗砂岩，靠在山边上的——是火山运动的结果。”他看着旅游指南说。

她觉得，他在用旅游指南当挡箭牌，或者转移注意力的策略。他想告诉她的是什么？独自与异性朋友在空旷的野外漫步，这与在秩序井然，到处都是衣冠楚楚的女士和绅士的花园里，可完全不一样。没错，他在宾馆里吻过她（令人惊讶的是，她也亲吻了他，这事儿还是不想为妙），当时附近是有人的，可现在是在户外，周围人迹罕见，他们却无法看着对方的眼睛。除了亡妻瓦莱里娅，他跟其他女人会不会有过很多故事？当然，他们俩不是在求爱。是什么呢？什么都不是。在这里她连自己的名字都没用。

“你看，桦树崖里的‘桦树’两个字，用的是苏格兰语。”

“是吗？我跟我丈夫是在埃克塞特附近一个舞会上相遇的。我们一起跳舞。他很不礼貌，一定要我将一些人从舞伴卡上去掉，好跟他多跳两次。”为什么要谈到他呢？“舞会结束，我以为一切到此结束了。毕竟，当时我已经跟另外一个小伙子订婚了。”

“是吗？小心点走——有些地方很泥泞。后来呢？”

他的声音中有那么一点好奇。能激起一个男人的兴趣，让他一心一意地拿着一盏灯，钻进你心灵里的黑暗角落，感觉真好。“他骑着摩托车来到阿什菲尔德。他来的时候，我不在家。我在对面的邻居家，又是在跳舞。”

“你真能跳。”

“是啊。如果没记错的话，跳的是探戈舞。

“最后一曲探戈……”

“嗯，大概是那么回事儿吧。很难不去遐想，假如不断地跳下去会怎么样。不过，那是不可能的，是吧？年纪大了，到了一定的时候，曲终人散。”

“嗯。我从来没有真正翩然起舞过——从我最近的表现，你一定会得出这样的结论。当然咯，你的意思是过着安定的生活，去掉孩子气的行为，等等。从这个意义上说，也许我从来没有停止过跳舞。我从来不太懂得，怎么样才能像个成年人。挺丢脸的。”

她瞟了他一眼。“我也一样。不过，你确实会发现，你不得不接受很多让你厌倦的事情。”

她也许脸红了。她应该这样说话吗？哈里是她的盟友吗？一边聊一边在树林里穿行——这会儿，身边是柔软闪亮的白桦树——像梦游似的，有一种命中注定的感觉。听着自己谈到之前的生活，让她既心怀恐惧,又如释重负。他们并肩而行,道路狭窄的时候,其中一人会走到前面。当他走在前面的时候,她有机会仔细观察他瘦长的身材和有点不对称的步伐,一只胳膊抱着装野餐食品的包裹,另一只手的手指握着旅游指南。

“林木变化得真快。”他议论道,“注意看,一下子冒出这么多蕨类植物,还有石楠和荆豆花。”

能听到水向下倾泻的声音,很快就看见一道小瀑布,沿着他们左边的山脊流淌。他们在树林里面走着,步子轻缓流畅,哈里终于不再提那本旅游指南了,并且因此而变得愈加矜持。她的心情受到影响。她想问,他答应要告诉她的是什么,但也能感觉到,他的心事越来越重。与此同时,把他当作可以交心的知己,即便令人困惑也是愉快的,她抵御不住这样的诱惑。“我想,你知道我是个作家吧。不是有名的作家——名气不大——可是我也小有成就。”他不会看过她写的书吧?

他盯着前方。“嗯。”

“是啊,你问过的,我是如何辜负了我丈夫。这还有写作方面的缘故。我不是在母亲去世之后才忽略他的——之前也这样,只顾着写作。要知道,写作的时候,你必须不管其他人,让自己把他们置之度外。即便是过后,你又跟大家在一起,你也会不一样了,在社交场合肯定是不得人心的。内心有点沾沾自喜,很可能惹得别人不高兴。再不然就是精疲力竭,容易发火。有时,一点精神都没有。”

“我觉得我可以想象。”他们在向上走,坡度升高得很快。可能两人同时注意到坡度的升高,他们朝山谷下看去。他模棱两可地微笑着说:“不过,他每天去伦敦金融区上班的时候,肯定也将你置之度外吧?他有时回到家会疲倦,会不高兴,肯定会的吧。”

“噢,经常这样。可是男人这样是会被原谅的,不是吗?我们并不期待他们总是那么温柔,那么乐意。或者说,即便是在一起的时候,也不会期待他们的心全在你身上。不管怎么说,他要供养妻子和一家人呢。我只是自娱自乐罢了。”

“不完全是吧。你的书也娱乐他人。还赚了些钱,是吗?”

不得不承认这一点,她笑了。“我买了一辆莫里斯·考利[29]。对我来说,这是最激动人心的事情了。就像长了一双不可思议的金属翅膀。”

“就是嘛,你看,你也在挣钱。”

“你要知道,我写作,跟在家里做太太的孤独有关,我不知道当初能不能——或者该不该——逃避写作。我觉得,我并不会真的觉得后悔。”

“我要向你脱帽致敬。在我年轻莽撞的时候,有一阵子,我以为自己会成为一名作家。在法国。我对这个想法挺着迷。问题是,原来我所擅长的是逃避写作。”

“那你是幸运的,我敢肯定。没错,零敲碎打地写写,挺好玩的——就像开着莫里斯·考利车,飞驰在风景如画的乡村。然而,多数情况下,你是个悲惨的步行者,穿着质量很差的鞋,步履维艰,一路上景色平平,还下着毛毛细雨。连续不断地走好几个小时。第二天,你不得不再次出发。一切单调无趣得能让你神经错乱。”她伸出手去抚摸一株桦树的树干,没够着,“有一天,你甚至可能发现,你完全不知道自己在哪里。什么都认不出来,你再也走不下去了。你的腿没了。”

“你有过这样的感觉?”

“是的。我眼下就没有腿。”她可以感觉到,自己在强装笑脸,却笑不出来，“我很可能一个字都不会再出版了。我前一阵在写一点小东西，但是写不下去了。没办法。”

“假如我问你，那是关于什么的，你会感到很厌恶吗？”

“会的。答案听起来总是那么愚蠢。是关于一个女人，在蓝色列车上遇到倒霉的事儿。”

“她正在去尼斯的路上！”

“可惜啊，她压根儿没到目的地。她死了。我鄙视这个故事里的一切。想起来只有极度的厌恶。我们不能说点儿别的吗？”

“当然。很抱歉。提起这个话题，我真是不够敏感。”

“极度不敏感。不过把这些事告诉你，也是我的错。恐怕我很容易就把话都跟你说了。你是个危险人物。”

“是吗？”他朝山谷转过脸，回头面对她的时候，她又看到模棱两可、似笑非笑的表情。“杰克曼太太说得对。这里真美。”

“真正的田园风光。”

“有一件事你说错了。”

“嗯？”

“你是个有名的作家。在过去的这个星期，你已经出名了。”

她停住脚步。看他的样子，他真希望能够把话收回去。她不知道自己脸上是什么表情，不过估计是把他给吓着了。崎岖的山路在前面变得很陡。他们正在爬上一个几乎垂直的悬崖，很可能有一百五十英尺高。不祥的预感顿时取代了她轻松的心情，脚下的泥泞很可能让人滑倒，她开始担心了。

“咱们不一定要去最高的地方。”他的语气暗示他觉得最好还是不要去。

“没什么。”她叮嘱自己，一定要看着地面。

"拉着我的胳臂,如果需要的话。"

"我没事儿。"

过了一会儿,他们来到顶峰,站在一块向外突出,布满灰白色苔藓的岩石上,寻找旅游指南上说能看到的景色。还是不能看得很远。代替远景的是虽然朦胧却也不错的景象,云雾缭绕的树林,顺着山势倾斜下去,底下是更加模糊的树木和农田。她屏住呼吸,倾听着,涓涓溪水在静静地流淌。

"好一个僻静的去处。"她说,"我喜欢这样的位置,高高的,水在脚下。在阿什菲尔德,我长大的地方,站在外面的路上,就能看见大海,远远的,在脚下。你会对这样的景色习以为常。于是你就被毁了。我已经开始觉得,对于我们这些离开托基镇的人来说,这个位于七座小山峦上的故乡可能就是诅咒。因为你会以为,高高在上的有利地势总是能让你望到壮丽的景色,一览无遗。你不能想象千篇一律的景色。在托基镇,如果你对哪个景色厌倦了,总会有别的山峦让你去探索。这肯定会让你——至少是肯定让我——静不下来,忍受不了单调。"

"这里的景色,可能没有托基镇那么壮观,但也有一种世外桃源之美。"

她也赞同。她走到悬崖边缘,探头往下看。

"别站得离边上太近了。"他说。

她不假思索地笑起来,答道:"你以为我想在这里一了百了吗?"

他快步朝她走来。目光挺吓人的。

"我很可能会搞砸了,仅仅摔断几根骨头。"她还想笑笑。

她还没弄明白是怎么回事儿,他已经抓住她的肩膀,力气还不小。她听到他的旅游指南啪嗒一声落在岩石上,苹果酒瓶叮当落地，滚了几下，其他野餐的东西掉在地上，发出柔软的纸包相碰的声音。“你怎么能开这种玩笑？”他几乎喊起来。

“你干什么啊？哎哟！”

“你问我在干什么？”他问道，声音小了一些，但脸上的表情像梦游一样——仿佛他人在心不在，只是看着让他信服的事件在想象中一幕幕展开。

关键时刻，她幡然猛醒。她轻轻转一下头。“如果在下面发现了一具尸体，很难搞清楚是不是故意摔下去的，是吗？”他抓得更紧了，而她的心里充满了恐惧，“你要把我推下去，真是太容易了。”

“你自己跳下去也很容易。”

她使劲往后拉扯，试图挣脱他的双手。他紧紧抓住她的肩膀不放，但也向前踉跄了几步。在他失去平衡的同时，她趁机抬起手，放在他胸前使劲推。然而他又站稳了，他们就这样僵持着，很不自然地拥抱在一起，不快的争执却像在跳舞，没完没了的。

他们在布满岩石的小空地上挣扎着，靠近了悬崖边上。她犯了个错误，转头朝身后看去——感觉一下子掉下去了。

“不，特蕾莎，”他在说，“你不明白……”

恐高的眩晕。

她头晕目眩，闭上了眼睛，脑海里浮现出另一处景色：一个深沉静谧的小湖，遮风挡雨的黄杨树，盘根错节的黑色树根。终点——就这样完了吗？

他扶起她。她知道自己在迈步，两人的身体合二为一，步调一致，像魔法一样。她与哈里一样，心不在焉。身体在某种程度上与心灵隔开了。

可是，他不走了。接着，“不要！”她叫起来，浑身使劲扭动。

他松开手臂，她从他的手臂中滑脱出来，或者是掉出来。她蹲在地上，脚下是岩石。她费力地往后退，拉开两人之间的距离。

他也蹲坐下来，他们打量着对方，像随时准备出击的动物。

眩晕感渐渐消失，她能够把心思完全放到眼下了。“我有什么不明白的，哈里？”

“特蕾莎，你以为我会伤害你吗？我会……”他声音低沉，激动得说不出话来。

她也是呼吸急促。她想起双肩被揪住的感觉。“哈里，你必须告诉我。现在！”

21

哈里对特蕾莎说的话

1923年，一个星期五的晚上，下着雪，时间是差一刻钟到七点。他下班回到家，发现沙发上没有瓦莱里娅，“闪电”独自在沙发上，蜷作一团，没搭理他。这是他一直期待的情景，因为他盼望妻子能结束那种懒散的状态，可是真的看见了，又觉得不对劲。在卧室里，看到床上有她躺在那儿，他很高兴。她有好几个星期没上床跟他一起睡了。

他松开领带，轻轻地坐在她身边，还没有意识到房间里的空气里有点怪味儿。大祸临头，他却没有一点预感。

可是，她就这样死在他们的床上了，从她——遗体——的体温和僵硬程度判断，应该是死在几个小时之前。

床头柜上有几盒安眠药胶囊，睡不着的时候，他们俩都时常会求助于这些安眠药。然而,这么多胶囊,里面的药粉都没有了,这不合乎常理。不可思议。

精神错乱了。

哈里立刻站起来。又坐下。他碰碰她,摸摸她的脸。他用手捂住嘴。他用双手抬起她沉重的,毫无生气的脑袋。

她的叹息和喘息,她前言不搭后语的故事,她只说半句的话,他不用多看,用眼角余光就能认出来的身影,她的整个世界,居然会化为乌有,他完全被惊呆了。

他显然在胡乱说着什么。亲爱的,我的爱,好姑娘,宝贝儿,我亲爱的,心上人,亲爱的心肝,噢上帝,我的爱,我的爱,瓦莱里娅。

不管怎么称呼她,听起来都是空洞的。任何称呼都不足以说明她在他心中的地位是——曾经是——何等重要,不足以表达他心中全部的感情。

他寻找她留下的字条,可是没找着。

他快步走进厨房,仿佛有可能在那里巧遇问题的解决方案。他捡起一条茶巾,犹豫一下,又放下了。他有点反胃,干呕了一下。他回到卧室。

就是那间卧室。

在心智迷乱的状态下,他有某种似曾相识的感觉。他想起来了,还是很小的时候,大人逼着他睡午觉,他醒过来的时候睡眼惺忪,脑子里糊里糊涂的,不知道是什么时间了。一天里的某一段时间,他本来应该知道发生了什么事情的一段时间,没经过他同意就被扣除了。他原来立足的地方已经移动了,从此,很可能没有任何事情是可靠的。大概在那个年龄,他罩在帐篷一样的毯子下,孤零零地坐在床上,心里琢磨着,死亡一定就像这样,一片漆黑,一片空白。

他曾经与瓦莱里娅——多么惊人的运气——一起生活了十年。

愤怒。

哈里又开始寻找一张写给自己的留言，一封解释的短信，还是没有成功。留言的缺失，那么显眼，那么冷酷无情，不可思议。这双重的沉默，过于残忍。

在那个丧失一切，无限膨胀的夜里，瓦莱里娅的第一个情人，吉亚科莫·彼特里的脸出现在他眼前，是在斯佩齐咖啡厅最后的时候，哈里所见到的样子，在她了断了两人之间的关系之后。哈里对此人的同情一直是理论上的，现在依然如此。不，说他觉得自己与吉亚科莫有相似之处，并不准确。但是，当他也知道失去她意味着什么，他确实对吉亚科莫想了很多。

在刮着大风的广场上，告诉哈里她为什么想与吉亚科莫断绝关系的时候，她曾经说："当然是因为我不幸福。"

怎么会这样，"当然"？

是不是从一开始她就在警告他，对于她来说，幸福是不能持续的，不可能的？一个不切实际的理想，一个有瑕疵的立论。一个错误的承诺。

22

第十天下午

她全神贯注,听他讲述那天晚上的事,他回到家发现妻子自杀了。她心中被激起的恐惧感快要消失了。讲到瓦莱里娅躺在床上的时候,她也看见自己的母亲,在姐姐家的床上咽气——某个特定的死亡事件,会像海绵一样吸收其他人恣意泛滥的情感。她想象着,妈妈在想,小女儿还在从曼彻斯特开出的火车上,不知道是否能及时赶到,后来明白了,她等不到小女儿了。正如瓦莱里娅决定,她**那天晚上**不能等到哈里回家,从此以后再也不去面对任何一个夜晚,不去等待任何人。两个女人都不再等了。假如此刻是一个人的话,她可能会潸然泪下。

哈里看上去精疲力竭,无精打采。安全起见,还是不要到他身边。

“我很难过。”她说。

“谢谢。”他回答说，“很抱歉刚才吓着你了。我……”

有好一会儿功夫，他们没再说什么。

“你觉得我像她一样？以为我会做出她做过的事？”

“我害怕发生那样的事。”

他带着质问的神情端详着她，可她只是轻轻摇头。“为什么？为什么瓦莱里娅会……？”

他耸起肩，放下的时候叹了口气。“确实啊，为什么呢？我估计，是因为我辜负了她。我无法让她有活下去的愿望，这是肯定的。”

“你现在可以让我看看风景了吗？我保证……”

他低下头。“可以。”

在靠近悬崖边上的地方，不过没有贴得太近，她朝下看去。过了一会儿，周围的景物似乎走近了，仿佛原先在后面躲着，现在突然迈到前面来了。桤木、蕨类植物和凤尾草的间隙中，乳白色的溪水若隐若现，他们可以听到小溪潺潺的流水声。溪流就在那里，绕过散落在河床的大石头，不可阻挡地沿着峡谷流淌着。青苔幽灵一般躺在岩石上。一片片苔藓像精美的土耳其地毯。绿色！绿得那么纯粹，绚丽夺目——假如这绿色有味道的话，应该是辛辣提神的。空气也紧紧贴着皮肤，清凉纯净。来自远古时代的山里的空气。冬青树、白刺树、白蜡树、橡树、榛子树。鸟鸣，在水晶般纯净的一片静谧中，婉转的鸟鸣，她想起在教堂里吹奏的笛子声。山谷里充满了生命的力量。这股力量穿透她的身体，难以捉摸，却又毫不含糊，毫不留情。她几乎有一种复活的感觉。此时此刻，这个地方，那么的充实，她感觉到了幸福。

"我真幸福。"

"你说什么?"

她走回哈里身边,他讲完自己的故事之后,就一直坐在那里。她还是小心翼翼地,不过,这主要是因为她有与他在一起的情欲。她没有再次说她很幸福,在以前,她会抚摸他的肩膀,可她没有这么做。"下去吧,到下面一个舒服的地方,把还能吃的野餐吃了吧。"

他们顺着原路走下去。她现在不怕路滑了。

哈里说道:"我不是经常但有时也会这样想,不知道瓦莱里娅会不会想别的男人。我觉得结了婚的男人,一般不会想象妻子的这些事情。或许我们应该想想。这样可能有助于我们更好地了解对方。婚姻会让我们彼此熟视无睹。"

"是啊。我知道你的意思——有些男人似乎从来就不去想象。"

"你会被别的男人吸引吗?"

她执意不去看他。"作家嘛,就是要会想象各种不同的情况。"

他们在两块宽宽的大石头上坐下,几乎没有说话,只顾着吃。斯梯尔顿奶酪非常好,切达干酪和肝酱美味极了,味道淳朴浓烈。小圆面包简简单单的,也很好吃。

他们嚼着苹果,苹果酒瓶在两人之间递来递去,他说:"咱们假装过家家吧,就当我们准备让一切都见鬼去,离开这里,到尼斯去生活,怎么样?"

"一起去吗?"她很无辜地问道,"住在同一间房子里?"他刚才的叙述所唤起的恐怖情绪,似乎逼他们寻求一种轻松而有点荒诞的心境。他们找不到更加恰当的反应。悲伤会让逻辑扭曲。

"这要你愿意才行。咱们也可以做邻居,如果你觉得这样更好——或者觉得这样更加体面。"

“法国人的一个特点就是,看起来不像我们那样,对体面斤斤计较。”她脸红了。

“不计较就很令人开心啊。”他对着她,愉快地咧开嘴笑起来,然后又转脸看着别处。

她站起来,掸掸裙子,他也站了起来。

“我们在尼斯的家,”他接着说,“应该是什么样的呢?”

她做出若有所思的样子,他们继续走下去。“当然咯,必须有海景。还有一个可以看到海的露台,我们在上面吃饭,大吃大喝,尽享美食。”

“是呀,应该这样。还有一个有铸铁装饰的小阳台,你觉得怎么样? 应该会很迷人,是吗?”

“*Tout à fait*①。也许,我可以学着喝酒,至少要学会喝香槟。”

“我会尽全力教你。”

“我们要有一两个非常棒的法国女佣。不能长得太好看。要上了年纪,憔悴不堪的。”两人陶醉在共同营造的白日梦里。

他迟疑片刻。“咱们在尼斯的家里,可以让维纳斯来做女佣,对她的魅力我也会绝对无动于衷的。”

她偷偷笑了。“你不会的。”

“我会的。以我的名誉保证。”

“我可要你遵守诺言喔。”

“尽管监督。”

他瞄了她一眼,想捕捉她的目光,她有点难堪地躲开他的目光,接着说:“咱们家不欢迎喜欢高尔夫的人。”

---

① 法语,意为“绝对的”。

“那还用说。不让他们进门。或者，我们可以在门额上写着：‘踏入此门的高尔夫人士，绝望吧’，把他们吓跑。”

她只愿想些开心的事。“你要知道，这么高调的生活，需要很多钱喔？”

“没事儿，还有我的财产呢。”他说。

“你知道，我觉得我能养活自己。”趁着一股高兴劲儿，她夸口道，“也许还能挣不少钱呢，如果我下决心去做的话。”这个时候，没必要去考虑以后再也不能出书，没了腿走不了，等等。幻想的好处自然就是，失望和沉闷并不在其中。他们正在创造一个美丽的幻象。

“这点我不怀疑。你会像王子一样富有。初到尼斯，寻找完美住处的时候，可以先住在内格雷思科酒店[30]。我就是在那里遇见我的雇主安斯沃思先生的。1913 年。想起那个晚上，我就会想到大战前的轻松气氛。在那种气氛里——温和率性——似乎一切都有可能。”他停顿一下，又幽幽地说道：“我想，也是因为当时年轻，有权率性行事……其实，我从来都没有特别觉得我拥有这样的权利。”

回到了到处是行人、汽车和马车的路上，恍如隔世。黄昏渐近，他们好像孩子一样，没人管的时候就按照自己的想象打扮起来，这会儿不得不脱下色彩鲜艳的华丽服饰，面对绷着脸的成年人。他们一致认为，出于谨慎，两人不该在一起用餐。特蕾莎跟杰克曼夫妇一起用餐就行了。路过哈罗门大酒店的时候，他们朝一位矮胖威严的老太太点点头，她坐在有篷盖的轮椅上，一个男人弯着腰拖着她往前走。特蕾莎尽量不去想另外一间大酒店，她新婚之夜是在那里过的。

“我们明天会见面吗？”哈里询问道。

她点点头。对自己跟他在一起的行为举止,她已经失去了判断能力。尽管她不是很清楚两人是什么关系,她还是愿意继续保持情人的感觉。“我们能不能一起在浴场听听室内乐团的演奏?”

“现在这种情况下,在那么公开的场合见面,会不会不明智?帝国咖啡厅对面的花园,怎么样?如果我们从那边走下去,过了曲径就有希望找到幽静点的地方。”

“那好,当然了。好吧。三点钟?”

“盼着那个时刻。我们可以进一步完善尼斯的计划。”

她微笑了,然后二话不说,匆匆离开了他。她的鞋上沾了一圈黑色的泥,北方富含泥炭的土地,好像到处都有黑泥渗出。

23

第十天晚上

哈里没有出现，杰克曼夫妇感到很遗憾。特蕾莎说他头疼，不得不在自己房间里用餐。她将自己对桦树崖的印象说给他们听的时候，杰克曼太太脸上露出充满希望的神采。本来特蕾莎不打算细说这次远足，可这么优美的地方，一说起来就忍不住滔滔不绝。她觉得鼻腔嗓子发紧，暖暖的，有马上要落泪的感觉，真是不可思议。烤山鸡很嫩，她集中精力啃着美味的山鸡，尽量不去想别的。

"我想在南非不会有这样的乡村景色吧？"杰克曼先生问道。

杰克曼太太帮她解围。"我觉得，就美景而言——真正的美——大自然的任何形态，任何漂亮的地方，都一样美，不能说哪个特别的形态或者地方会更胜一筹。"

"说得好，亲爱的。"

宾馆男子乐队那天晚上没有演出，他们都想早点休息，九点半就相互道过晚安了。特蕾莎向值夜班的门房打听有没有她的信。一封也没有。

正准备上楼梯时，一只手放在了她的胳膊肘上，她吓了一跳，想起优美的矮乔木那纤细的根须。是杰克曼太太。特蕾莎想，她老得很优雅。

“当着男人的面，说起这些事来总觉得不太对劲。”杰克曼太太低声说，“不过我一直想说……”

特蕾莎点点头，一阵眩晕。该来的总会来的：她被发现了。

“想说说你失去的小女儿。”

“啊……是啊。”

“确切地说，我不是根据自己的亲身经历——尽管如此，我曾经看着女儿经受这一切。”她们站到一旁，让一个年轻人从身边走过。杰克曼太太目不转睛地盯着他，然后貌似很费了点劲儿才集中精神，露出轻松的表情。“你不会跟以前一模一样，但你会继续生活下去。而且你必须记住，大家都是这样的，没那么严重而已。我的意思是，每过一天，就会失去一些，我们就会有一点不同，不是吗？而我们还在继续前行。可是，命运说不定还有许多惊喜给我们留着呢。新的爱情，甚至……”

特蕾莎无声地表示赞同。尽管她是安全的，心里还是六神无主。杰克曼太太对她的幸福如此关心，她祈望她永远不会发现自己对她，对他们，撒谎了，祈望她永远不会发现自己不是那个她所伪装的女人。“我对您女儿的丧女之痛深感遗憾。还有你们的悲痛。这样的事情一定是非常可怕的。他们婚姻幸福吗，你女儿她们？我知道，这样问很无礼。”

杰克曼太太垂下双眼，看着她们脚下东方风格地毯上的圆形图案，或许她看到的是记忆的图案。她抬起眼。过了一会儿，她答道：“平静。相当平静。”

她们相互点点头，很严肃，特蕾莎觉得这是女性特有的严肃。她一时冲动，将手压在杰克曼太太值得尊重的小手上，接着发现自己的双手被紧紧握住。

“睡个好觉，亲爱的。”杰克曼太太用恳求的语气说。

简短的谈话，改变了她的心情。她脚步沉重地走上楼去。走回房间，她不觉得自己是别人的妻子。不，不是的。而是一个母亲。

不完全是个母亲。当然不是一个心满意足的母亲，可不管怎么说，是母亲。

她转动钥匙，在黑暗中踏进房间。她轻手轻脚走到床头柜，拿起摆在一大摞书后面的相框，光线从楼下没拉窗帘的窗户里透出来，映到楼上的房间里，她几乎看不清照片上那个像男孩子的小姑娘。

正如她的丈夫还在世，她的女儿也没有死。

漂亮。她的姑娘。

她与妈妈之间，在想象力的丰富空间里心灵交汇。她曾经以为与自己的女儿也会有类似的邂逅。然而，女儿长大了像她丈夫，并不耽于幻想。或许特蕾莎不知道如何鼓励女儿在想象的空间驰骋——其实她也没想到需要在这方面特别花力气。母女俩太不一样了，很难有自然流露的爱。即便是她的内疚，也是偶发的感触，不完全是发自内心的。她反而觉得自己是受伤害、受虐待的一方，这种感觉无法彻底从心头抹去。孩子本来应该是奇迹般的礼物，极大的欢欣。然而坦白地说，很难不将失去的青春与轻盈归罪于女儿。

经过无休止的病态的肥胖，经过血腥的暴力之后，发现自己签了禁锢终生的合同，你大惊失色，可为时已晚。正如她的生命始于今日，我的生命有一日会结束——就是这么回事。（难道她就是枪手吗？藏在子宫里面的一支手枪，一个定时炸弹？）同样不可挽回的是，你不再是各种事件的女主角，取而代之的是一个可悲的角色：迷失方向的幸存者，筋疲力尽的终身伴侣。你自己孩童般的生活乐趣，现在已经无法轻易获得。你曾经为此而努力奋争过。现实变得那么真切，没有想象的余地，因为耽于幻想是令人尴尬的，至少在陪伴着一个对幻想不感兴趣的孩子的时候。为了保证自己不受任何干扰，有多少不间断的冲突！失去了独处和在内心王国自由驰骋的控制权……多大的代价啊。人们无休止地编织出各种文字与情感，力图打扮母亲的身份。可是，坦白地说，大部分日子里，为人之母是邋里邋遢，耗尽精力的。伺候人的角色。大段无聊的日子，麻烦得很。

她放下照片，拉上窗帘，有点磕磕绊绊地走过去开了灯。她脱下鞋子，衣服脱得只剩下衬裙，然后站在镜前。尽管很久都没有像现在这么苗条了，她的身段看起来还是显得矮胖。妈妈曾经因此而严责她自己，难以置信的是，同样的事情也发生在她身上。孩子让她变得人老珠黄。多少困惑，多少难受，多少羞辱和痛苦，简直觉得自己像个动物，经历这一切之后，她发现她生出了一个美得惊人的孩子——可孩子的美是用她的美换取的。

孩子出生之后的几个星期里，她一直盼着看到自己变苗条，如果不是变得消瘦的话。孩子生出来的那一瞬间，她深感震惊，觉得身体里面变得空洞洞的，然而，她的身段似乎是无限期地变粗了。身体各部分经过挪动，重新组合起来，无可挽救地变了。她的头发和眼睛失去了光彩。要是能看到自己的美貌遗传给孩子也好，可她连这样的安慰都没有。女儿的相貌是她父亲的。深肤色，轻盈敏捷，容貌精致。秀气，对称，无瑕疵。在那狂风暴雨般的孕期，她用自己的身体承载着女儿，而女儿好像拒绝承认母亲的功劳。他好像无需母性的帮助就制造了他们的后代，就像在希腊神话里一样。父亲和女儿是玩伴。他们俩都讲求实际，运动起来得心应手。对喜欢梦想的怪癖，他们退避三舍，嗤之以鼻。他们相亲相爱，完全不依赖她。

他们这会儿在干什么呢？在相互安慰吗？他们需要安慰吗？他是不是开始知道想念她了？女儿呢？（想起女儿来，总是会慢半拍。参加大英帝国博览会巡视的时候，把她留在家里差不多有一年。丢下她太容易了。）孩子长大了一些，你试图重新回归正常的生活，有时也能够做到，冥冥中感到有些危险，觉得把不应该丢失的东西放错了地方。在这样的状态下，很难当真去想尼斯的事。

她摘下珍珠项链，刷牙洗脸，往脸上涂了乳液，稍微洗了一下腋下，然后抹上一点玫瑰古龙水。妈妈：她是怎么做到的呢——还做得那么优雅？她的爱从何而来，那金色的光环？在维多利亚时代，像她那样衣食无忧的人，是不是比较容易让孩子罩在金色光环里呢？现代女性是不是因为太刻意要驾驭自己的生活而出错了呢？太刻意要满足自己？可是，妈妈总是留意观察生活中超然的事物，也得到了满足，这是没错的。

她在盥洗盆那儿把新的暖水袋灌满水，心里也知道水不够热，应该让他们送开水来，可还是拿着暖水袋，麻利地上了床，特别欣赏暖水袋的橡胶味儿。

让人心慌的悲伤涌上心头。那年的春夏之间，妈妈去世之后，她在阿什菲尔德日复一日，连续几个星期忙碌着的时候，也是这样悲从中来，心慌意乱。

在妈妈的遗物里偶然发现了一张她自己的照片——表情凝重，懂得悲痛的分量——她为之惊愕。这样的表情从何而来？她的童年是美妙的。不是吗？那么，如何解释照片上的那张脸呢？

她能够想起来的只有这个情景：她睡在自己小房间的床上，保姆看护着她。保姆的晚餐盘送上来了，有好吃的肉，说不定她也能吃上一点。他们的房子里静悄悄的，风吹过来，树叶哗啦啦地响，让人想起外面还有环绕着房子的花园。在壁炉时暗时明的火光中，她细细看着墙纸上不断上升的紫红色鸢尾花图案，看着看着，图案变形了，在微微发亮的火光中起舞，几乎成了动画。

真气人，她说不准这舒适的情景是在什么地方。可是——戴着皱褶边麻纱帽的保姆，会不会是年代错误呢？她想起来的其实是父亲去世不久的一个晚上，她躺在床上，想念保姆，而保姆早在多年前就回了自己在萨默塞特的家？再不然是母亲和姐姐去法国南部疗养，不在阿什菲尔德的那几个星期？如果她再努力一下，可以模模糊糊地回忆起那段放空了的时光，一个无比巨大的空洞——好像空间获得了新的维度。就像日常出入的房间里，冷不防没有了家具，一下子响起回声，变得陌生了。或许，妈妈已经从法国回来了，但这天晚上，她依然满怀悲痛，不知所措，跟任何人在一起都觉得累，于是早早就打发小女儿上床了？

痛苦中的心灵，有时会想入非非，钻牛角尖，这个女儿，已经是成年女性，想象着母亲的悲痛宛如墨滴入清水，在他们的房子里流淌，抑郁的暗色穿过她卧室的墙壁。

潜在的疑心告诉她，甚至在父亲生病之前，妈妈就郁郁寡欢了。

那么，抑郁是因何而起的呢？父亲有责任吗？他简直是崇拜你呢，亲爱的妈妈，可他远远没有你那么敏感。他早上离家去俱乐部，是不是走得太匆忙？在家里举行你并不喜欢的晚宴或者业余戏剧表演，决定做得太仓促了？作为爱人，他是不是太自以为是，没有察觉或者无法满足你内心深处的欲望？悲伤的起源，实在是太难确定了。

悲哀就是一片海洋，轻轻拍打着母亲腹中的婴儿，穿过最容易渗透的屏障，将婴儿的血管染成蓝色的隧道，是这样吗？悲哀由此而来吗？

那天，她凝视着照片上年幼的、满腹心事的自己，空气中充斥着压碎的玫瑰花的味道。她很可能会尖声叫喊，直至声嘶力竭。没过几天，他终于来看她了，心里想的是离婚。

24

夜间来客

凌晨两三点钟的时候，他还没睡着，敲门声让他竖起了耳朵。穿着羊毛睡袍，斜躺在狭窄的床上，他舒服地依偎在有西贝柳斯音乐和雪利酒的洞穴里。他等着敲门声再次响起，好确信这不是自己想象出来的。果然，有人在敲他的门。

他手忙脚乱地站起来，不知道是否要穿好衣服，他前所未有地，后悔自己喝得有点醉。他关掉留声机。他犹豫了。他没有大声问是谁。很可能是哪个可怜人失眠了，因为他那该诅咒的音乐，想来羞辱他一番。不可能是她，尽管他确信就是她。他将刚才用来喝酒的杯子放在写字台上，捡回拖鞋穿上，系好睡袍的腰带。他把毯子铺好，拍拍枕头，从扶手椅上抓起一件衬衣，扔进衣柜里面，还有一条毛巾，也扔进去了。

哈里害怕敲门的人放弃了，消失在离奇的黑暗之中，消失在宾馆夜里特有的，不可预测的黑暗中。他打开门。

特蕾莎。穿着紫红色的睡袍。有点不知所措。

“很抱歉，打扰你了。”她悄声说，“弄醒了你。真不可原谅。”

他也放低了声音。“我清醒着呢。你要进来吗？”

“如果你不介意的话。我觉得有些事情必须告诉你。”

多少天来，对她的朝思暮想弄得房间里的气氛很不安宁，现在把她请进房间了，状况变得诡异。他们面对面站在灯光下。

“你还好吗？”

她的头发梳好了，睡袍也很整齐，可她那副热切的模样像发烧了似的，也许是因为淡色的双眸在昏暗的灯影下异常闪烁不定。她用手摸了一下脸，然后双臂叠在胸前，半转过身，背对着他。

“唉，”她说，“太难了。隐姓埋名，日子真不好过。”

他想过去把大灯打开。

“别——别把灯都打开。落地灯显得更随和些。我肯定是一团糟。”她又把手放到脸上。

“不会，你很美，如果不介意我这样说的话。礼数不周，请原谅。你要不要坐下？想喝点什么吗？”

“不了，我不会待很久——不过，你坐吧。坐。”

此情此景，扶手椅显得太放松了，于是，他将写字台前的椅子朝她转过来，然后很不自在地坐下了，一边整理睡袍，把膝盖遮住。抬起头一看，她正在仔细打量他的房间。

“我有个女儿。”她突如其来地说，语气有些生硬。

“我知道。”

“你知道？”她呵呵一笑，有点紧张，“我反应真慢。那些报纸。”

“没错。”他承认道。

“这些人真是好管闲事。”

“是的——我们也一样。这是情不自禁的。”

一阵沉默,然后她弱弱地说:“就这样丢下她,你一定会觉得我这个母亲很糟糕。”

“不会的,生活复杂得很。我相信你这样做,有你的理由。我不认为任何人可以对你指手画脚。”

“我是不想你对我有不真实的看法。”

在颤动的灯光下,她是一个摇摇晃晃的幻影。哈里很想说些欣赏她的书的话,可是,提到她的书,还是有点微妙——就像还没搞清楚两个人私下交往的过去,就鼓励他们交谈一样。

他还没找到话说,她又接着说:“我觉得我天生就不适合做母亲。”她微微一笑,脸上阴影重叠。

“可是,肯定不是所有女人都天生适合做母亲。”他说,“我就不觉得我母亲是。”

“真的?”

哈里摇摇头。

“不好意思。”

他耸耸肩,把放在膝盖上的双手翻过来。片刻,他站起来。

“我的情况是,”她嘟嘟喃喃,颇为疑惑地说,“不去想她的话,心境会更加平和。你真的不觉得我很坏吗?”

他又摇摇头,向她靠近一点。“很感谢你把这一切告诉我。”他伸出一只手。

她拉着他的手,低下头。飞快的,一掠而过的亲吻。她的双手和双唇轻飘飘的,睡袍的袖子滑落到胳膊肘,露出双臂,手臂内侧倾斜的曲线在阴影里，他被深深地打动了。可是不知不觉间，他的手就好像浮在空中了。她后退一步。这试探性的接近，还有他白天的举动，尤其是抓住她肩膀的时候，双手能感觉到她的恐惧，这一切让他没有伸出手去拉住她。

“我要走了。再待久一点，我不知道能否信得过自己。”

“你知道我会喜欢的，如果你待久一点？如果你不能——可能不能——信得过自己的话。”

她粲然一笑。门关上了，特蕾莎走了，太快了。他的逃犯。灯光下，他还能看见她的身影，跳跃，走近，消失。她来过哈里的房间。

微醺的头脑里那张影影绰绰的网被扯掉了，一切都变得极其清晰透明。他不会再睡了，这是再清楚不过的了。连睡觉这个念头都让他觉得好笑。他这会儿是绝对的清醒，也不心烦。倘若说他有些不安的话，那是因为特蕾莎不断地在他眼前闪现。若即若离。他躺在床上，浮想联翩，就这样过了好几个小时，似梦非梦。天快亮的时候，他想到了瓦莱里娅。

他曾经觉得妻子很理想，含蓄而又很有激情，清醒而淡漠。就像她出生的城市一样，超凡入圣又不引人注目。像天鹅一样流畅地滑行在生存的水面，美丽高贵而不为人知。如果说她缺了些什么的话，也一定不是什么必不可少的东西。

可是，莫特雷克太太去世了。

不过，在那之前，当一切看起来都很正常的时候，即便她表露出她的忧愁，他会看得见吗？他的忧郁情绪在家里到处炫耀着，像孔雀的羽毛一样不加掩饰，她怎么会流露自己的忧郁呢？想起来都让他汗颜。

多年以前，她随口坦白说自己不幸福，假如她的不幸福超出了对吉亚科莫的不满，那么真正的起源是什么呢？

最后一次病重的时候，莫特雷克太太开始忧心忡忡，说起很多自己的童年往事。老人家十分渴望澄清“我小时候”的事情，可以说急切得有点狂热。瓦莱里娅通常不会承认自己心肠软，可是哈里看得出来，想到小时候的莫特雷克太太，她觉得很心酸，因为说起这些的时候，她的声音会有些哽咽。

“我试着帮她，”她说，“倾听，提问，但是她所寻求的安慰，我无法给她。我们从来没搞清楚是什么在困扰她。也许跟害怕马有关——或者是暴风雨——再不然就是某一次特别的暴风雨，惊吓了一些马。”

这很可能是他们最后一次像样的谈话了，安妮·莫特雷克死后，瓦莱里娅失去了谈话的意愿，什么都不愿意说。他想从中发现什么线索。难道老太太对童年念念不忘，促使瓦莱里娅反省自己的童年吗？他没有理由怀疑，妻子对自己小时候的回忆，会让她精神上严重失衡。婚后，瓦莱里娅去探望过一次父母。只有她姐姐来伦敦看过他们，两次。可能瓦莱里娅选择嫁给一个来自殖民地的人，还选择在伦敦生活，放弃了新近归属意大利的的里雅斯特，家里人觉得被她摈弃了。他们还可能对她卑微的生活感到失望。她像个甘心受折磨的勤奋女生，每个星期都给他们写长信，内容详细得令人钦佩。（哈里的父母每年会收到他两三封没有什么激情的信件。他心存无法去掉的过失感，想象着母亲在走廊上读他的信，午后黄铜色的阳光散发出桉树的香味，而父亲则在起居室的扶手椅里阴沉着脸，可能是想念他在农场干活的日子吧，那时小黄狗罗杰还在他身边——那条杂种狗现在早就死了，也没有别的狗取而代之。）

没错，她父亲的职业就是洞察痛苦而隐秘的人心。他在揣想，在童年的时候,家里有这样的知识,会不会滋生各种困难,产生躲藏的倾向。假如你接受了鬼的存在,难道不会更加容易遇见鬼吗?甚至幻想自己就是鬼?

他能想起来的另外一件事,就是发生在狂欢节的倒霉事。有一件漂亮的衣服,兴高采烈。不准奔跑,保证会听话。忘记了,不听话了。亵渎了母亲的手工。毁掉了漂亮的东西,两腿光光的,丢人现眼。可是,这肯定都很正常,不会造成什么伤害。不对,她在广场提起的不幸福,是她不能被吉亚科莫满足,或者是某种忧郁的冲动,带有一点情欲的意味,是年轻人对感情的尝试。哈里自己应该明白,他早就不年轻了,可还是不可原谅地沉浸在类似的郁闷中。他不想归罪于瓦莱里娅的童年。

实际上,最有吸引力的解释是,这是他的错。吉亚科莫未能满足她——可他也做不到。(他自己就是她忧郁的起源。看起来闪电是知道的,并且因此而责怪他。)如果哈里能够好歹成为一个作家,或者至少学会如何知足常乐,他们的生活会更加轻松。她也许会去画画。责备自己就能够避免责备她(隐藏在黑暗中的巨大诱惑),责备她爱上你根本无法与之竞争的爱人,背叛了你。是的,罪魁祸首必须是哈里的闷闷不乐,这情绪渗入了他们家里的每一个角落,就像墨水洒在最奢华、最容易被腐蚀的纸上。他的鸿篇巨制。

12 月 13 日星期一,大概早上八点钟的时候,他取出一张信纸,顶端印有一行文字:哈罗盖特水疗宾馆。他准备给妻子的第一个情人吉亚科莫写信。十三年前在斯佩齐咖啡厅,最后一次见到吉亚科莫的时候,他脸上的表情与其说是绝望,不如说是痛不欲生。他不知道如何能找到吉亚科莫的地址,甚至不知道这个人是否还健在,可是当黎明的曙光照进房间,这些都是可以将来再考虑的小问题。他写了一封本该多年前就写的信。然而,采取行动的时机,也会任性得难以捉摸,不可能的事情突然之间变成可能,甚至是必须。很长时间以来,哈里曾经在心里把吉亚科莫当作竞争者,或者至少是一个享有令他妒忌的经历的人。吉亚科莫跟他一样,有各种各样的机会,感觉她的手的压力,她面颊,或者嘴唇,或者脖子的温度,尽情闻着她的体香,端详她(坐在桌子对面,微微带点讥讽;静静地在房间角落里等着他;心无旁骛地在公园里穿行;睡眼惺忪地从沙发上站起来),看着她的身影神秘地晃动着,渐渐变得清晰——他因此而心生妒忌。现在,哈里似乎再也没有怨恨的必要了。

这是一封花了很长时间才写就的短信。他并不着急。他将瓦莱里娅逝世的消息告诉吉亚科莫。他说,对他多年之前的痛苦经历,他深感遗憾。他坦率地表示,他理解并同情,因为他也非常爱瓦莱里娅。他也被迫撒手,让她离去。

哈里封好信封,一边在想,不知道这封来自英格兰的信,会如何让他,吉亚科莫·彼特里,一位古典文学教师,感到吃惊。此时此刻,那人会不会正看着太阳泛着白光,从亚德里亚海边静谧的水湾缓缓升起?人过中年,神色略显憔悴,可是穿着讲究,无懈可击,双手插在黑色大衣口袋里。吸一口气,闻着带点说不出来的甜味的海腥味和最纯正的阿拉比卡咖啡味,从这些小事中获得乐趣,而这乐趣又令这些小事成为仿佛圣礼一样的大事,具有原始的力量,足以安抚欲望,至少是弱化它。哈里希望是这样。

最后，他迷迷糊糊地睡着了，走廊里早在几个小时前就响起了催眠般的脚步声。他跟一个客房女服务员说过，不要打扰他，因为一夜没睡，现在想小睡一会儿。

醒来时已经是下午两点十五分——体力恢复了，但是心里出现了经常会有的孩子气的苦恼，觉得被强行剥夺了权利，未能参与这个世界的某个关键进程。脑子里突然出现与特蕾莎三点钟的约会，他蹭地从床上坐起来，好像闹剧里的借尸还魂。他匆匆穿衣、剃须。他饿坏了，让人送咖啡和面包牛油上来。

他站在窗前吃着喝着，凝视着窗下那些让人引以为自豪的、富裕而低调的石头房子，还有更惹人注目的皇家水泵房的圆顶。透过玻璃窗，午后的景色看上去有些柔和，雾蒙蒙的。

来到楼下，他觉得可以察觉到大堂酒廊里发生了一些变化，可又不能确切说出来是什么。一切看起来跟往常差不多。他留意到扶手椅旁的桌子上有一份报纸，心里一下子警觉起来。然而，没时间去看了。或许他是不愿意知道报纸的内容罢了。

他向宾馆的女老板问好，她也跟他打了招呼。女老板的敏捷应对中，也许有过去所没有的小心谨慎。他以前就怀疑她是个精明人。

来到蒙彼利埃山，开始上坡的时候，他看见萨克斯手和鼓手在旁边的花园里，一起坐在一张长条靠背椅上，起劲地聊着。萨克斯手正长篇大论地说着，看见哈里便打住了。他向同伴示意有宾馆的客人，然后两个人一起招手微笑。尽管萨克斯手一直笑得跟老熟人似的——他以前就是这样朝哈里笑的，无疑是艺术家身份的表现——哈里还是感到担心。萨克斯手没戴帽子，苍白的耳朵看起来笨笨的，更让他显得十分年轻，容易受影响，尤其是在鼓手的身旁。而鼓手的姿势则让人觉得他是个傲慢的人。跟宾馆男子乐队一起在舞台上的时候，鼓手从来没有引起哈里的注意。他朝他们招招手，匆匆走开了。

他提前几分钟来到帝国咖啡厅对面的约会地点。她不在。她会来吗？这事儿是在她深夜造访之前安排的。他观察着对自己的穿戴很有信心的女士们从咖啡厅进进出出。神气的帽子，傲慢的皮草。气温还算宜人，不过时不时会刮起一阵冷风。他急忙扣上外套的纽扣。三点二十分，她还没来，他真的开始害怕她不会来了。他点了一支烟。天色渐暗。回忆起凌晨时分在他的房间里，她那若隐若现，撩人心绪的身影，想起那天搀扶她离开悬崖边上，她的重量压在他的胳膊上。

五分钟之后，他火急火燎地跑到史密斯书店。一个说话轻声细语的男孩在慢条斯理地买信纸和铅笔，哈里很不耐烦地在他身后等着。好不容易，哈里买了一份《泰晤士报》，然后一路小跑回到他的岗位。

没有特蕾莎。不管朝哪个方向看，都看不到她走过来。他看看天色，正是黄昏时分，每当这个时候，他通常会受到鼓舞，心绪舒展。今天不行。

报纸第十六版上，他找到了：《失踪的女小说家》。两千人参与了搜寻。他断断续续地读着，不时紧张地抬头张望，生怕一不小心错过了她。

文章描述了一幅生动的画面。浓雾。五十个警官带领志愿者和警犬组成的搜索队。新地角高地附近道路拥挤,有四百多辆车,还有很多摩托车,这里正是她的车被遗弃的现场。搜索了静塘。没找到小说家的痕迹。兴师动众,一无所获。

三点四十五分,蓝色的天空几乎被暮色遮盖了,特蕾莎才到。她的面颊红红的——是去过浴场了吗?还是因为知道了自己是一场令人叹为观止的大搜索的目标?

"真对不起。"

哈里向她伸出手,她匆匆握了一下。

"我还以为你不会来了。"假如不是因为了解她,他也许会纳闷她是不是喝醉了。

"我从浴场出来,在阅览室看见……那个。"她留意到他夹在腋下的报纸,"乱套了,全乱套了……"

"我知道。咱们到安静一点的地方去,好吗?"

她看上去神情恍惚,于是,他搀着她的胳膊,不过只是一小会儿。一旦踏上曲径,她的脚步就稳了。

"这里一大片地,"他没有勇气提起别的话题,"我相信足足有两百多英亩,在 1770 年通过立法专门留作所有人共享的公共草地。"

"啊?我根本没想到会惹出这么大的事,真的。"

"你当然没想到。怎么会呢?"

"我该怎么办?不能回去,不能就这样回去。"她的眼睛恍惚、动人,闪闪发亮,茫然不知所措,"这回彻底搞砸了。在这里,大家会不会开始……"

他们放慢了脚步,在开阔的空地上走着。暮色沉沉,雾气缭绕,公园绿地丝绒般柔软。哈里不想吓着她,没对她提起他凭直觉感到宾馆里有些不对劲。也没提他刚才所看到的，乐队队员之间显然是神情激动的对话，还有前些天偶尔听到的那番对话。

“我也不知道。也许最好考虑一下离开此地吧。”

“没错。”她脸上的神情依然是心不在焉。

“我们只要保持镇静，把整件事想清楚。”

“好好打算一下。”她说，“会没事儿的，是吧？”

公共草地周边亮起了街灯。低垂的天边已经可以看到月亮。尽管笼罩在薄雾中，月亮的形状依然相当清楚，哈里琢磨着是不是月圆了。即便不是满月，也只是差一点点——差在哪一边呢，是月圆在即，还是满月刚过？搞不明白，他有点心烦。“是的，不会有事儿的。然后……你会回到他身边吗？”他避免提到他们的女儿。

“我不能离婚。”

“哦，不能吗？你爱他？”他以前曾经问过，没有得到回答。他的目光停留在绕着云彩的月亮上。很久之前，父亲曾经教过他，这样的月亮叫凸月。但这是盈凸月，还是上弦月呢？

“离婚是错的。”她只说了这一句。然后，停顿一下之后，“我原来很有把握他会来。相信他会理解。可是，他过了这么久都没来，现在一切都失控了，一塌糊涂。”她瞟了他一眼，又望向别处，“我可以去其他地方待几天，清醒一下头脑。”天上开始飘起毛毛细雨。“说不定还能帮我重新开始写作。我今天又试了。什么都写不出来。而我必须——我真的必须挣钱养活自己，你不明白吗？”这个念头似乎让她很纠结。

“对自己要有耐心。”他说，一边忍受着极大的不耐烦，“不过，我确实觉得换个地方是明智的。想让我帮忙吗，也许帮你过问一下旅途的安排？”

"我不知道。我太紧张了。"

"爱丁堡……怎么样?"

"爱丁堡。应该不错。一个可以在那里销声匿迹的城市。不过,就这么突然离开,会让人觉得奇怪——好像逃跑似的。"

他也同意。他们俩都没穿雨衣,也没想到带雨伞,不过蒙蒙的湿气让人精神为之一振。他觉得,假如淋个浑身湿透会更好。"要不明天你告诉杰克曼太太,就说你收到一封信,请你去伦敦见一个亲戚,怎么样?那亲戚是个女的,出乎意料地从开普敦来了,或者诸如此类的故事吧。然后,第二天早上你就可以走了。"

"这样也许行。"

他们在沉默中又走了一会儿,她侧脸朝他微微一笑,心怀感激——可他感兴趣的不是感激之情。雾越来越浓,真的下起雨来。

"你要知道,我真的愿意帮你,只要是我能做到的。甚至,跟你一起走,如果你愿意的话。"

"看上去不会显得可疑吗?"

"我们不要一起走。我可以等一两天,之后再与你会合。这样也能给你点时间——安静地想一想。"

"你真好心。"她快速地接着说,"我要好好想想。"

他心里有点晕乎乎的。她会悄悄溜走,这想法让他不得安宁。就像在梦中,她变成了沙子,一个搂不住的女人。"我们下次怎么见面呢?"他绝望地问,"我是说,谈一谈。"

"我再到你房间,好吗?"她建议道,"晚一点?"

"好的。"他说,有点过于热切。可他也意识到需要保护她。"小心点,别让人看见。还有,可能你需要避开乐队的乐手。今天晚上,可以考虑在贝蒂茶屋吃晚饭。如果给杰克曼太太留言,说你有约会,他们不会担心的。也该轮到我和他们一起吃饭了。”

“他们会高兴的。你不在,他们一直很失望。他们将会十分震惊,你知道,在他们发现之后。”

“是啊。不过他们是热心人。我想他们会理解的。”

“你真的这样相信?”

这世界上没有几件事是他能确信的了。他点点头,同时意识到,他们走了一圈,快要回到帝国咖啡厅对面的街角了。路灯昏黄,朦朦胧胧,他看见她脸上的雨水闪闪发亮。他将手放到她的帽子边缘,接住一串即将滴下来的雨珠,她没拦着他。

他很不情愿地提议道:“你应该回去了。会着凉的。”

“是的。我必须好好想想。”

“*A ce soir, alors?*”①

“*A ce soir. Et merci.*”②

她走了,消失在湿漉漉的黑暗中,此时,哈里觉得与她相伴就像与大海相伴。柔软,强大。潜意识不容置疑地在告诉他,没有了她是不行的。大概二十分钟之后,回到宾馆的他已浑身湿透。

---

① 法语,意为“那就,晚上见”。

② 法语,意为“晚上见。谢谢”。

25

宁芙女神的悲歌

她来敲门之前,时间拉得出奇的长。回到自己房间之后,他感到无法看书了——假如还有特蕾莎的小说,那些轻松愉快,刻画有力的小说,也许会不一样,可他手头上其他作家的书不合适——他甚至连听音乐也不耐烦了。他从床底下拖出行李箱,打算收拾行李。当然,即便她同意了,让他陪她上什么地方去,他也已经承诺过,在她离开之后会在水疗宾馆多待一阵子,以免留下他们俩结伴出行的印象。尽管如此,他心里还是有些煎熬,想立刻做出离开的姿态,也好让自己确信,他们真的在一起做了出行计划。她似乎同意了,可是很明显,她当时慌了神,非常紧张。同时,她又是很果断的人。她还是希望与上校团聚。

为了让自己镇静下来,哈里想象自己与这个讨厌的家伙同在一个房间里。他就在那儿，懒散地靠在墙上，无忧无虑，有点傻。哈里招招手，让他靠近点。等他走近了，近得能听见哈里秘密的悄悄话的时候，哈里抽出一把灵巧的小刀，让他猝不及防。仅仅是拿刀对着他的脸，让他自鸣得意的表情消失。教训一下他，别以为自己那么无懈可击的，教他有点想象力。当然，哈里从来没有这样使用过武器，可这也不妨碍他在幻想中寻开心。他笑着打开了行李箱。

箱底有一小沓纸，他都忘记了。他蹲坐下来，凝神看了一会儿，然后把那叠纸取出来，拿到写字台上。

接下来，他在房间里四下看看，掂量一下其他行李。他把仅有的一点行李收集起来，都搁在床上。衣物。几张唱片。几本小说。一个手电筒（他外出总是带个手电筒，从来没用过，也不清楚指望着夜里用来照什么）。半瓶波特酒，还有一瓶快喝完的雪莉酒。一生的余产。他甚至突然想到，这些东西有可能成为一批遗物。东西摆在那里，全部都显得既无关痛痒，又有些凄凉，令人难堪地佐证了一个人的个性和需求。

他打起精神，不再浮想联翩，试着用不同方法将物件摆进行李箱。他这么做着，就像他设计出来的顺序有重大意义。他算计了一下，在宾馆剩下的日子里需要什么衣物，把这些拿出来，跟与特蕾莎会面回来之后换下来的湿了的衣物放在一起。裤子重新叠起来，挂在衣柜里的时候会更加熨帖一点。淋湿的外套搭在椅子上，他把椅子拖到离壁炉近一点的地方。在他的想象中，外套散发出一阵约克郡清新的雨味，这又让他看见特蕾莎苍白而光滑的脸。他整理了剃须用品。行李箱表明他是居无定所的，哈里头一回因此而满心欢喜，很想把箱子放在目光所及的地方。然而，摆在房间正中，行动都要绕着箱子，并不切实际。于是，他合上箱盖，没有系上带子，然后再次将箱子塞到床底下。瓦莱里娅去世之后,他漂泊四方,去过很多地方,还从来没有体验过这样迫切期待的心情,如此渴望着去冒险。

无所事事让等待变得更加费劲了。他胡思乱想起来。透过窗户,他盯着月亮看了很久,看着月亮不可避免地缓缓升起。当月亮不再被雾气遮挡,他可以确定,这是满月。十一点钟左右,又下起了小雨。大衣渐渐烤干了,散发出的湿气带着户外气息,让他依然能感觉到她苍白而强烈的存在。他很快就要离开的房间里,各种家私摆设像过去一样,有一种不自然的舒适和亲密感。然而他在想,不仅仅是宾馆和旅店里的,所有的家居摆设,都让人感到不安。就像旅行的随身物品一样,不过规模更大一点。装饰品是某种死亡象征,让人想起曾经将其收集起来,或者生活于其中的人。野心与追求那么赤裸裸的,那么鲜明而无望地缠绕着这些东西。

假如她没有在午夜出现,哈里不知道自己会做出什么事来。这次,她无须敲两次门。

她静悄悄地,很快就进来了。她比早些时更加沉着镇定。

"你还好吧?"

她点点头,就像孩子在表白自己的坦然淡定。

"贝蒂茶屋的东西好吃吗?"

"嗯。我可贪吃了。"

听到她胃口很好,哈里很高兴。"太好了。我刚刚得出结论,室内装饰让我感到郁闷。"

"哦?"

"嗨,我也不明白,就是觉得太麻烦了——**装饰布置**。算是一种消遣吧。用些漂亮的东西,尽量让我们自己觉得幸福……可总有一天,有人要费劲儿把这些东西全部丢掉。全部清场,然后重新开始。”

“你真是心理阴暗。我太喜欢各种室内陈设了。我花过很多时间来布置房子,开心得很。这是我最喜欢的消遣了。走进一间布置得很好的房子,你不觉得心情愉快吗?”

她自己就曾经描述过,收拾已故母亲房子里的东西是如何压抑,可她现在心有旁骛,而他当然也不希望谈论这件事。说他心理阴暗,他还挺高兴的。“你现在是多么实事求是啊。”

“过去可从来没有人指责我实事求是呢。”

“特蕾莎,昨天夜里,你跟我谈起你的女儿,今天夜里,我有更多的事情要告诉你。”

“这公平合理嘛。”

“这是剩下的故事——我的过去。”

“说吧。”

“也许你能坐下?”

她更加仔细地看看他,然后说了声:“好吧。”就按他说的做了。

他喜欢看着她在他的扶手椅里安顿好她那修长的身子。他移步到壁炉前的地毯,站在那里,面对着壁炉。

“我要告诉你的事,还有另一个人知道。沃恩先生——一个好人。”他清一下嗓子,“瓦莱里娅走后,”一开始,他的嗓音有些颤抖,说快了之后就好了,“我状态不好。也没怎么好好照顾自己。”他咽了一下口水,“我辞职了,几乎不出门。睡眠……成了问题。我不能就这样下去,是吧?”他转身面对她,她毫无表情地听着。她进来的时候,他把窗帘拉上了,可现在他盯着窗帘,仿佛月亮还挂在那里。“我去看医生,叫他给我开安眠药处方。他有点不放心地看着我。

我做出勃然大怒的样子，说假如再有一个不眠之夜，得不到休息，我会发疯的。他最终妥协了，把我要的处方给我了。我从药剂师那里拿到药，带着回家了。

“我把药装进一个木盒子，放在卧室梳妆台最下面的抽屉里，好多天都没动它。那个抽屉里有些瓦莱里娅夏天穿的衣服，上衣和裙子。有一件连衣裙，破旧得她认为只适合酷暑天气在家里穿。她的习惯是，冬天不需要的时候，就把薄的衣物放到最下面的抽屉里。不管怎么说吧，有一个礼拜左右，我没管那个木盒子，表现相当好。也许，这是我最后的努力，为了瓦莱里娅而做一个有品质的男人。或者是恰恰相反。也许我在努力拒绝她给我指的路。反正，我和瓦莱里娅的猫闪电一起坐在客厅里。猫的脾气越来越大——有一次它把我抓伤了，伤得挺厉害，我这儿还有伤疤呢——我努力使自己忘记跟夏天衣服放在一起的盒子，那些不会再有人穿的衣物。我避开卧室，睡在沙发上——我**就是**沙发。”壁炉的火噼啪响了一声，他们俩都略微一惊。“其实没什么可说的。有一天，我不再无视盒子的存在。我打开抽屉，挪开她柔软的旧连衣裙，把盒子取出来。我准备了一个托盘，把毒药放在盘子上，装了一杯水。东西都拿到客厅里。那里是犯罪现场。”他笑起来。

“后来呢？”

“不怕跟你说，我本来会做成的，可我被打断了。沃恩先生来了。”

“他救了你？”

“没错。但当时我无法这样看。我又搞砸了。连谋杀自己都做不到！”他尴尬地转过身，面对着炉火。他听到她站起身。

“哈里。”她的手在他胳臂上。他又转过身，两人对望，目光从来没有像现在这样没有拘束。玫瑰花的香味。“悲哀。”她一声叹息，深邃的双眸注满了悲哀，“我为你难过。”

她放下手，然而他依然感觉到她的温暖，就像第一天晚上他们一起跳舞的时候，就像他们亲吻的时候。现在没有亲吻，只有深情的凝视。他心里起了一个怪异的念头，幽灵就是这样拥抱的，贴近而不触碰。难道他们不是幽灵吗？她以假名行事，从她过去的生活里逃出来。他像流浪汉似的漂泊，过着死后的生活，在半麻醉状态下，却又无法忘却。然而，在两个耗尽精力的人之间，依然有一股能量在流动。从一开始就战战兢兢地存在的能量，渐渐增强，变成现在这股强劲的电流。真让人悲喜交加。他觉得害怕，觉得激动。特蕾莎嗓子里发出声音，貌似笑了一半又咽下去了，这声音使他的膝盖颤抖起来。然后，她挪开了身子。

“我告诉你，是因为我想你了解我，”他有点喘不过气地说，“而且能够理解，我为什么替你担心。我在你身上看到了我自己。”

过了一会儿，她若有所思地说：“有那么几次，也许特别有一次，我考虑过——那件事。当时我觉得，这可能是一条可行之路。你觉得我们是不是应该喝点儿酒？开始上饮酒课？”

“可不是嘛，没错。开始吧。”

忽然可以听到雨点落在屋顶的声音，她抬眼望去。

“下雨了。”他说，一边从瓶子里倒出最后一点雪莉酒。

“你整理了房间？”

“噢，简单整理一下，是的。改变单身汉的坏习惯。”他勇敢地微笑着。

她拿过酒杯，朝酒杯点点头，一边说：“我从来不喜欢失去控制。我足够自大，以为能靠自己清醒的头脑自娱自乐。自我陶醉是没问题的。我总是觉得自己战无不胜，这也许是亲爱的妈妈的错吧，我想。”她抿了一口酒，咳嗽一下，低下头。再开口时，她的声音是闷闷不乐的，“我们是不是错在相爱呢？悲哀是不是来自于爱呢？我最近一直在想，将爱强加于人，也许是一个过于沉重的负担——爱他们，我是说，然后期待任何回报。想到童年，我总是觉得极其幸福，可现在我在想，妈妈爱我，是不是爱得过分了。这样的爱，会不会要求太高了，孩子根本无法回报。还有，她一定知道，我也会渴望从别人那里得到同样的爱，而我会失去她的，最终。”

他思忖良久。“长大成人的过程中，我对爱没有特别的感觉。或者说，即使有也是相当浅显的。”他想起母亲严厉的态度，她没睡好的日子里，心情灰暗、沉默寡言的样子，她柠檬色的围裙。他帮母亲做果酱的时候，她非常偶然地跟他说几个笑话，从她儿时记忆中翻出来的，古老、淡淡的笑话，水果在糖里炖着，令人陶醉的气氛。他自问，母亲会不会希望有另一个孩子，可又觉得很可能不会的。他父亲也许会——带着一点自私，并不是特别当真。哈里觉得泪水在眼眶里打转，他使劲地深呼吸。“我嘛，从来没有觉得自己战无不胜，然而你我都遭受了磨难。再说瓦莱里娅，我觉得她是完美的，那么若无其事的样子。可你看……”

“可不是嘛。”特蕾莎沉吟道，“我在想，找到悲哀的根源，要追溯到多远呢。比方说，姥姥守寡之后，把妈妈给了她妹妹抚养，也就是我姨婆。我觉得，被送人了，离开自己真正的家，让妈妈有了心理阴影。可这就追溯得足够远了吗？是否还要看看上几代人呢？”

“解剖自己所有祖先的童年，一直追溯到……伊甸园？我明白你的意思，我也会这么做：试图对自己解释悲哀为何物。最近就在这么做，实际上我一直没停过，可这样的话，会凭空折磨自己。但另一方面,可能悲哀根本是没有理由的。看上去肯定是没有动机的,谁也不会从中得到什么,是吧?有什么逻辑?”他注意到她惴惴不安,在很快地把杯子里的酒喝完。

“假如悲哀根本就在我们的本性中呢?心痛。没什么真正的起源,于是也不可避免,或者不可逃避……”

“与生俱来?可我们必须相信,我们可以左右自己。”他说,“否则……”

“否则就无法忍受了。”每抿一口酒,她都微微做个苦脸,或者怪怪地微微一笑,“我失去了一切。母亲,丈夫。我不得不离开在极其无趣的郊区里的那所房子。我开车到了一个叫静塘的地方。在那里,你差点就做了的选择,就在我眼前。”

他抿了一口雪莉酒。“你比我坚强多了。一个有勇气,有胆量的女人。也许你真的是战无不胜,一个半神。你母亲没做错。”

“才不是呢。”她脸红了。他们倾听着雨声。“我本来不是这样的,像这样心里有什么就说出来,包括隐私——这很不符合我的性格。跟你聊天,实在是容易得让人不敢相信。”

“跟你在一起,我也有同感。说到这儿,你最好了解一下我最糟糕的一面。桌子上是我的巨著,总共十二页,全在这儿了。”他嘲弄地用拳头轻轻敲了一下那薄薄的一叠纸。“我想这会让你轻松起来,让你知道《蓝色列车》不是什么了不得的灾难。不过,我这么做也有自私的一面。我终于想给别人看了。我想给你看。我从来没有给瓦莱里娅看过。”她好像想说什么,他接着说:“即使你不喜欢,我依然爱你。我真的爱你。不要觉得你必须说点什么。我知道这情形……不同寻常。一切都那么突然,那么不靠谱。就像虚构出来的。”

她走到拉着窗帘的窗前。他觉得她的脚步有些摇晃。

“刚才看见月亮了吗?”她问。

“美极了。你累了吧?”

“或者是醉了。喝得烂醉的感觉,就是这样吗?你会以为……我也不知道。我感觉思路还没有平时那么模糊,不仅如此简直是变得太清晰了。今天夜里也许睡不着了。我害怕。觉得会发生什么不好的事情,有什么正在冲着我来。”

“你可以在这里躺一会儿。”她带着疑问望着他。“一切都绝对体面——理所当然的,我会坐在椅子上。”他们有点勉为其难地笑了。“如果你睡着了,我可以在天亮前把你叫醒,好让你有时间在其他人起床之前,回到自己的房间。”

她把酒喝完了。即便是在落地灯的影子里,他似乎也看到她的脸色绯红。“假如你睡着了,怎么办?”

“就失眠而言,我可是个一流的专家喔。”

“我也许会在这儿躺躺的。假如你确实不在意的话——就躺一会儿。不知为什么,想到要一个人待着,就有点紧张。”

她在床上安顿好自己的时候,他关了灯,只留下写字台上的台灯。他坐在扶手椅里。他的双手在发抖。

“你决定要上哪儿去了吗?”

“我不停地想,可还是不能作出决定。”

“嗯,明天还有时间。”他不太有把握地说。

“我清醒得很呢。”

他笑了。“跟我说点什么吧。”

“妈妈鼓励我到达特穆尔一个旅馆去住,看能不能在那里完成我第一部小说。还真行。”

“爱丁堡可能也行。对《蓝色列车》而言。”

她夸张地哼唧起来。“你太讨厌了,哪壶不开提哪壶。”可她又接着说,“火车的幻觉让我心烦。就像真的一样,令人不寒而栗,心累得很。我坐在一节车厢里,我沿着过道走下去,进了餐车。假如我能看见我那些人物,他们也只是坐在那里,盯着我看,眼神平静得可恶。凯瑟琳……”

“凯瑟琳?”她迟疑的时候,他问道,“她是什么样的?”

“噢,已经不太年轻了,不是抢眼的美女,可她也有可取之处——中年妇女那种。你会喜欢她的。灰色的眼睛。身材相当不错。很有英国味儿,头脑冷静,很有决断。可她就是什么都不做。真是烦人!”

“那么……那个小个子比利时人[31],他会在这本书出现吗?”

一阵静默。他出错了吗?他觉得她在强忍笑脸。

“你看过我的书。”

“我坦白,看过的。”

“你喜欢他吗?”

“非常喜欢——让人觉得像个虚荣很重心的喜剧人物,一个无关紧要的人,其实呢,机敏得像把利刃。他挺好玩儿的。”

“哦……谢谢你。”

“拿起你的书,就舍不得放下。”

“嗯。哈里,好些年前,我去过一次澳大利亚。在一个新的国家,山峦树木总会引起我的注意。在那里,无论是山还是树,都跟我想象的不一样。那些白色树干的桉树仿佛是……反过来了。就像底片上的树。”

“是啊,”哈里有些意外,说,“树的魂。”

"有一天,我们瞥见远处低矮的群山,蓝山。那些山实在不像我们这里的远山,灰蓝色的——而是真正的蓝色,钴蓝色。澳大利亚真令人难以忘怀。"

"是的,确实难忘。"

长久的静默。想着她要睡着了,他体会着房间里变化了的气氛,下个不停的雨,还有酒,酒的味道一开始很淡:凉凉的,带点柠檬味,然后在嘴里含着,能感到酒精的热,还有丰满的烤核桃味,带点木香、焦糖和咸味儿。

他听到一点动静。有那么片刻,他有些恍惚,看来他一定是打瞌睡了。特蕾莎在哭泣。"亲爱的,"她轻声说着,"妈妈,亲爱的。"

他清醒过来,走过去,跪在床边。她的脸朝着另一边。"特蕾莎,我……我在这儿呢。"他轻抚她的头发。她浑身发热。玫瑰香味,微微有点辛辣。

"亲爱的,噢,上帝,亲爱的……"

"亲爱的"是她母亲,不包括他,这让他痛苦。可他继续抚摸她的头发,她慢慢停止了哭泣。她的脖子从他的毯子里露出来,显得无比单纯脆弱,就像打开了的胳肢窝。他真想摸摸她脉搏的颤动,在更强的光线下,找到皮肤上几乎无法看见的皱纹,用自己的大拇指将皱纹抚平。她转过脸来,她的呼吸还没恢复平稳。

"你不害怕感情。"她用泪汪汪的眼睛打量着他,"你让我想起一些事,想起我自己。事情弄得一团糟。可你那么温柔体贴。"

"我过去也害怕感情。而且我并非从来都……那么好心。"

“你对我好。你现在是个好心人。相信我，我看人很准，通常是吧。哈里，发生在瓦莱里娅身上的事儿，我真的很难过。还有后来那些事。”

“自从遇到你，”——他继续抚摸着她的头发——“我更加有活力了。简直觉得自己破碎了的那些部分，开始重新粘起来了。”

特蕾莎微笑了，在他的抚摸下，她镇静下来。他觉得自己似乎能够抚慰她，而过去他却无法这样抚慰瓦莱里娅。是因为特蕾莎的痛苦反映了他的痛苦，是因为特蕾莎选择了将痛苦展示在他眼前，还是因为他终于能够分担他所爱的女人心中的悲痛了。哈里不能确定。

“咱们不能考虑一下尼斯吗，真的？”

他心跳加剧，等待她的回答——不过，同时也有那么一点假戏真做，开玩笑的意味，无牵无挂地串通一气。

“或者咱们干脆溜之大吉。匆匆逃走。那真是太好了。”

她的眼睛闪闪发亮，说不清是因为高兴，还是再次泪眼婆娑。

“我们就这么做，行吗？甩开他们。”

“你是知道的，我不完全是虚张声势，吓唬人的。”

“我知道。”

“我这回可是大大出丑了。弄出那么多戏剧性的新闻，这是我绝不愿意的。”

“别担心。爱丁堡之后——等我们住在尼斯了——这些戏剧场面就跟我们八竿子打不着了。根本不必在乎。”

她表情严肃起来。“我在尼斯能做个好母亲吗？”

说什么好呢？他根本不知道如何去做称职的父母。他自己连一个丈夫、一个没有孩子的成年人，都没做好。她在盘算着跟他一起生活吗？“我们的家会充满温馨……我会想尽办法帮你的。”

“也许，在那里，爱她会更加容易。”

“没错，因为我们会非常幸福。特蕾莎？”

“嗯？”

“瓦莱里娅做过的事，你连想都不会想的，绝对不会——在尼斯不会的，是吗？我的意思是，咱们俩谁都不会单独做出那样的决定。当然咯，应该没有这个问题，因为我们会那么幸福，可是……万一因为任何原因，情况不是那样，万一到了那一步，到了卡萨布兰卡的地步，我们会一起做的，是吗？你能答应我吗？就像你所描述的，在气候炎热的一天，游向大海。重要的是，我们绝不会丢下对方不管的，是吗，**亲爱的**？”一声“亲爱的”，对他来说是奢侈的，可他还是让自己说出来了，心里知道，也许再也没有机会了。她眨了眨眼。或许他说得太多了，可为了避开某种黑暗的预感，他似乎必须说下去。而且，他想向她做出毫不含糊的表示。他能感觉到，只有真正的，超乎寻常的爱，才能抚慰她。

她说：“我答应你。”然后接着说，“现在我把离家出走那天夜里的事情告诉你吧。我要把我的证词说给你听。”她稍稍一笑，“说完了，也许我会睡着的，假如你待在我身边。”她拉住一直在抚摸她的手，与哈里五指相扣。“这儿是不是给那只调皮的猫抓伤的？”她轻抚他手掌上凸起来的细小疤痕，然后松开了手。“我一向喜欢狗。狗对你的爱是绝对的。”

哈里把椅子搬过来，坐在她身旁。坐在那儿听她说话，感觉真好。终于，她安静下来了。

他一直在告诉自己，他醒着。

他和特蕾莎在两列对开的火车上，相遇之际，火车慢下来，于是他可以清晰地,心痛欲裂地看到她那张自己心爱的迷惘的脸。

拂晓。哨兵睡着了。他像被电击了一般清醒过来,浑身抽搐,就像一条鱼发现自己已被拽紧的钓鱼线拖向末日。回想起来,瓦莱里娅死后,他经常这样惊醒,只不过,那时候他好像还没碰到睡眠的边缘就醒来了。刚才这一觉睡得很长。最后一个记忆清晰的梦里有各种房子的碎片,有些是父母的农场修改而成的,奇形怪状的楼梯紧靠着好像壁橱一样的从来不存在的房间。

他蜷曲着身子,浑身酸疼。他坐起来,床是空的。他伸个懒腰,体会着扭曲了一夜所造成的种种敏感刺激在身上释放。还有非同寻常的、非理性的活力。他对她的渴望。

他站起来,四处看看。他的巨著从写字台上消失了。他让自己放心,踏上征途之前,充满疑虑,有一种赤裸裸的感觉,是正常的。

26

第一天

伯克郡

阿奇[32]没回家。她等到很晚，他还是没回家。他选择与那个姑娘在一起。答应了再试试之后，长时间思考掂量之后，他要的是另一个女人，一个姑娘，一个不一样的家。

阿加莎离开了那所房子，留下了结婚戒指，留下了孩子，开车走了。

她唯一的打算是寻找安静的去处，好在那里随心所欲。她知道自己十分反常，浑身上下软绵绵地往下坠，感觉被人调戏了，虚弱不堪。逻辑脱轨了，筋疲力尽却又睡不着觉。可是，几个星期以来，头一次出现了这样的可能：心脏惶恐不安的颤动也许减弱了一点，原来有耳部感染的凶兆，现在好转了。在静塘边上，她坐在翘鼻子的莫里斯·考利车里，乡间浓浓的夜色强有力地吸着她的车，磁铁般的吸力，带着收割机似的向心力。

精力恢复了，又知道该去做什么，这简直是不可思议。她下车去看看这里的湖，以前还从未停下来看过。

微弱的月光下，四处黑乎乎的。静水散发出的味道，莫名其妙地让她觉得很熟悉。甜甜的，接近腐烂的味道，然而有很浓的植物味，并不让人反感。

有两个水塘，她经过小一点那个，向大水塘走去。水塘周围环绕着黄杨树，还有铺满落叶的小路。眼睛慢慢适应了黑暗的夜色，一棵紫杉树露在外面的根茎让她吃了一惊，好像是一张厚重狂乱的图标，绘制的是各种纠缠不清的念头。

她退回静塘边上。水面平静得宛如一面镜了。如此独特的静谧，是因为水面完全静止不动吗？这自然形成的湖水在这个地区有异乎寻常的深度和名望，产生了一段有关约翰王子与伐木人之女的民间传说。据说那个少女在此沐浴的时候，遇到约翰王子，他逼得她退到深水里，淹死了，而她的鬼魂会在午夜出现。可能差不多就是这个时候吧。

可这里没有少女的踪迹。浑浊的气味渐渐变得有点像糖浆似的，在这种气味之外，或者是混杂在这气味里，她幻想着能分辨出海草的气味，甚至能在水面上看见斑斑点点的海草，翠绿葱茏。

时空断裂，好像她刚刚陷入了短暂虚渺的睡眠。这是一种让人困惑的感觉，片刻之间，她不知道被困在了什么样的黑暗丛林里。在哪儿？为什么？她是怎么迷路的？她的罪过是什么？越来越微弱的月光几乎照不到水面，小水塘是如此平静，就像一面没有瑕疵的珍珠色丝绸。一只清澈的眼睛，没有虹膜，空白的，却不会看不见东西。她长久地、深深地凝视这只眼睛。

她被无限的广漠，被恐惧所淹没。她退缩了，绊了一下。

她朝着莫里斯车一路小跑。她在哪里？又是如何迷失的？

因为没有按丈夫要求的那样去爱他吗？因为只顾为妈妈伤心，让自己变得枯燥无趣，失去光彩吗？正因为如此，她必须踏上赎罪之旅。这是怎样的磨难啊，下地狱一样，而且是在这个时候！她安安逸逸的，就像一只备受宠爱的宠物在舒适的家庭避风港里，以为自己的婚姻安全可靠。就在此时，三十六岁的她，很可能刚刚过了半辈子，被抛弃了，失去了生活中所有的常规和善意。

可是，再回到车上去也没有意义，因为她不知道要上哪儿去。她还不准备再次被困在车里面。她还需要逗留在外面。在这个温和的冬夜，穿着皮毛外套，她不觉得冷，这是那种各种天气都用得着的外套。有这么一件外套，事情能糟糕到哪里去？

她又回到吸引她的那个大水塘。星星，明亮永恒。没有风，空气纹丝不动。她心中的恐惧似乎渐渐消退了。虽然很奇怪，但在树林里一条幽暗的小道上，她有一种迫切的愿望，想躺倒在黄杨树的荫蔽下。然而，假如睡着了，会不会遇到枪手呢？她没有选择。要是不休息一会儿的话，她会崩溃的。她坐下，然后平躺下去，头放在一棵树下，裹着皮毛外套，就像被一只皮毛光滑，懒散的动物盘绕着。盘绕着她的，还有死亡的可能性。

那颗珍珠一样的大眼珠子在守护着她。要是她愿意的话，可以再次凝视那只眼睛，被水的磁力所吸引，漂向生命的结局。结局会是她自己亲手写就的。她要亲手为自己的肉体画一个句号。

要做成一件事，意味着谋划。知道可以这样做，然后作出决定，把事情做成。这个决定为什么那么令人心寒？就像屈服于强烈得惊心动魄的欲望，或者欲望的反面。无欲无求。

然而，她并非无欲无求。在黄杨树下醒来，哪儿都不疼，也不冷，除了双脚。她没有梦见枪手。发现自己睡在树下，她既感到奇怪，也觉得很自然，就像捡起弹了半截的熟悉的钢琴曲。她站起来，有点僵硬，骨头有点嘎吱响，可她觉得状态比以前好了。没有那么伤痕累累的，没有那么飘忽。在暗夜里无拘无束的，她的心更加坚定了。一个小动物在她身旁动弹了一下，她也没有吓一跳。一只小鸟婉转地叫了一两声。会是夜莺吗？把手表放到脸前看看，好像已经五点二十五分了，真是离奇。睡了好几个小时，她有说不出的感激，终于得到了暂时的缓解，有了短暂的歇息。

星期六。

她能意识到静静的水中有深沉的宁静，像缎子一样的水随时欢迎她。是的——可是。

可是不行。

不，不是现在。

现在——不行。

她失去了一切，然而，还有很多事情让她如饥似渴。到能看到风景的高处去，这个念头在心里扎了根。是妈妈的魂灵来引导她了吗？还是上帝？她无法察觉上帝的所在，可是，在她钻进莫里斯车那会儿，这不是什么太要紧的事。

她头脑清醒，十分娴熟地倒车，开回新地角。她要拐入凌驾在北部丘陵上的有利地形。她在夜里开车已经十分流畅了。

来到新地角，停下车，周围一个人都没有。

她步入生机勃勃的黑暗中，站在那里，凝视远处向下倾斜的丘陵，回想起托基湾大酒店套间的窗外，大海波涛涌动的黑暗。她在那里度过了初为人妻的第一夜，开始了婚后生活的旅途。

这么多年之后，看着眼前的景色，倾斜的土地显得越来越坚实，天穹越来越高，越来越轻柔虚幻，她说不清楚自己是在继续着一段旅途，还是结束了一段旅途，正在开始新的征程。

起风了，带着土地清新气息的阵风。心中微光闪现：一股热望，如果不是欢乐的话。游移不定的灵感。她过去从来不太相信这里是真正的乡村地带，尽管她不得不承认，这地方有些特别。不久前，她带着彼得到这里来散步——但愿狗狗这会儿不要坐卧不安——她们曾经沿着那条小路漫步而下。小路经过一个不大的采石场。

她开始踏着上次的足迹，小心翼翼地向采石场走下去。在这个场合穿这样的鞋，有点荒唐，不太合适，然而，她怎么知道会发生什么，该如何着装呢？终于，白垩矿场展现在眼前。彼得曾经在边上的矮树丛中到处嗅，不知道这是什么地方。

也许，这样能让丈夫回到她身边。让他看到她的爱是无边的浪漫,她简直不能相信他居然没能看到。没有野心抱负,总是计较某件事是否幻想多于合情合理,这样你就窒息了。能有机会挽救你的,可能正是这种匪夷所思的骗局。

奇怪的,苍白的冷光。

从采石场走上山,唉,又回到莫里斯车旁了。她不是在抱怨。

可是车启动不了。必须启动啊!

六点过十分,晨光微颤,时间有些紧迫了,尽管冬天的日出姗姗来迟,还有一段距离呢。她爬下车,手忙脚乱地摆弄着曲柄。没用。而且,穿着皮毛外套干活,又热又碍手碍脚的。她脱掉外套,在车里摆好,就像一具孩子的尸体。一阵风吹过来,她知道自己在冒汗。嗓子也是干的。能有一杯水就好了,要是有一个加仑的奶茶,让她干什么都行。再用曲柄使劲折腾一番,接着——就在绝望可能会让情况恶化的时候——听到一个男人的声音。

"车遇到麻烦了吗,太太?我能帮上忙吗?"

惊愕之余,她一下子愣了,打了个哆嗦。

一个骑自行车的男子。看上去不凶。结实,健壮。一张年轻冷静的脸。很可能是农场工人。她的心渐渐变得理智了。她明白,他的到来纯属偶然。

"噢,你能帮我把车启动了吗?"开口说话感觉怪怪的,仿佛她好多年前就不说话了。她微笑着,试图营造友善的,稀松平常的气氛,"实在是太感谢了。"

六点二十分。他转眼间就弄好了,正在戴帽子,再次骑上自行车。

“谢谢了，太谢谢你了。”人真的可以是这么好的——她感动了，有点不够谨慎。他很可能在想入非非。天没亮，一个女人孤零零地，等等。哈。

她尽量严肃地与他道别，然后上车开走了，因为她不能让他留意到她。朝吉尔福德开了几分钟之后，她马上掉头，又回到新地角。到了之后，她仔细观察，确保周围没有人。一个人都没有。

她的感觉极其警醒，每个动作必须真实、高效。马达的响声似乎很大，车前灯亮得似乎过分了。她小心翼翼地开下经过采石场的小路。路有些颠簸，她气都喘不过来。车前灯照到了泛出白光的采石场，然后，莫里斯车的车头朝着裸露出来、好像烧白了的白垩岩。她停下车。

她松开刹车，放空挡，然后下了车。拿出装着她所有钱的手提包，她根本就没有想到要过穷日子。她的鞋子滑了一下，又踩住了。她踉跄一下，站稳了。双肩和背部紧紧抵住车的重量，她全力以赴，使劲推。右肩膀周围的肌肉或者筋腱出了点毛病，不过不用担心。她觉得自己非常轻，一阵风都能吹走，同时又无比强壮。书写自己命运的狂喜！车滑动着走完最后一段距离，到了曾经让彼得专心致志的灌木丛，挂在那儿了。她等待着。车就停在边缘，一头完美华丽的野兽。注意力全部集中在辛苦的体力活，居然能让你恢复元气，太让人惊叹了。

差二十分钟到七点。既然看着所做的甚好，差不多是时候放松休息，心满意足地好好看看她的杰作了。她钦佩自己的冒失。她做得很辛苦，第一印象是，结果令人愉悦。在第七日安息，很不错。对细节的安排，她很有些骄傲。车前灯还亮着。留在车上的物件：化妆盒，过期驾照（在目前的情况下，标志身份的文件让她觉得有点古怪），外套。她不冷，而一件遗弃了的外套会更加煽情，暗示着脆弱。而实际上，她并非过分的娇弱，不是吗？水塘边上那一觉，简直是有魔力的。我们所需的其实并不多。

于是：

人们会做出什么揣测呢？好吧，莫里斯车失控了，因为她那么疲倦，那么心烦意乱，等等。然后她出了意外。撞到脑袋了？之后，她下了车，接着——分不清东南西北，甚至不太知道自己是谁……没错，得了失忆症，她走向夜色，漫步在丘陵地带，外套也没穿。那地方什么都可能发生。再不然，有人几个小时之前就把她干掉了，大概是她在静塘边上躺下的时候吧，然后把她可怜的莫里斯车弄成这样，装着出了事故的样子。诸如此类的。他们当然不会找到尸体的。可是，到那个时候，应该已经形成了最初的印象，这印象是必需的。她不会让他难受太久，不过是想唤醒他。她很快会寄出一封信，也许就在今天，给她丈夫的兄弟，他挺看重她，而且有正义感。一旦决定了到哪里去，她就会让他知道。然后她会给丈夫写信。用不了多久，他就会来找她，担心、后悔，重新回想起他们的爱情，急得快神经病了。大概是这样吧。然后重新开始。

最后一次回头看看，是不是该做的都做好了。不舍地与她的莫里斯告别,不是永别——尽管生活告诉你,美的事物只是以最不牢靠的方式属于你。阿加莎无法判断,她所设的谜是天才的,还是有缺陷的。从来就无从判断。她必须相信,直觉是忠诚的指南针,而且她所做的都是完全隐秘的。白垩采石场诡异地发着亮光,她不能让自己因此而分心。她会生病吗?不,她想不会的。现在,她必须走下去,下山去。她需要这有分量的流动的感觉,向下的轻松感。

徒步出发,走在沾满露水的田野,好像在中世纪一样。小路两边的黄杨树让她觉得受到了保护。没穿外套,她还是不觉得冷。这是一个温和的早晨,甚至有点暖意,土地和植物的气息不如春天那么丰满,但是依然十分诱人。向前走,向下,向下。之前一切都那么困顿,一团糟,现在她终于在路上了。天空是不是呈现出淡淡的乳白色荧光?前面的小路上苔藓片片,突然她的手捧着一朵蓟花。太阳照过来的时候,这些花会是一片耀眼的紫色。

第一爿房屋,她在一条巷子尽头向右转,她看到这条巷子叫水巷,望字止渴。她知道如何从这里穿过奥尔伯里,到奇尔沃斯火车站。不会太远的。能在伦敦消失一会儿,在滑铁卢的自助餐厅一边喝茶,一边盘算下一个目的地,能登上一辆火车,带她穿越宁静而绚丽的朝霞,那该是多么令人如释重负啊!在那一刻,她的头脑无比清晰:她必须冲破一堵墙——进入一个更加有弹性的空间。

27

第十二天

特蕾莎有一种愈发强烈的预感:决定性的事件就要来临。她半睡半醒地观察着已经有点透亮的黑暗:太阳还没升起来,不过也快了。她想起来梦见了沙漠,梦见光秃秃的荒凉的大地,同时也有一种神秘的魅力,性感迷人。她明白自己身在何处了。她第一个本能反应就是寻找哈里,她只需向左边转过头去,就能找到他。他离得很近。他垂头弯腰地坐在椅子里,身子弯曲得脑袋都靠在床上了,就在她胸前。她可以用手指捋一下他掺杂着银丝的深褐色头发。可是,她知道——就像妈妈细察房间里的氛围,就会知道是怎么回事儿——他们的**历险**(要是如此离奇脆弱的事情可以贴上这样的标签的话),已经接近尾声。事态发展的方向已定。爱丁堡为时已晚,更不要说尼斯了。尼斯从一开始就为时已晚。

她所逃离的噩梦，还有真正的姓名，正在回归。她张开嘴贴在他的棉枕上，吸入枕头上极淡的香水味、皮肤和呼吸留下的甜味、残存的烟味。她一下子被转瞬即逝的幸福感所淹没，而这几乎比她所逃离的噩梦更加糟糕。那个时候，她在偏僻的伯克郡，是个筋疲力尽、失去宠爱的梦游者。现在，她重新振作起来，很容易被柔情所打动。不去伸手触碰他，令她柔肠寸断。

她迫使自己站起来，身心的一部分依旧安然留在低矮的床上，她的秘密情人还在床边熟睡。一个女子正在站起来的身影，停下来，一只手在他脸旁，薄若轻纱。宛如幻象。

她的目光落在写字台上，她记起等待在阴影中的纸张。作家很怕这类事情，可他的手稿不一样，不是强加给她的负担。实际上，带走他一点东西，能让她更容易离开这个房间。最后的犹豫。感觉到危险在逼近，隐姓埋名的最后一点时间，正在令人恐惧地一分一秒地流逝，她走了。

回到自己的房间，她告诫自己，要保持镇静。她需要的是举止正常。穿好衣服，她下了楼。她从大厅衣帽台上拿了几份报纸，走进餐厅，想早点吃早餐。没有杰克曼夫妇，很好。她用水煮鸡蛋、香肠和黑布丁给自己增添能量，一边轻轻地翻着《每日邮报》。

一位退役警察表示，考虑到失踪小说家的天分，她的头脑应该是超级灵活的。她端着茶杯，笑了，觉得挺有趣。有计划让潜水员搜索新地角附近的水塘，她没有认真看，转而看起《泰晤士报》来。更多关于潜水员和“不留死角的搜索”的新闻。

看到下面的故事，她心里一怔，也是关于一个失踪的女人，另外一个，一个刚刚二十岁的学生。对这个女人的描述吸引了她。一个敏感的姑娘，两年前父亲去世了，她深受打击，以至于健康受到损害。她的鼻子有点翘,经常脸色苍白。她的内衣裤上有她的名字——这个细节特别让人心生爱意,然而搞得众人皆知,该多难为情——她失踪的时候拿着一个黄色的皮包,里面有切尔西图书馆的收据。对这个姑娘,你肯定会有不祥之感,而且还是特别暗淡的那种感觉。可是,不要心烦。再来一点烤面包和果酱,酸甜的樱桃果酱,再看看这儿,疗养胜地的天气预报。哈罗盖特:雾,转小雨。全国的天气,总体上是变化无常。真让人高兴。

她乘电梯上楼,去取她从图书馆借的书。一旦把书都拿走,床头柜看上去少了点什么。女儿的照片映入眼帘。漂亮。

她侧耳倾听,看有没有哈里的音乐。当然不会有,太早了。楼板是不是响了一下?他起来走动了吗?趁着尚未做出上楼找他的决定,她冲出门外,下楼,穿过大堂酒廊,出了宾馆。整个行动结束了,没有人强行拦住她,要跟她说话。

她在哈罗盖特镇的街上度过了一段安静的时光,她开始喜欢上这个地方了。然而,空气仿佛变了,让人感觉呼吸起来有点困难。她在这里所熟悉的隐身生活受到了侵害。

她把书还给图书馆,没有再借。她在弯道花园的长靠背椅上坐了一会儿。天空阴云密布,预示着更多雨雾天气,可并不冷。在这个季节,这已经算很暖和了。她穿过溪谷公园,路过洼地上一口口奇奇怪怪的水井。她放慢脚步,观察着小溪上的天鹅。

午餐是一个苹果和一块松饼,她一边吃一边在詹姆斯街上闲逛,让橱窗里的陈设给吸引住了。发光的珠宝,暖色的地毯。她突发奇想买了《天使永远守护你》的活页乐谱,准备送给博莱索先生,那天晚上她在冬季花园舞厅唱歌的时候,钢琴伴奏的就是他。守护天使,这想法真好。三点钟前,她来到水疗中心,躺在按摩师手下。

那个女人向她报告,她背上的毛病改善了很多。

“我好几天都没感觉到神经炎的疼了。”她想起来了,“就是胳臂还有一点点不舒服。治疗起作用了,肯定是的。恐怕胃口也恢复了,我体重增加了。”

“你身材很好嘛。要是吃得不好,太太,还有什么可以享受的呢?”按摩师身材健硕,丰满的身段很匀称,一双让人昏昏欲睡的妙手肌肉发达。

“可不是吗,”特蕾莎说,“还有什么呢?”

为了填满最后剩下的每一刻,堵住可能出现的空隙——不去想象即将发生的事情,不到哈里那儿去——她躺在浴盆里吃苹果。她一向觉得,这是一个消磨时光或者策划犯罪现场的好方法。可是,三个苹果吃完了,她的手只好按住浴盆弯弯的搪瓷边缘,思路无法集中,而且妈妈不在了。

妈妈已经不能与她栖居此岸,共同生活,这是必须认真想明白的事实。这事儿不断在脑子里循环。

她自我拯救的方法,就是想象彼得就在眼前。以前洗澡的时候,彼得曾经无数次陪伴着她,随便就能想起它的样子。她看见他结实的小身子,高贵的眼睛。水池是涨落不定的雨水形成的,他宁可她不要在那讨厌的水池里无所事事地待着。彼得守候在门边,以保护她为己任。没说的,狗最讨人喜欢的是它们不会自我怀疑,这太令人惊奇了。这是怎么做到的——那么毫无保留地拥抱生活?彼得慢慢走过来,用鼻子拱拱她的手。我亲爱的,忠诚的彼得。它能迁就女主人的奇思异想、古怪癖好，总是知道如何轻轻地将她拉回现实中。她的小东西，她的孩子。

泡澡之后，她去查看有没有信件或者留言。什么都没有，可红头发女子好奇地看了她一眼。

特蕾莎跟一位罗伯森太太聊起来，她是哈罗盖特镇上的人。知道罗伯森太太跟女艺人关系不错，她以前曾经回避她。特蕾莎跟杰克曼夫妇一样，对硬生生地被娱乐没多大兴趣。她得知，当天晚上水疗宾馆有一批人要去美景宾馆参加舞会。带着宿命感，她宣布她也许会跟他们一起去。她其实不应该在公共场所嬉戏玩耍的，可她觉得无忧无虑，很超然。还能有什么损失呢？夜色已经降临。

在阅览室外面的大厅里，她听到哈里的声音。他一定是刚刚散步回来。没等听清楚哈里在说什么，她就赶紧推开门，进了阅览室。

杰克曼先生在里面，就他一个人。她可能很快就要走了，也许能让他有个思想准备吧。

“嗨，特蕾莎。过得怎么样？”他把报纸放到一边。

站在火烧得正旺的壁炉旁，非常暖和。“还好吧，我想。”

“请坐。亨丽埃塔去约克玩，丢下我不管了。报纸我也看烦了。”他目不转睛地盯着她。

“我看着也烦。这屋里真舒服。”她很赞赏这里结实的书架和扶手椅，宽敞的玻璃窗非常壮观地展示着有些模糊的冬夜，仿佛夜色是画廊里一系列光线柔和的杰作。“我喜欢这个宾馆。”

“我也是。没再摔跤了？”

在记忆里摸索了一会儿才想起来，那天在水泵房后面光滑的大卵石路面上，他曾经向她伸出援手。他是知道的，她意识到。没必要告诉他了。

“没了。你的睡眠如何呢？”

“时好时坏吧。你今天没看见哈里吗？”他有点忧伤地问道。

“我……”她看着火苗，“我不该见他。”

过了片刻，他问：“今天是几号？在这里，我从来不知道日期。”

“我也一样——度假就是这样吧。这样反而让人精力充沛。时间通常似乎挺吝啬的。不过，我估计是星期二吧。12 月 14 号。”

“都这个时候了啊？你知道，我们来这里是为了亨丽埃塔的健康。”

“哦？”

“是的。她看上去挺好的，但是——她跟你说起过我们的女儿，珍妮？”

“说起过。”

“说珍妮的宝宝死了？”

“是的。”

“不是珍妮的，是亨丽埃塔的——我们的。死去的是我们的孩子。”他搓搓手，“珍妮还是个婴儿的时候就死了。意外的打击。有一段时间，我自己都麻木得跟机器人一样。”

他并非寻求安慰，所以知道他的秘密并不会感到沉重。

“真可怕。”

“是啊。我难以入睡，就是从那个时候开始的。反正，我们说起她，就像她长大了。这是我们虚构的小天地。这样亨丽埃塔好受些。也许，我也好受些。”

“我真替你们难过。”

“谢谢你，亲爱的。”

门开了，进来一个侍应生，拿着装咖啡用具的托盘。他们吃了一惊,谈话被打断了。走廊里传来说话声,听起来正在发生什么特别的事情。

“特蕾莎,我能麻烦这位先生也给你来一杯吗?”

“不了,谢谢。我该走了。”

侍应生出门后关上了门,杰克曼先生又说道:“有时候,我下决心不要感到无能为力,这样好歹能睡着。接受现实很重要,同样重要的是,不要以为自己很无助,任由厄运摆布。我们应该相信,我们可以书写自己的命运,书写自己的幸福,即便是在很小的方面,通过一些小事。”

“是的。”他们聆听着烧得正欢的火,过了一会儿,她告诉他:“我必须走了。”

他们同时站起来。他身姿稳健,那回她摔跤之后,他护送她回宾馆的时候,她就留意到了。她走过去,伸出手,一边察觉到一股气味,很像她曾经熟悉的味儿,不过带点男性的变调。是祖母们身上的味儿吗?肥皂、古龙水和衰老皮肤混在一起。她记得,那会儿这股气味既让她好奇,又让她安心。现在,她觉得这味儿十分富有人性,有点落满尘埃的感觉。

他们握着手,直到他抓紧她的手,说:“特蕾莎,我出卖了你。”

“怎么会?”她问这话时,说得很慢,一边抽回手。

“我跟几个乐队的人在议论那个故事,报纸上那个新闻故事……关于那位女士……”他呆呆地看着壁炉里的火。

她没想到自己会那么平静。“然后呢。”

“然后,我们得出结论……有些细节相符……”

“哦。”

他走向前来,边说:“我无法为自己辩解,只能说如果睡不了觉,你都不太像你自己了。表现出来的,往往不是自己最好的一面。对这一小人之举,我并不感到自豪。这么做,我也不开心,真的。”他一直向她伸着手,这时手放回了身旁,累了,也明白了,“我没办法保持沉默。很可能是上年纪了,老年人的嫉妒。我一直想象着跟你有关的事,说起来挺难堪的,想象着……我们也许能慢慢喜欢上对方……”

“你爱你的妻子!谁都看得出来!难道不是吗!?”

“很爱。然而,人人都能看到的,远远不是全部真相。而且,爱情是……有许多房间的房子,日子不一样,光线不一样,房间看上去也不一样。这不用我来告诉你吧。”他试图用眼神质问她,她这时才注意到,他湿润的眼睛像水一样蓝。她不允许他这样质问她。“后来,我才留意到,你慢慢喜欢上的不是我,而是哈里。我真小心眼儿——你讨厌我吗?”

“天哪,为什么爱是如此复杂?”她退向门口。

“爱应该是简单的吗?”

“我不知道能否原谅你。我不讨厌你。我想我可以理解。”说着,她走出了阅览室。

她需要新鲜空气。走出旁门,来到宾馆的庭院。她还没有冷到想找外套,在火边烤了半天,现在还不会冷,然而,她一整天都焦躁不安,有喘不过气来的感觉,这时不禁加快了脚步。她的预感得到了证实。这是迟早的事。有什么不是迟早的事呢?

绕着水疗宾馆转圈的时候,她路过一个金发小伙,靠手杖的支撑笨手笨脚地走着。想到倘若要这样走路会怎么样,想到杰克曼先生失眠中所产生的幻觉,还有他那个和蔼谦和、深受伤害的妻子编出来的故事,她感到一阵眩晕。即便只局限于不那么显眼的痛苦遭遇，任何一个人的生活里，依然有那么多痛苦的火花。放眼一个宾馆，一个温泉疗养胜地，普通的城镇，英伦本岛，欧洲大陆，次大陆，如此这般，繁衍重叠，痛苦的火花不胜枚举，这满天焰火的画面让人难以承受。然而，总的来说，大家真没把这当回事儿。在多数情况下，痛苦是可以那么不动声色地忍受着的。

回到宾馆，才刚刚五点零五分。落地钟的指针慢慢移动着，懒怠得夸张。还有两个小时才到晚餐时间。漫漫冬夜，寸阴若岁。刚要上楼去，来了一伙新人——一个上了些年纪的男人，一个年轻些的，还有一个优雅的女子，说不上来多大年纪——她听见他们在问，有没有人想打台球。尽管对此毫无兴趣，她还是愉快地答应了。她只打了一局，没有保持上次的好运气，毕竟只是运气嘛。她邀请他们一起去美景宾馆跳舞，然后便借故离开了。

她正要进大堂酒廊，杰克曼夫妇的声音让她停住了脚步，还有哈里的声音。

“你们没看见特蕾莎吧？”他凝重的语气里透着希望。

“我一整天都在约克，刚回来。”杰克曼太太大声说，“我还从来没见过像约克大教堂窗户上那样的纯灰色装饰画呢。灰得相当纯粹——黑得让人吃惊——可又全都透着光亮。”

“我想她刚才出去了。”杰克曼先生提供了信息。

特蕾莎等待着。

“我也可能出去一趟。看看电影院在放什么电影。”

“好主意。”杰克曼先生平淡地说。

哈里似乎立即离开了。杰克曼夫妇开始轻声谈论，声音轻飘飘的听不见了。她又犹豫片刻，然后飞快跑上楼梯。

回到自己房间，她看着没有了书的床头柜。哎哟，什么书也没再借,真该死。她一眼看见哈里的手稿放在扶手椅上。她拿起手稿,上了床。

她侧身蜷卧,读了两遍。他的主人公来自乡村,出身卑微,是个多愁善感,想成为贵族的人。她觉得嘴角动了动,要笑了。没什么情节可言。从头到尾都挺忧郁的,不合她的口味。

外面车道传来刺耳的笑声,她走到窗前。来了几辆车和出租车。是大队人马集合去参加舞会吗?而且,楼梯上比往常热闹多了,不过,一定是晚餐时间到了吧。哈里的房间,当然还是静悄悄的。

28

1914年

托基

一下火车，她立刻就闻到了海水味儿。可是，从火车站到酒店只有几步之遥，他们在户外的时间那么短，太短了。能在外面待一会儿就好了，然而她跟他一起跨过了这短得荒谬的距离。从那个下午开始，她就属于身边这个人了。

从此也会永远属于他。

天色很晚了，他们疲惫不堪，同时也太过激动，没有睡意。住进第一套真正属于自己的房间，放下不多的几件行李，他们偷偷打量着对方，简直不敢相信那天所发生的事。在他母亲家里，他唤醒她，那么匆促地求她嫁给他，难道这仅仅是昨天夜里的事吗？他们曾经有那么多疑虑,那么多犹豫,她等了他那么久,这真的就是新婚之夜吗?她走到外面的阳台上,在那里她觉得更加理智了。大海在沉思。

"你能相信今天是圣诞夜吗?"听到他在身后,她问道。

"我跟你举行了婚礼,你母亲却没在场,你知道她永远不会原谅我的。"

"噢,我敢说她会的,终究会的。"她笑起来,"她确实警告过,要我小心你,她说你很无情。"

他也笑起来,她转过头去看的时候,只见他咧着嘴,牙齿在昏暗中令人不安。"嗯,假如想得到什么的话,我猜我是挺无情的。我想得到你。现在,我得到了,不是吗?"

她太熟悉眼前的景色了。童年的时候,在阿什菲尔德外面的路上,随时可以看到这样的景色,不同的是这里地势低一点。托基海湾,她魂牵梦绕的地方。她眯起眼睛,朝布里克瑟姆镇看去,岬角向那边延伸着,贝里海角的灯塔在有节奏地闪耀着,有点像来自异域的问候。她有一种奇怪的感觉,觉得置身于一间尽管很熟悉,可在此之前只是从外面看到过的房间里。她曾经无数次从公主码头或者海滨大道端详过大酒店,或者从帝国酒店的滨海区,细细打量大酒店独特的形状。这会儿在灯塔山的另一面,可以看到帝国酒店闪烁的灯光。当时她曾经想到过住在大酒店里面的女士先生们。偶尔,徜徉在大酒店下面的海滩上,看到一位时髦女郎在自己房间的阳台上,她会做起白日梦,想象玻璃门后面房间里的摆设,那位女郎即将开始的时尚旅途。可是,突如其来的,酒店阳台上成年人的视角,变成是她的了。她发现自己望着下面的海滩,在寻觅一个女孩子的身影。

"小心点。"这句话,或者这种语气,也许不是她愿意听到的。她正将身子探出栏杆外,体味着些许眩晕的感觉。"你会掉下去摔死的。"

她直起身来,说:"飞行员如是说。"他并不欣赏这个笑话,接着还不高兴了。他很快就要离开她,回到飞行员的岗位上,时间紧迫得荒唐。他不愿意谈论的事情会让他心情紧张,这些事他只能轻松而又含糊地简单说几句,而不愿意当作好玩的事来说。倔强勇敢之余,他也有不那么坚强的一面,这难以捉摸的平衡,深深地吸引了她。她要像母亲一样关爱他,像护士一样照顾他,宠着他,迷住他。他们将会是彼此生命中最重要的。绝对是这样。

"进来吧。"

"可外面不是很美吗?"她与德文郡的特殊关系,也许让他有些不安。

"是啊,"他说,"是啊。"他惹人生气的时候,样子真是太帅了。他的手放到她腰上。她一边做好准备,要百依百顺,一边听着他喃喃说道:"亲爱的,终于原谅我了吧,为化妆盒的事儿?"

她进了房间,丈夫紧随其后。他送给她的圣诞礼物让他们吵了一架——不是她想要的那种,太普通了,虽然很好看,而且实用——他们已经对此一笑了之了,可她对自己表现得那么好斗,还是困惑不解。既难堪又觉得理直气壮。她没想到有这个能耐,可以做得像个泼妇。她胆小羞怯,却也有好斗的本事。

他懒懒地跟在她身后,她在让人赏心悦目的房间里四处看看,拉上了窗帘。他们还没有脱下大衣和帽子,也许因为是这样,让人联想到他们俩是机缘使然,进入火车站同一间候车室的旅客。是从来没有这么随便地在一起待过的熟人。

“来，都脱下来吧，好吗？”他已经把自己的大衣和帽子脱了。

这天，她一直都打着冷战，现在到处走来走去，有点出汗了。黑暗中像是一场戏，像聚会上轻佻的调情，如果不是不断地提醒自己，她真的很难相信眼下是怎么一回事儿。今天，她是新娘，今夜，是她的新婚之夜，明天，他们要回家跟妈妈过圣诞节，后天，她要陪这位魅力十足的年轻人——**她的**男人，她的**丈夫**——去伦敦。从那里，他要出发到法国去。她听话地让他脱下大衣，然后开始慢慢地把手套扯下来。

他倾身过来，一把将帽子从她头上抓下来。他的不耐烦，空气在裸露的肌肤上流动的感觉，让她吓了一跳。她想起了教堂里弥漫着的，冬天午后那似明似暗的光。他把大衣挂在衣橱里之后，两人四目相对。他的蓝眼睛：让人陶醉的色彩，宛如阳光穿透的水，仿佛寓言中的珠宝。夜里，你只能猜测那眼睛的蓝，这让人有点费心。他看上去好像要哭似的。

“订到这个房间，挺幸运的。”他咕哝着说。

“这么晚才预订。”他们的目光再次相遇时，只见他笑容满面。她误会了，再不然就是他的心情发生了急转。对他来说，这是一次历险。激动人心——但也很好玩。看着他从体贴周到又变成积习难改的样子，她并没有恼火。从一开始，吸引她的正是这种鲁莽冲动。她简直不能相信自己的运气。噢，不过她可以相信的，她期盼着神奇的日子天长地久。（从今往后，他们再也不会觉得对方如此异乎寻常，只有新婚之初，才会有这样的奇光异彩。这一切，她当时就应该知道吗？）她很想脱下鞋，可拿不准该怎么做。

她说：“我要打开窗户，好让我们听到涛声。”

“我来吧。”

六个月的时间，飞机从头顶飞过，死亡名单传回来，就像裂成碎片的情书，沉默寡言得难以置信，她一边等待，一边在托基镇医院里照顾伤员，长长的一排又一排的病床上躺满了虚弱的伤员。下班之后，她在清新的空气里踏上回家之路，一边走着上坡路，一边思念着他。

死亡是不真实的，然后又是真实的，真实再变成不真实，一个传奇，数字，奇闻逸事，父亲。血，是从人体流出来的生死攸关的液体，同时也就是那么一点红色的东西，从白制服上洗去，从手上洗去。你不能在脑子里长时间地把握住真实，要不然生活就会被一层幕布罩住。故事是月亮的另一面，但是可以帮着撩起可怕的幕布。

就像死神一样，丈夫既是完全陌生的，又令她以身相许，这太让人惊异了。她心里抓住候车室旅客的画面不放——即将来临的旅程是一面黑色屏幕，她守住这面屏幕，等待着各种画面在上面闪现。她走到敞开的窗前，深深吸气。

他一把抓住她光滑的手，猛地把她拽回来。“亲爱的，我真的太爱你了。”

她就像一个无可救药的乡下人，突然来到令人生畏的大都市，头发上还沾着稻草。她愿意，可是不知所措。风险很大。这令人畏惧的东西，到底是什么？她浑身刺痛，动弹不得，然而她笑了。从小就聪慧的她，知道如何伪装——那么，是装作老于世故的人，还是天真无邪的少女？她想大胆无畏，又想适当地羞怯腼腆。她貌似两样都要做到，而这两样是相互抵消的。她浪漫得一塌糊涂，像个傻子。

“我们只有这一个晚上。”她带着责备的口气说。

他稍稍屈膝，好让他们俩眼对眼地平视，似乎要幽默地给她一个严厉的教训。这让她乐不可支。在这猝不及防的一刻，他看上去青春年少。她迅速地在脑海里重温了化妆盒引起的愤怒,和它带来的失望。

他吻着她的脸,她闭上了眼睛,眼前浮现起他驾驶着飞机的冲动的样子。她自己穿着白制服,在一排排病床之间走着,一副修女的模样,当然也意识到爱慕的眼光追随着她。她正值妙龄,美得很有韵味,也因此有点放肆。

他突然迫切起来,终于找到她的嘴唇,旅途开始了。丈夫与妻子。他们会融为一体,以某种方式。变成一个永不分离的整体,闪闪发亮,完整无缺。

29

第十二天晚上

大约七点半的时候，她下楼了，穿着橙红色的乔其纱晚装，觉得自己漂亮得体。胃口极佳。刚到楼下，她就留意到酒廊里令人窒息的躁动不安。

躁动不安的中心，是一个坐在扶手椅里的男人，脸被报纸挡住了。空气变得稀薄、诡异。还好，她终究没有再借书，因为，该来的终于来了。

报纸挪开了。她认出来——是丈夫。

在时间加速之前，还有最后一点充裕的假日时光。她有时间去研究他的相貌，观察他如何认出她来——他的目光不愿意在她身上逗留，或者与她对视，只是一瞥而过，就坚决地朝另一个男人望去。应该是一个警察吧。这不会是温馨的重逢。他不会道歉，不会为他们婚姻的未来而求情。这一切,她全都看在眼里,放在心上,包括矮桌子上的一叠报纸,还有舞台两侧的动静,假如这是一场戏。她思绪万千:你一直想当然地以为是自己的那个人——善于梦想,感情丰富的真实的你,有强烈的爱的你——在日常生活中未必有一席之地。长大成人,就是渐渐明白这一点,不再抱任何幻想。于是,无所谓纯粹的自我。活着,就是在一系列车厢里穿行,在不同的车厢里,你担当起不同的角色。在那节车厢是妻子,在这节车厢是母亲。儿媳妇。女儿。丈夫的情人。迷人漂亮的太太。逛街购物的女士。在外面用午餐的女士。独自度假的女士。当你还是个孤独的孩子的时候,在阿什菲尔德草地上也扮演过各种角色,但相比之下,扮演这些角色总的来说不会那么容易,也不会那么有趣。这些角色几乎没有深度。被要求做自己的枪手,麻醉自己的梦——因为梦是杀不死的——这就是最残忍的真相了吧?这之后还能怎样,只能继续过日子,希望看上去不要太过于分崩离析,或者,太过死气沉沉。

"你好。"她说着,走了过去。

"好啊。"他面带讥讽,令人讨厌地微微一笑。

她在他对面坐下来,没离得太近。在众目睽睽之下扮演一个无法忍受的角色,带着固定的面部表情,时间太长了,就会像他现在这样咬着牙关。他不是个好演员。或许,这就是为什么她会爱上他,因为他太不会装模作样了。她曾经觉得,这说明他有单纯野性的一面。他的确是单纯、野性的。他的决断非此即彼,一根筋——这是不是狂热的高尔夫爱好者必备的品质呢?——也许这很值得钦佩。她很有可能会继续爱着他,尽管想起来令人恶心。穿着黑色的做工考究的新西装,帅得要命。那副故作自信的模样惹人发怒,让她看着就生气。无比清澈的蓝眼睛……愚蠢,虚伪。胆小怯懦。长得挺年轻的脸上，克制着感情，说明他害怕表现出自己的震惊。她回想起生孩子那天夜里，在山毛榉树下，他毫无掩饰的恐惧和浪漫，多么难得的一刻。那天她替他担心更甚于替自己担心。现在，假如有干净利落的，很难被查出来的手段，她也许会杀了他。

博莱索先生，就是那天晚上在冬季花园唱歌的时候给她伴奏的那位，正在缓步经过大堂，不跟他打招呼是很无礼的。“你好啊，那天表演完了，我匆匆忙忙就逃走了，请原谅。”她说，“你是一位很有造诣的钢琴家。”

他在她身边停下来。“你可以是专业歌手呢，尼尔太太。不过，你一定听别人这样说过了。”

“不是这样的——不过，谢谢你。我哥哥刚到。”她向所谓的哥哥点点头，解释道，而他看上去茫然不知所措。

他爱理不理地跟博莱索先生打个招呼，让人明显看出来，他们没有聊下去的可能。“我们真的要进去用餐了。”他毫不掩饰说话的对象只是她一个人。

“等一下。”她想起《天使永远守护我》的活页乐谱，乐谱卷得整整齐齐的，从她的手提包里露出来。“留个纪念。”她对博莱索先生说，一边把乐谱取出来，匆匆签上名。

特蕾莎·尼尔。一个在纸上显得单薄朦胧的名字。

博莱索先生脸红了，像他弹琴的时候所表现出来的那样，既有点遗憾，又很享受。他收下礼物，鞠了一躬，这做派来自更有绅士教养的年代。

她正站在那儿，那个肯定是警察的人，突然过来跟她说话了。她觉得前一天在酒廊里就留意到他了，肩膀宽宽的，看上去不讨人嫌。他问，能不能告诉他，过去十一天里，她出什么事了。

面对他严肃迫切的神情，她有点承受不住了。他灰色的眼睛没有深度，她从中看出了自己对他的重要性，看得出来他渴望真相大白。帮不上他的忙。在追逐赛的终点，不得不给他一面空白的墙，她简直觉得对不起他。

“十一天？”她一脸茫然地笑着，这是做给周围的人看的，空气稀薄，她尽量不去深呼吸。“这么长时间了吗？”她不敢肯定这间隙的感觉是长还是短。“我……我好像失去记忆了。”

“失去记忆？”

“是啊，现在刚刚能想起来一点。”

“没错。”她丈夫说，这个说法能替他开脱责任，他松了一口气，“她什么都想不起来。或许我们能过些时候再谈？我和太太正要进去用晚餐呢。”

她端庄得体地朝警察点点头，而他似乎没有打算好下一步该怎么办。同样要去用晚餐的罗伯森太太看见她了。

特蕾莎的语气慎重而坚定，暗示着有一些无法细说的敏感家事，她说：“我哥哥刚到，所以，你看，很遗憾今天晚上的舞会我不能去了。这本来是我那么期盼着的事情。”她不敢四处张望，寻找哈里。

他们的餐桌上有一种带着恶意的平静。他们之间几乎控制不住的紧张空气，感觉是那么正常——她对此心领神会。她点了鳎目鱼，举止恰到好处，矜持，心里觉得好笑。然而，一定要记住，各种角色务必要演得恰如其分，但也不能太好。太过精湛的演技会让你忘记，欲望藏在深处，呼之欲出。她从眼角看见杰克曼夫妇在一张桌前坐下，一边观察着她，杰克曼太太很可能困惑不解。她转过头，给他们一个笑脸，他们也温厚地朝她笑笑。表面上，不是一切都那么可怕，那么无趣。还有点点滴滴的善意。

然而，一点点善意就会让你去寻找更多。从你对面的男人那里。他十分笨拙地故作冷静，心里却紧紧压着怒火。你不喜欢他这个样子，尽管他也一定受了不少苦——肯定非常丢脸——他紧咬的牙关是不是放松了一些？没错，这就对了，现在你能在这个无情的男人身上，瞥见那个乐呵呵的小伙子，你穿着橙红色的晚装十分优雅，那个小伙子会看出来吗？你把事情弄得一团糟，带来那些新闻报道，还有那么多乱七八糟的，心里该有多后悔，而这一切都是伤心之过，他难道不明白吗？假如人们怀疑他把她干掉了——那么，难道没有一点道理吗？倘若他能够明白任何一点，或许将来孩子也会宽容的吧。

“我们的女儿挺好。”他冷笑着说。他难得有这么敏锐的洞察力。

“是吗？噢，谢天谢地。抛下她，我感到糟透了。”

“我敢说你会的。她什么都不知道。我们瞒着她呢。卡洛真是太好了。”

她知道卡洛能帮上忙，上帝保佑她。她的这位秘书是苏格兰人，非常可靠。亲爱的卡洛。能再见到她会特别开心。“嗯……彼得还好吗？”

他知道她马上会问到她的狗。“苦苦思念着你呢。”他不屑地说。

她十分镇静，非常成熟，不会说她想象他的情人，那个真正的尼尔小姐，此刻正在苦苦思念他。酒店房间蜜桃色的灯光，照着裹在丝袜里的打高尔夫的大腿。鳎目鱼味同嚼蜡，鱼的质感吃起来像肉一样，让人不舒服。问题是：一点点善意就够了吗？

“乐队里一个小伙子从报纸上认出你来。”原来不是她在《泰晤士报》上的留言把他带到这里来的。他曾经有过兴趣去解读她的留言吗？“我在想，我应该给他们每个人发点纪念品，感谢他们提供的帮助。”他冷漠得已经很老练了，他接着说，“我安排了车在伦敦等我们。我们从那里开回去。”他没有勇气说“家”字。看他咬牙切齿的样子，把红酒炖牛肉咽下去会很有些难度呢。待会儿他会消化不良的。“唯一难办的是新闻媒体。该死的闹剧。还有一个做法，是让你姐姐秘密到这里来，坐火车去曼彻斯特，然后在她家暂避一时。他们不会想到的。”

聪明的姐姐当然是靠得住的，可是，在她面前为自己辩护，真是太累人了。对于在公众视线里所发生的一切，聪明的姐姐会表示适度的惊骇。妹妹有可能失去理智了，精神崩溃了，出了这类不体面的事（是这类事情吗？），姐姐或者会有点担心。然而，一向喜欢冒险和别出心裁的姐姐，肯定觉得这件事有惊险的间谍故事风格，很刺激。她不是曾经化妆成希腊神父，去托基镇火车站吗？在女子精修学校，她不是成功地耍了个把戏，跳到摆满茶具的桌子上了吗？她肯定愿意有这么刺激的消遣，借此一解家里日常生活的古板。她会觉得失忆的构思是胡扯。小妹没有去投靠她，她会不会觉得挺受伤的呢？

“吃完了吗？我要去跟警察打交道了。甚至还要跟该死的记者周旋。我护送你上楼吧。”他没问她要不要甜点。也许她想要呢。也没要她做出解释。没兴趣听到答案，害怕她会当众闹起来。他真是太不了解她了。他没有和她单独在一起的愿望,甚至不想知道她是否无恙,而她发现自己对此并不感到惊讶。他没有叫过她的名字。来到眼前的不是欲望,恰恰相反,是死亡,他们爱情的冷冰冰的尸体。她早就知道,却固执地不去面对,直到现在。

酒廊里喋喋不休的谈话声一直很大。上着楼梯,她觉得墙壁被一股来自四面八方的强大力量推着,向她逼近。她不会回头四顾的。

“快点吧。”那个男人低声说,他不能忍受再做她的丈夫了——这事儿很快就会路人皆知。

一步,两步。再来一步。好姑娘,这就对了。然后,再来一步。

最后几个台阶很容易,因为哈里在二楼的楼梯平台上。万一她投入他的怀抱,那将是美好得不可想象的灾难。他走下楼梯,没有做出任何认得她,或者看到她的同伴的姿态。哈里是会演戏的。在一个不敏感的旁观者眼中,在她身后上楼梯的极其不情愿的那口子看来,那双褐色眼睛里的深邃目光,无疑是随意的,完全没有意义。

她深情的一瞥,看到了他低沉悲哀的心,希望他也能领悟到藏在她心里的秘密。他们从他身边经过,快到她房间了。

“好了。”她丈夫压低声音说,“我在10号房,楼梯的另一头。赶紧进去吧。”

现在她的一举一动会受到监管了。她想起一样东西,在手提包里拼命翻找,然后拿出来。“在这儿等着,我有样东西必须要还给那个人。”

“谁?好吧,快点。”哈里还在第一层楼梯上。

“麦肯纳[33]先生,我总是忘记把这个还给你。”他向上朝她走来,她向下走去,走进樱桃烟草的温暖,酒的酸甜,他充满悲伤的男子气。站在他的上方，她将他的手帕递过去，“我一直带着呢。”

“哦，谢谢你，尼尔太太。”他没接过手帕。他悄声说：“我整天到处找你。”

在楼梯那个括弧似的狭窄空间，他们几乎无法避人耳目。“我不能见你。”她悄声回应。

“你不愿意跟我走吗？我们可以抛开这可怕的一切。”他的目光无精打采。

“还有我女儿呢。”她说，一边打着手势，指向那黏黏糊糊，令人恶心地凝结在一起的各种事情，属于那个她不得不做的女傀儡的事情。“我必须走了。”她突然想到，让另一个人成为你的避风港，大概是不可能的，至少是不公平的。

短暂的犹豫，她不会忘记。

“再次感谢你，尼尔太太。”他高声说道，一边握住她拿着手帕的手，紧紧攥着她的手指头，把她的手都弄疼了。然后，哈里点点头，伤感地面对着她，似笑非笑，是安慰，是告别。最后几个字几乎是无声的：“尼斯见？”

她转过身。

回到她丈夫身边，正在来回踱步的他停下来说：“别担心——我会处理这些事的。解释说你失去记忆了。你不知道我是谁。你甚至不知道，”他补充道，“你还有个孩子。”

哈里貌似改变主意了，他走入他们的视线，然后上楼去了。她丈夫气冲冲地盯了他一眼。

“很好。”她答道，语气里有一种新的力量，她看着他脸上呈现出压抑着的感情波动，天下只有这张脸比自己的还要熟悉。“不过你要搞清楚——目前，我会按你的意愿行事。配合你。可是，这件事完了之后，我想怎么做，就怎么做。别不相信。”

他脸色铁青，气得几乎喘不过气来。“这是威胁吗？”

“如果你觉得是，那就绝对是。晚安。”

“阿加莎。”他乞求着，可是太晚了。她没有转身。

一旦她终于能一个人待着了，恐慌便隐隐闪现，就像被大风吹起来的大衣上闪闪发亮的衬里。上帝啊。多少人在仔细观察着她。她臭名远扬了！光着身子在商业大街上走来走去的噩梦也不过如此。下流，可怕。

哈里的音乐拯救了她。轻柔微弱的音乐声断断续续地穿过地板和墙壁，越过让宾馆膨胀起来的，越来越强的噪音。她的思绪慢慢变得宽广。

过了一会儿，通往内心深处的柔软通道打开了，她从中汲取力量。一切都会好起来的，她告诉自己，只要她像现在这样，定期吸取能量，就像喝硫黄矿泉水一样。她以前就经常这样做，不是吗？她不知道自己总是可以这样做的吗？当她独处的时候，就有这种可能。在乡村，或者在熙熙攘攘的城市里散步的时候。也许在社交场合也会有一点这样的机会吧？当然是偷偷的。

继续努力。

可是，她既贪心，又容易焦虑，像个被宠坏了的孩子，如饥似渴地想看到壮丽的景色，她还要等等看，不知道是否有可能得到更多。不知道是否有人在什么地方等待着她，那个看见她光着身子走在大街上都不会眨眼的人。她的想象在肌肤上轻轻荡漾。

想起哈里那个多愁善感、想要成为贵族的人，就像房间里悄悄走进了一个谦逊的朋友。意想不到的客人。哈里小说中的主人公亨利不是让人眼前一亮的人。可他喜欢不停地散步，锻炼出一副好身材，相当敏捷，他那温柔的脸上有一双忧郁的眼睛。在那几页纸上，他的生活实在是太过平淡无奇了，多少有些失败。他一心一意想做得温文尔雅，做一个举止得当到无懈可击的老派绅士。他没能做得尽善尽美。反正那种人已经行将消失了。他看上去实在是感情相当丰富——随时都会坠入爱河，爱上街上不经意碰到胳臂的陌生人，爱上生意盎然的窗台花箱、古怪的建筑物，还有各种各样傻乎乎的念头。虽然他没有出去旅行过，只是无所事事地在伦敦闲逛，画廊、公园、泰晤士河两岸，可他看上去像是个四处漂泊的人。其实他在伦敦贝斯沃特那间不起眼的出租房里住了好多年。他总是会失去他所钟爱的，这令他绝望。尽管如此，他能够将喜欢的东西变成心中的唯一渴望，一个神圣的所在。她越琢磨亨利，越觉得他跟自己混淆在一起了，对自己喜欢的人就会这样。她认为对艺术也是如此。她的眼睛湿润了。埃尔加的音乐往往会让人落泪。

埃尔加。

假如说哈里完成他的书，并且出版了（她觉得他恐怕不容易做到），不大可能有多少人会看——除非写得比现在更加直截了当，而且要增添很多故事情节。她看不出来会有这样的变化。不过也很难说。不知怎么的，哈里的文字读起来像是翻译，是经过某种她不能理解的筛选的结果。经过了什么样的筛子呢？有一笔遗产，他还是很幸运的。她在书桌前坐好,“发表评论”。

亲爱的哈里:

写得真好。你一定要继续写下去,因为我发现自己喜欢上了亨利·雅各布森,对他的命运感到好奇。很希望你能给他一点称心如意的浪漫故事。不然的话,我们如何承受得住呢?你一定不要怕写得开心快乐。人们喜欢得到快乐。开点玩笑能让人心情愉快,而且说到底,贴近真实并不是那么至关重要。在结局的时候,事情都有个交代,这也是可取的——你应该同意吧?

我觉得你是一个不错的作家。(这是可靠的判断,还是她对他的爱慕之心在作怪?她还是个年轻姑娘的时候,曾经从一位受人尊敬的作家那里得到过类似赞许,她知道这样的看法对一个人意味着什么。)不过,你要明白,还要花费很多非常累人的功夫,多得你都意想不到。有时,你会对此极其厌倦,甚至有理由以为自己会发疯。不过,我知道你不会因为绝望而鲁莽行事的。在这方面,你我之间有约在先,不是吗?其实,我怀疑我们不会那样做的,或者根本就不是那块料。曾经展现在我们眼前的那条路,看起来不够有趣。对你来说,不是这样吗?拯救你的是沃恩先生吗?为什么你等了那么久都不服毒呢?最终,是不是因为悲痛还不够深切?无论如何,多数情况下,你十分讨厌你草草写就的东西,或者半是讨厌,半是喜爱,可还是带着疯狂的热情袒护它。无论如何,要让自己快乐。据说艺术仅次于生活——我们应该相信吗?艺术是不是阻止了生活将艺术从我们心中夺走？这一点就足够了吗？说实话，我真的不知道。尽管我也不知道反过来说对不对。但这就可以了，我觉得。一个开端。

你是一个热心的朋友，这恰恰是我需要的，谢谢你。我会想念我们有意思的谈话。也就是说，直到在尼斯再见。

你的，

（她犹豫了，然后选择了）凯瑟琳·格雷

她发誓，明天一大早就把信塞进他的门下。

刚才，她没太费劲就写出了好多行字。感觉挺简单的。她突然想起来，也许可以试着干点活儿。开始有点要勤奋起来的感觉了吗？沉默是不是终于土崩瓦解了呢？她要工作。这不是做妻子的消遣。假如她要一个人过的话，她需要钱。她名下的每年一百英镑是不够用的。不过没关系：她会成为一个成功的离婚职业女性。（不要给自己时间去想他会不会改变主意。）她感觉真正专业人士的顽强精神在心中迅速萌生。没错，她要工作，翻过一道道空白页面筑就的墙，直到征服那本令人苦恼的书。而且，她的书是卖得出去的，不是吗？那本引起评论的书还卖了不少。那个时候有人用可耻的合同占了她的便宜，因为她是个年轻作家，又是个女人。可现在她有一个可以信赖的新出版商，她可以依靠自己了。她能强迫自己写，不管是想写，还是不想写，不管是不是自然的流露。什么是自然的？克制也能有快感，对自己稍微粗暴一点，做个独裁者，将心灵推进笼子里，锁进保险箱。让心灵平静下来。这样，有时一个通道会打开，通往心灵深处。你从中汲取的可能是快乐，能让心灵净化。能拯救你。睡眠中的梦境。

于是：

一个灰眼睛的姑娘。

聪明理智，但是渴望历险，如饥似渴。不是所有人都能发现她淡雅的美。一旦发现，就会被迷住。她身穿一套浅灰色的定制女服，很有巴黎风味，坐在火车包厢里。

她是善于逃生的人，在蓝色列车上丧命的是另外一位……

那个梦开始苏醒，开始被唤醒了吗？那一瞬间，她可以确定，只要她执拗地不断在这个场景逗留，令人毛骨悚然的凶险事件就会浮现在脑海。让人难以忍受的松弛会变得紧凑，她的身体在紧迫中变得坚定，因为所有微不足道的，所有不得要领的都被削去，思路就像被削尖了的笔。

她必须相信，时光还会回到在阿什菲尔德花园里度过的那个下午，漫无边际，永无终结。绿草茵茵的温暖。王者风度的海鸥孤傲地在头顶盘旋。天色清明，树影婆娑。海风穿过数不清的叶子，柔和的风声在耳边回响。视野之外，是宽阔的大海。

她在那里离群索居，与世隔绝，同时也一跃而无拘无束。放飞，远去。

30

谜

星期三早上,不知情的客人们平静地做着不为他人所知的事情:躺在床上,让蛋黄滴在了床单上(这是那些没有局限于吃减肥餐的客人,减肥餐里只有西柚和夹心烤面包);慢吞吞地洗漱,慢慢地喝着一杯杯的奶茶,等待治疗在消化系统发挥作用;没完没了地看书报。这些众所周知的出逃者,把朦胧隐私中的愉悦,看作是理所当然的。

与此同时,哈罗盖特水疗宾馆里的骚动一触即发,安静得有些不自然。全部电话都占线,宾馆的工作人员像初出茅庐的演员一样不自然。酒廊里布满了贼头贼脑的警察,窃窃私语的记者。宾馆公共场所里,人们满脸的难以置信,很有些装腔作势,有点像吵吵嚷嚷的葬礼,或者紧张拘束的聚会。外面可以听到更加大声的激动嗓音。一辆敞篷小客车停在正门入口处,新闻记者不顾体面地往车跟前挤,摄影记者点缀在引擎盖和挡泥板上。然而,小客车只是个诱饵。

一直用着特蕾莎·尼尔之名的失踪小说家,已然不复失踪。严格地说,她也不再是匿名者。她正在声名鹊起。

一个男人出去散步了,想借此减轻彻夜失眠的痛苦,回来的时候,在侧门看到了她。他认出她那顶带着浅粉色条纹的钟形帽,还有那件外套,领口袖口和衣摆都让人安心地镶着皮毛边。为了进一步增强信心,她挑选了双绞珍珠项链,香槟色长筒袜和黑色手套。她的目光紧盯着眼前,没有留意到他。她根本看不到远处。

她停下脚步,将什么东西塞进袖口,也许是叠起来的手帕吧,打起精神,然后微微把头一甩,一副无所畏惧的样子。这也许是为了继续活下去而做出的姿态,或许是故意的,或许几乎是无意的。

哈里觉得,他们想要她成为猎物,可是特蕾莎既不像猎物,也不像十一天前来到这里的那个女人,当时她是跪着的女王。他留意到那辆隐蔽的出租车,车即将把她从自己身边带走,一个服务生已经打开了车门,一位中年妇女——是姐姐吗?——站在车旁,刚强能干的样子。这会儿正在走向特蕾莎的是上校,虽然带着点不情愿,甚至反感。穿着诺福克上衣、高尔夫球裤,洒脱得很。这个该死的。

她快步走上小路的时候,内敛威严,举止像重新登上宝座的君主。只有一个精明的摄影师,没让小客车的诡计给欺骗了,就在她离开宾馆的庭院,穿着黑色束带鞋的左脚即将踏上人行道的那一刻,这个《每日邮报》的家伙捕捉到了她。拍着这张照片,他认定她的双腿线条优美。

照片上还保存了有些耸起的双肩,有点过分前倾的头。脸的侧面,足够清晰。目光紧紧盯着前面。眼睛让帽檐挡住了。威风的长鼻子。面部表情执拗地漫不经心,像间谍的表情一样平淡无奇。看上去这副表情背后空无一人。

九点十五分,哈里看着特蕾莎上了出租车,(她以这个名字进入他的生活,他仍然要坚持这样称呼她。)上校紧随其后。开往火车站的出租车开始在天鹅路上滑行,哈里呆呆地站在那里。其他车辆追踪而来。被出卖了或者做了牺牲品的感觉在空中徘徊。她从水泵房边上驶过的时候,他目光跟随的仅仅是他所感兴趣的。那天早上没有雾,就这个季节而言,天气依然是温和的。

他看着,一直到什么都看不见了。然后,他使劲推开挤在一起的上了当的记者,跑上楼去。房间里有一个收拾好的行李箱在床下等待着,写字台上有一小沓纸和一封信。他向往着法国的里维埃拉。

天晓得瓦莱里娅为什么要隐瞒有关钱的事儿,现在他拥有这笔钱,如果愿意的话,就可以去里维埃拉。这是为了惩罚他还是向他挑战?为了惩罚她自己?为了在她离开之后,他能过得顺利些?是因为爱他?他不再费神去问自己这个问题了。这是一个谜,谜底似乎已经无关紧要了。尽管损失惨重,尽管不知道自己的归属,如果他还有归属的话,他的富有依然让他感到惊奇。

试图看透所爱之人的秘密,有什么意义呢?质疑她最私密的选择?一个女人有权成为谁都解不开的谜,可能连她自己都解不开。尽管哈里有点迟钝,可他最终也懂得了这一点。一旦明白她决心已定,他没有尝试去说服特蕾莎离开上校。有些选择是在黑暗中做出的,不应该被迫面向光明。可是,转身离开未必就是冰冷的拒绝。它可能饱含情感,是真爱的一部分。沉默是唯一的答案。在等待缪斯女神来临之时,我们可做的只有这些。

致　谢

本书主要基于想象,是事实与想象结合的作品,灵感来自阿加莎·克里斯蒂的“失踪”,吸收利用了阿加莎·克里斯蒂生平及其作品的一些内容。为本书写作提供可利用素材,为人物创作提供依据的书与材料主要有:《阿加莎·克里斯蒂自传》(阿加莎·克里斯蒂著),《阿加莎·克里斯蒂传》(珍妮特·摩根著),《阿加莎·克里斯蒂:一个英国之谜》(罗拉·汤普森著),《巡游:与推理小说女王环游世界》(阿加莎·克里斯蒂著,马修·普里查德编辑),以及埃克塞特大学的克里斯蒂档案(克里斯蒂娜·方茨和杰玛·波尔顿为查阅档案提供了方便)。书中多次引用或者借用了寻找克里斯蒂那段时间的《泰晤士报》和《每日邮报》。书中亦有克里斯蒂小说的影子——尤其是《蓝色列车之谜》、写于该书之前的小说和以玛丽·韦斯特马科特为笔名的系列小说。特蕾莎写给哈里的信借鉴了伊登·菲尔波茨写给克里斯蒂的信件,同时我从《烟囱的秘密》中借用了“微微把头一甩,一副无所畏惧的样子”。这部小说的成书有赖于澳大利亚艺术协会的鼎力相助。同时,我对下列人士的帮助表示深深的谢意:Allen & Unwin 出版社的安妮特·巴洛、西沃恩·坎特里尔、阿里·拉沃、艾米莉·奥尼尔以及大英图书馆科林戴尔报刊资料馆的员工们。

中译本编注

《阿加莎消失的十一天》是依据阿加莎·克里斯蒂的真实人生经历所创作的小说。中译本编辑为方便读者阅读,作出以下注释。

1.达特河(River Dart),英国德文郡的一条河流。阿加莎·克里斯蒂1890年出生于德文郡,她的小说多出现故乡的景色。

2.阿什菲尔德(Ashfield),英国德文郡的一个地区。此处应指阿什菲尔德宅邸,阿加莎·克里斯蒂的出生地。

3.查尔斯顿舞(The Carleston),20世纪二三十年代流行于美国的一种摇摆舞。

4.齐彭德尔(Chippendale)式家具出现于18世纪中期,由英国家具设计师托马斯·齐彭德尔设计,风格优雅,多用哥特式图形和洛可可雕刻。

5.《阿拉伯酋长》(*The Sheik of Araby*),1921年的一首歌曲,由哈里·史密斯(Harry B.Smith)与弗朗西斯·威勒(Francis Wheeler)作词,泰德·悉尼德(Ted Snyder)作曲。它是为纪录片《酋长》(*The Sheik*)所作,后因电影《酋长的儿子》(*The Son of the Sheik*,1926)而进行了改编。

6.的里雅斯特(Trieste),意大利东北部的港口城市。

7.米摩莎(mimosa)一词在法语中有"金合欢花"的含义,英语中指含羞草(亦为金合欢属植物)。1935年有一部电影讲述了一个母亲爱上养子的故事,片名即为《米摩莎公寓》。

8.《是的！我们没有香蕉》(*Yes! We Have No Bananas*)是苏格兰女歌手比莉·安东尼(Billie Authony,1932—1991)的一首歌曲。

9.原文为 Young,暗指哈里的年轻时代。

10.阿加莎·克里斯蒂有一部小说名为《ABC 谋杀案》(*The ABC Murders*,1937。)

11.宁芙(Nymph),希腊神话中的山林水泽女神,常以美貌少女的形象出现。

12.《宁芙女神的悲歌》中的一句唱词,意为"别再折磨我"。

13.第一次世界大战期间,阿加莎·克里斯蒂曾在英国西南部德文郡托基(Torquay)的一家医院里做志愿者。后来还去了当地的一家药房工作。

14.20 世纪初的泳衣是用羊毛制作的。

15.史密斯书店(WHSmith),英国著名的连锁书店,公司成立于1828 年。

16.贝蒂茶屋(Bettys),英国约克郡的知名茶屋,始创于 1919 年。在里面可以享用经典的英式下午茶。

17.意指阿加莎于 1928 年创作的小说《蓝色列车之谜》(*The Mystery of the Blue Train*),适时正值大作家遭受离异的痛楚。

18.1858 年,查尔斯·狄更斯曾来到哈罗盖特(Harrogate),并给出了这样的评价:"古怪的地方,住着最奇怪的人,过着最怪异的生活:跳舞、吃饭、看报纸。"1926 年,阿加莎·克里斯蒂为躲避破裂的婚姻,曾一度逃到哈罗盖特。

19.阿加莎·克里斯蒂在她的大部分推理小说中都用到了毒药。

20.原文为:The afternoon was frigid and delicate。其中 frigid 亦指(女性)性冷淡,delicate 也有微妙、敏锐之意,此处应为双关。

21.1926 年 12 月 3 日,星期五,阿加莎·克里斯蒂离开了在桑宁德尔的家,以特蕾莎·尼尔的化名来到哈罗盖特。她的丈夫因一名叫南希·尼尔的女子离开了阿加莎。

22.《玫瑰屋》(*Rose Room*),1917 年的一首爵士乐。

23.达特穆尔(Dartmoor),英国德文郡中部穆尔兰的一个地区。

24.巴巴科姆(Babbacombe),英国德文郡托基镇的一个地区。

25.斯梯尔顿奶酪(Stilton Cheese),英国德比郡、莱斯特郡、诺丁汉郡的特产。世界三大蓝纹奶酪之一,其质地柔滑,口味浓醇。

26.指西屋电气公司(Westinghouse),1886 年由 G.威斯汀豪斯在美国宾夕法尼亚州创立,是美国主要的电气设备制造商。

27.蒙彼利埃(Montpellier),此处指哈罗盖特附近的蒙彼利埃区,而非法国南部城市。

28.阿加莎·克里斯蒂于 1926 年出版小说《罗杰疑案》(*The Murder of Roger Ackroyd*)。本书作者在此应有向大作家致敬之意。

29.莫里斯·考利(Morris Cowley)是英国莫里斯汽车公司在 1915—1958 年间生产的一系列汽车的名字。这也是阿加莎用稿费为自己买的第一辆车。

30.内格雷思科酒店(Hôtel Negresco)是尼斯的一家著名酒店。

31.指赫尔克利·波洛,阿加莎·克里斯蒂小说中的名侦探。

32.指阿加莎·克里斯蒂的第一任丈夫,少尉阿奇博尔德·克里斯蒂。

33.麦肯纳(Mckenna),意为肯尼(Kenny)之子。肯尼在英文中有英俊的、想象力丰富的等含义。